KB072649

천유하 & 예령공주

고 내공을 성장시켰기에 각자 다른 무공을 익혔음에도 그 기저에는 공통된 느낌을 품고 있었으니까.

보고가 계속되었다.

"지금까지 형성되도록 의도한 단체 중 존속 중인 것은 다섯입니다. 가까운 시일 내로 둘이 더 결성될 것으로 보입니다."

"특작부의 성과가 훌륭하구나. 조만간 포상을 내리겠다."

"감사합니다! 그리고 혈혼단으로 강화한 마인들을 통해서 척마대의 활동을 끌어내는 시도는 7할의 적중률을 보였습니다. 많이 부족한 결과라 송구합니다."

"아니, 그 정도면 충분하다. 준비는 다 갖춰진 것 같군. 이제는 놈들의 패를 줄일 시점을 궁리해야 할 때인가……."

잠시 생각하던 교주가 말했다.

"천두산 쪽은 어떻게 되어가고 있는가?"

"거의 완성되었습니다. 그놈들, 처음에는 그렇게나 고개가 뻣뻣하더니 이제는 협력을 못 해서 안달이더군요."

"그렇겠지. 그릇은 한정되어 있으니 놈들 전부가 차지할 수는 없노라. 유감스럽게도 말이다."

교주가 쿡쿡 웃고는 수하를 물러가게 했다. 어둠 속에 홀로 남은 그는 천리안으로 세상을 굽어보며 중얼거렸다.

"슬슬 준비는 완료되어 가는구나. 형운, 기왕이면 네놈도 여기서 없어져 주면 좋겠지만… 그럴 리가 없지. 결국은 내 앞까지 올 것이다."

교주가 불길한 기운이 넘쳐흐르는 천두산을 보며 싸늘하게 웃었다.

"그럴 것이라고 믿고 있노라. 신이 되기를 거부한 인간이여."

2

일야문이 자리 잡은 곳은 진해성 남부의 소도시 부허였다. 남부로 가는 길목이 되기에 나름 인구도 많고 활발한 곳이라 별의 수호자 산하의 사업체도 있었다.

호장성을 떠난 형운과 가려, 천유하 세 사람이 일야문에 도착한 것은 12월 말에 접어들었을 때였다. 다들 강호 최정상급 내공의 소유자들이기에 약간 서두르는 것만으로도 일반적으로는 상상도 할 수 없을 정도의 일정 단축이 가능한 것이다.

"올해는 정말 두 곳을 왔다 갔다 하는 것만으로도 시간이 다 가버린 기분이야."

일야문이 위치한 마을로 들어서자 천유하가 말했다. 제자들을 가르치는 입장이라 일야문에서 머무는 시간이 훨씬 길기는 했지만 그래도 한 해에 세 번 이상 조검문에 다녀오는 것만으로도 큰일이었다.

형운이 물었다.

"그러고 보니 마존께서 물려주신 그 은신처는 어떻게 됐어?"

"아, 그거?"

환예마존 이현은 호장성에 만들어둔 비밀 은신처 하나를 천유하에게 주었다. 일야문을 위해 쓰라고 준 것이지만 일야문이 호장성이 아니라 진해성에 터를 잡는 바람에 활용하기가 어려워졌다.

"거기로 가는 열쇠 기물을 은수한테 줬어. 만약 내가 자리를 비운 동안 위협이 닥친다면 그곳으로 도망가라고 해뒀지. 거리가 멀긴 하지만 일단 가기만 하면 안심할 수 있는 곳이니까."

"그랬군."

"그나저나 네가 일야문의 최대 투자자인데 정작 방문하는 것은 이번이 처음이네."

"투자자라니, 그렇게 말하니 느낌이 묘한데?"

형운이 피식 웃었다.

하지만 틀린 말은 아니었다. 천유하가 은수와 은우를 제자로 받아서 기초를 지도할 때부터 형운은 적극적으로 지원을 해왔다. 일야문의 터전 역시 형운이 자금을 대서 부지를 확보하고 건설되었으며, 그 후로도 지속적으로 비약을 포함한 문파 운영에 필요한 물품들을 보내주었다.

은수와 은우는 무공에 입문한 시기가 늦은 편이다. 은수는 열두 살, 은우는 열 살에 입문했으니까.

하지만 3년이 지난 지금 그들은 상당히 빠르게 내공을 늘려가고 있었다. 형운의 지원이 없었다면 불가능했을 성취다.

곧 그들은 일야문에 도착했다. 2년 반 전에 새로 건설된 장원이라 입구부터 새것 같은 느낌이 있었다.

"이거 혹시 부서졌었어?"

형운이 부서진 것을 보수한 흔적이 있는 문짝을 보며 묻자 천유하가 어색하게 웃었다.

"개파(開派)했을 때 이 동네 무인들이 시비를 걸어왔었거든."

"역시 한 번쯤은 겪을 일이었네."

어딜 가나 텃세가 있는 법이다. 백도 문파들이라고 해도 그점은 마찬가지였다. 그들은 자기들의 밥그릇을 줄일 새로운 문파의 존재를 환영하지 않았다.

몇몇 문파는 아주 과격하게 행동했다. 우르르 몰려와서 문짝을 부수고는 위협을 했던 것이다.

물론 그들 전원이 천유하와 백령회 영수들에게 압도당하기까지는 얼마 걸리지 않았다.

"무력으로 다 깨부수는 거야 별로 어렵지 않았지만 그래서는 앞으로 계속 삐걱거릴 것 같았지. 그래서 평판을 올리기로 했어."

천유하는 일단 평판이 나쁜 흑도 조직 하나를 조사해서 확실한 명분을 찾아낸 다음 박살 냄으로써 암흑가의 세력을 재편시켰다. 그것도 자신의 힘으로 그들에게 민간인 피해자가 나오지 않는 '평화로운 세력 재편'을 강요하면서.

이것으로 부허의 시민들에게 자신을 각인시킨 뒤, 그다음에는 백령회 영수들과 함께 도시의 음지에서 일어나는 납치, 살인 사건을 추적하여 범인이 마인임을 밝혀냈다. 납치당해 죽음을 기다리던 사람들을 구해내고 마인을 처단하자 부허의 시민들은 천유하를 영웅으로 추앙하게 되었고, 백도 문파도 흑도 조직도 모두 일야문을 건드리기를 꺼리게 되었다.

"그 후로는 적당히 잘 다독였어. 문주들을 초대해서 친목회도 열고, 어린 문도들을 모아서 교류회도 하고… 생각나는 건 다 해봤지."

그런 시도들은 효과적이었다. 처음에는 텃세를 부리던 백도 문파들도 천유하의 무력이 그 명성 그대로임을 확인하고 나자 시비를 건 것을 후회하게 되었다. 거기에 천유하가 부허 시민들의 지지까지 얻었으니 입장이 이만저만 난처한 것이 아니었는데, 천유하가 먼저 화해의 손길을 내미니 감격하며 맞잡을 수밖에.

"그랬군. 하긴 너야 상관없어도 나중에는 은수나 은우가 일야문을 이끌어가야 하니 여기 사람들과 좋은 인맥을 형성해 둬야지."

"다행히 애들끼리는 사이가 괜찮아."

교류회를 통해서 각 문파의 비슷한 또래와 친분을 맺었고, 경쟁심을 불태우는 계기를 심기도 하니 그상 입장에서는 흐뭇한 성과였다.

"사부님! 돌아오셨군요!"

반색하며 뛰어나오는 은수와 은우를 본 형운이 눈을 휘둥그레 떴다.

"와, 둘 다 진짜 많이 자랐네."

둘 다 한창 자랄 나이라 그런지 변화의 폭이 장난이 아니었다. 게다가 두 사람은 천유하가 제자로 받기 전까지만 해도 워낙 못 먹고 자란 몸이다. 지난 3년간 잘 먹고 잘 자면서 무공을 수련하다 보니 정말 몰라볼 정도로 성장했다.

"오랜만에 뵙습니다. 본 문에 오신 것을 환영합니다, 선풍권룡 대협."

사부와 함께 온 형운을 발견한 은수가 의젓하게 인사했다. 열다섯 살이 된 그는 키가 많이 자랐고 근육이 발달해서 건장한 몸을 지니고 있었다.

"그래, 건강한 것 같구나."

형운이 은수의 머리를 쓰다듬어 주었다.

한눈에 이 소년이 그동안 게으름 부리지 않고 열심히 수련했음을 알 수 있었다. 몸이 잘 단련되었을 뿐만 아니라 내공은 2심 경지에 도달했고 기맥 역시 많이 발달한 상태였다.

형운이 이것저것 많이 지원해 줬다고는 하지만 별의 수호자의 기재들처럼 엄청난 혜택을 받는 것도 아니었고, 늦은 나이에 무공에 입문했다는 점까지 고려하면 뛰어난 성과다.

"오랜만이오."

어슬렁어슬렁 나와서 인사한 것은 원숭이를 닮은 중년인이었다.

예전에 영목신서에게 심령을 지배당해서 두 형제를 죽일 뻔했던 원숭이 영수 진수가 둔갑한 모습이었다. 인간 세상을 여행한 경험이 풍부한 그는 천유하가 부재중일 때 일야문을 책임지는 역할을 하고 있었다.

'근데……'

형운은 주변을 둘러보며 이상한 표정을 지었다.

일야문의 장원은 훗날을 생각해서 충분히 큰 규모로 건설되었다. 언젠가 은수, 은우 형제가 장성하여 일야문주로 취임하고 수십 명의 문도를 거느리는 날이 온다고 해도 문제가 없을 정도로.

즉, 그들과 백령회의 영수 몇 명만 생활하기에는 많이 넓었다. 그래서 관리를 위해서 사람들 몇을 고용하고 있었는데…….

'뭔 영수들이 이렇게 많아?'

어째 장원 안에 아홉 명에 달하는 영수의 기운이 느껴졌다.

형운의 기억으로 백령회에서 일야문에 식객으로 보낸 영수들은 진수를 포함해서 넷이다. 그럼 나머지 다섯 명의 정체는 대체 무엇이란 말인가?

"어머나."

부엌에서 나온 사람은 눈에 확 띄는 미모를 지닌 젊은 여성이었다.

'고위 영수다.'

영기를 억누르고 있었지만 형운은 한눈에 그녀가 격이 높은 영수임을 알아보았다. 가슴은 육중한 존재감을 과시하며 흔들리고 약간 처진 눈에서 색기가 좔좔 흐르는 그녀는 천유하에게 다가와서 교태를 부리며 인사했다.

"이제야 돌아오셨군요. 이 요서, 자나 깨나 대협의 늠름한 모습이 눈에 아른거려서 하루라도 빨리 돌아오시기만 오매불망 기다렸답니다."

"……."

형운의 눈길이 자연스럽게 천유하에게 향했다. 천유하는 쓴웃음을 짓고 있었다.

"제가 없는 동안 이곳을 지켜주셔서 감사합니다, 요서 님."

"어머님을 구해주신 천 대협을 위해서라면 무슨 일이든 할 수 있답니다."

"유하!"

요서라 불린 영수가 눈웃음을 치는데 옆쪽에서 나는 듯한 움직임으로 천유하를 덮치는 그림자가 있었다. 실로 비호처럼 날랜 움직임이었지만 천유하라면 충분히 피해낼 수 있었을 것이다. 하지만 그는 그러는 대신 한숨을 푹 쉬면서 그 그림자가 자신을 덮치도록 내버려 두었다.

"왜 이렇게 오래 있다 온 거야!"

천유하의 등에 업혀서 말한 것은 누가 봐도 인간이 아님을 알 수 있는 소녀였다. 겉으로 보면 열예닐곱 살 정도로 보이는 그녀는 긴 회갈색 머리칼에 엉덩이에는 고양이를 연상시키는 꼬리가 달려 있었으며 반짝이는 황갈색 눈동자 아래로 웃는 입안에는 뾰족한 송곳니가 돋아나 있었다.

"초련 님, 보는 눈도 있으니 이런 행동은 자제해 주시지요."

천유하는 뭔가 다 포기한 듯 힘없는 목소리로 말했지만 초련이라 불린 소녀는 콧방귀를 뀌었다.

"난 인간이 아니니까 괜찮아!"

그녀는 200년 이상을 살아온 살쾡이 영수로, 조검문 근처의 산의 주인으로 군림하던 몸이었다. 천유하가 어린 시절에 그에게 구명의 은혜를 입은 그녀는 그 은혜를 갚겠다는 명분으로 터전을 떠나 일야문에 와 있었다.

요서가 초련을 째려보았다.

"어머나, 괜찮긴 뭐가 괜찮나요? 천 대협이 난처해하잖아요."

"흥. 그렇게 유하를 생각해 주시는 분께서 밤에 이불 속에 알몸으로 숨어 있다가 유하를 덮치려고 그러셨어요? 누가 여우 아니랄까 봐."

"목욕하는 천 대협을 심심하면 알몸으로 습격해 대는 당신에게 그런 소리를 듣고 싶지 않은데요?"

"난 당당하니까 괜찮아! 하지만 넌 인간의 예의를 지키는 척하면서 음흉하게 굴잖아?"

"……."

어마어마한 사실을 폭로하는 두 사람의 대화에 형운의 시선이 자연스럽게 천유하에게로 향했다.

천유하는 인생의 무상함을 깨달은 웃음을 짓고 있었다.

3

요서와 초련, 두 고위 영수가 아웅다웅하면서 천유하의 평판에 사정없이 칼자국을 내고 있는데 한 사람이 끼어들었다.

"둘 다 그쯤 해두시지요. 천 대협이 귀한 손님을 모셔 왔는데 이게 무슨 추태입니까."

짧은 흑발에 황금색 눈동자를 가진 소녀 검객이었다.

'이 사람도 고위 영수잖아? 그리고 미소녀!'

눈매가 날카롭고 무뚝뚝해 보이지만 이목구비가 수려한 미소녀. 언뜻 보면 영수 혼혈의 인간처럼 보일 정도로 둔갑술이 뛰어나지만 형운의 눈을 속일 수는 없었다. 그녀는 요서와 초련에 뒤지지 않을 정도로 영격이 높은 고위 영수였다.

초련이 발끈했다.

"닥쳐! 얌전한 척하면서 점수 딸 기회만 칼같이 노리는 암호랑이 같으니!"

"지금 저랑 해보자는 겁니까?"

"화음 님, 싸움을 말리려면 확실하게 말리셔야지요. 백수의 왕이라 불리는 종족이면서 수치도 모르는 여우, 살쾡이들과 똑같이 굴면 되겠습니까."

화음이라 불린 호랑이 영수 미소녀가 발끈하는데 한숨 섞인 목소리가 끼어들었다.

귀티가 좔좔 흐르는 용모의 소녀였다. 연령은 열예닐곱 살 정도로 보였으며 백발을 단아하게 정리해서 장식했고 좋은 집안의 아가씨라는 것을 한눈에 알아볼 수 있는 복장을 갖추었다.

'이 사람도 고위 영수! 그리고 미소녀!'

형운은 어처구니가 없었다. 차례차례 등장하는 사람마다 고위 영수에 미소녀라니!

"흥! 누가 학 아니랄까 봐 고상한 척하고 있는데, 려하 당신도 유하의 옷을 지어주겠느니 하는 수작으로 유하를 벗기려고 들었었잖아요?"

"다, 당신이 어떻게 그걸?"

려하라 불린 학 영수 소녀가 당황했다.

네 영수들은 누구에게랄 것도 없이 서로가 저지른 일들을 나열하며 아웅다웅했다. 형운이 천유하를 바라보니 그는 말릴 생각도 않고 해탈한 표정으로 그 광경을 보고만 있었다. 아무래도 이런 일이 한두 번이 아닌 모양이다.

그런 천유하의 옆에 어느새 무심하고 나른한 표정을 지은 작은 체구의 소녀가 나타나 있었다. 작은 키로 열심히 발돋움을 해가며 그의 어깨를 토닥거려 주는 모습이 귀엽기 그지없었다.

'고위 영수… 는 아니지만 미소녀!'

앞에서 아웅다웅하고 있는 넷이 다 고위 영수다 보니 적당한 영격이 영수인 것이 이상해 보인 지경이었다.

표정이 무심해서 생동감이 느껴지지 않지만 인형처럼 귀여운 용모를 지닌 소녀였다. 나이는 열서너 살 정도일까? 다른 네 영수와 달리 외모상 인간과 별 차이가 없어서 형운이 아니라면 영수라는 점을 알아보지도 못했을 것 같았다.

"큭, 저 곰이 어느새!"

아웅다웅하던 네 영수의 눈에서 불꽃이 튀었다. 말없는 소녀는 작은 체격과는 달리 거구의 대명사인 곰 영수였던 것이다.

네 영수가 눈을 부라리자 곰 영수 소녀는 살그머니 천유하의 뒤로 숨었다. 천유하가 쓴웃음을 지으며 위협적인 시선으로부터 그녀를 가려주자 네 영수 여성들은 분해서 발을 동동 굴렀다.

과연 이 세상의 일인지 의심스러운 그 광경을 멍청하니 구경하고 있던 형운은, 문득 놀란 표정으로 뒤를 돌아보았다.

장원의 담장 바깥에서 엄청난 속도로 접근해 오는 기척이 느껴졌기 때문이다.

'뭐야? 이 녀석이 왜 여기에 있어?'

"이 기운은 뭐지? 설마 또 어떤 영수가……."

형운이 그 기척의 정체를 알아차리고 놀라는데 천유하도 한 박자 늦게 그 사실을 감지하고는 긴장한 표정을 지었다. 접근해 오는 이가 어마어마한 존재감을 풍기고 있었기 때문이다.

잠시 후 나는 듯한 기세로 담장을 뛰어넘은 누군가가 그들 앞으로 달려와 섰다.

"역시 너희들이 온 게 맞았군! 오랜만이다! 특히 천유하!"

예상이 맞았다는 듯 씩 웃으며 말한 것은 형운이 잘 알고 있는 사람이었다.

천유하는 자기를 보고 진심으로 반가워하는 사람을 보고는 멍하니 물었다.

"…누구세요?"

한 번 보면 절대 잊을 수 없을 것 같은 외모를 지닌 청년이 었다.

키는 컸고, 몸매는 날렵하게 균형 잡혀 있었으며, 신체 비율 또한 모난 곳이 없이 이상적이라 그저 서 있기만 해도 그림이 된다. 또한 얼굴은 옥을 다듬어놓은 듯 수려했으며 거기에 목 뒤에서 질끈 묶은 긴 백발과 신비로운 빛을 발하는 푸른 눈동 자가 더해지자 천상에서 내려온 존재라고 해도 믿을 것만 같 았다.

입고 있는 옷 역시 멋스러웠다. 하얀 털가죽을 세련되게 다 듬어서 만든 외투를 입었는데 목덜미를 같은 색깔의 털로 만 든 목도리가 감고 있었다. 그리고 허리에는 명공의 솜씨로 만 든 것이 분명한, 치밀한 만듦새를 자랑하는 도가 매달려 있었 다.

"……."

천유하의 물음에 반가워하던 청년의 표정이 팍 구겨졌다.

그리고 형운이 폭소했다.

"푸히히히히! 이, 이거 왠지 어디서 많이 본 거 같은 사황인 데……."

"시끄러. 이놈은 그렇다 치고, 형운 넌 그렇게 웃고 있으면 안 되는 거 아니냐?"

발끈하는 상대를 가만히 살피던 천유하가 조심스럽게 물

었다.

"혹시… 마곡정이냐?"

"오, 역시 똑똑한 놈은 달라. 금방 정답을 맞히다니!"

청년은 마곡정이었다. 청륜과 합일하여 외모도, 기파도 다른 사람처럼 변화했기에 눈썰미가 뛰어난 천유하도 알아보지 못했던 것이다.

천유하는 아연해졌다. 외모는 그렇다 치고 이 기파의 변화는 대체 무엇이란 말인가? 인간이 아니라 영수라고밖에 볼 수 없는 짙은 영기가 흘러나오고 있었고 그것이 천유하가 마곡정을 알아보기가 더욱 어려웠던 이유였다.

"도대체 무슨 일이 있었던 거야?"

"자세히 설명하자면 길고, 한 마디로 정리하자면 기연이지."

"……."

"표정이 왜 그래? 기연 한번 못 만나본 사람처럼?"

씩 웃던 마곡정은 문득 뭔가를 떠올린 듯 뒤를 돌아보았다.

"아."

"헉, 헉……."

그 뒤쪽으로 마곡정이 했던 것처럼 담을 넘어오고 있는 여성이 보였다.

숨이 턱까지 차오른 그녀를 본 마곡정이 질풍처럼 달려가서 빙백무극지경의 권능으로 그녀의 주변 공기를 시원하게 바꾸면서 말했다.

"이런, 허화 님. 천천히 오시라고 말씀드렸는데… 죄송합니다. 마을도 안내해 주셨는데 혼자 놔두고 와버렸으니."

마곡정을 잘 알고 있는 형운과 천유하 입장에서는 닭살이 돋을 정도로 상냥한 목소리였다. 천상에서 내려온 것처럼 특징적이고 수려한 외모로 더없이 상냥한 태도를 보이니 보고 있는 것만으로도 가슴이 두근거릴 정도였다. 그의 배려를 받은 허화라 불린 여성이 얼굴을 붉혔다.

"마, 마음 써줘서 고맙다. 하지만 괘념치 말거라. 나도 어디 가서 뜀박질이라면 뒤져본 적이 없어서 호기를 부렸을 뿐이니. 과연 영능이 무극지경에 달한 대영수의 후계자답구나."

부끄러운 듯 말하며 흐트러진 머리를 대충 정리하는 허화는 여성 기준으로는 대단히 키가 컸다. 어느 정도냐 하면 6척 장신인 마곡정보다 약간 작을 정도다.

'고위 영수! 그리고 미인이다!'

완벽하게 균형 잡힌 늘씬하고 탄탄하게 단련된 몸에 꾸미지 않았어도 한 번쯤 시선이 가게 되는 미인이었다.

'이 영수, 저 넷과 비교해도 확연히 격이 높은 존재다. 그리고 무인이 분명해.'

영수에게 있어서 인간의 모습은 숨기거나 필요에 의해 둔 갑하는 것이라 무예를 깊게 연마한 이는 별로 없었다. 전투에 능숙한 자라도 본신으로 싸우거나 혹은 영능과 술법을 쓰는 데 능한 것이지 인간의 몸으로 격투전을 벌이는 데 능숙한 것이 아니다.

하지만 허화는 인간의 몸으로 싸우는 법을 단련한 것이 분명했다. 신체 조건은 무예에 적합했으며, 겨울옷에 가려서 잘 보이지 않지만 근육도 탄력적으로 발달해 있었다.

곧 천유하를 발견한 허화는 흠흠 헛기침을 한 다음 말했다.

"유하 님, 돌아오셨는가."

"예, 허화 님. 그동안 무탈하셨습니까?"

"별일은 없었다. 유하 님이 없으면 이 넷도 얌전하게 잘 지내니 말이다."

허화가 슥 바라보자 요서, 초련, 화음, 려하 네 명의 고위 영수들이 딴청을 피웠다.

영격이 일장 수준 이상으로 높은 영수들을 고위 영수라고 묶어서 부르지만 그 안에서도 높고 낮음이 나뉘는 법이다. 허화의 영격은 저들 네 명의 여성들보다 확실히 높아서 거의 대영수에 가까운 수준이었다.

"수우야 언제나 얌전하고."

곰 영수 소녀, 수우가 천유하에게 달라붙은 채 고개를 끄덕였다. 네 명의 고위 영수들은 그 모습이 참으로 얄밉다는 듯 눈을 흘겼다.

"손님이 오셨군. 혹시 이분이 곡정 님이 말한 그분이신가?"

"예. 제 친우인 형운이라고 합니다. 강호에서 협명이 자자한 선풍권룡이지요."

"듣던 것 이상으로 놀라운 분이로군. 반갑다. 나는 수련산의 남방산군(南方山君) 허화라 한다."

수련산이라면 호장성 동북부에 위치한 산으로 일대의 영기가 짙어서 기환술사들의 수련 장소로 사랑받는 곳이었다. 수련산이 큰 산인 만큼 일대가 넓어서 산의 주인 되는 대영수 말고도 동서남북 사방을 다스리는 신하 격의 영수들이 있는데 허화는 그중 남방을 맡고 있는 호랑이 영수였다.

"격 높은 영수를 만나 뵙게 되어 영광입니다."

"형운 님은 권사라고 들었는데, 짐을 풀고 나면 여흥으로 나와 한 수 겨뤄주지 않겠나? 난 인간의 무예에 관심이 많고 특히 적수공권으로 싸우는 권각술을 오랫동안 연마해 왔으니 부디 한 수 가르침을 주기 바란다."

형운은 그러겠노라고 하고는 마곡정에게 물었다.

"근데 네가 왜 여기 있어?"

"네가 이쪽으로 온다는 소리를 듣고 와봤지. 온 지 사흘 됐다."

형운은 쌍비룡 권우의 가면을 벗은 후로는 별의 수호자 지부나 사업체들을 통해 자신의 행보를 알리면서 움직였고 종종 사람들에게 서신으로 소식을 전하기도 했다. 마곡정에게는 총단으로 돌아가기 전에 일야문에 들를 것이라는 이야기를 했을 뿐 구체적인 일정은 알리지 않았는데, 그는 형운이 행보를 통해서 이곳에 올 시기를 짐작하고는 미리 와 있었던 모양이다.

형운이 그를 미심쩍은 눈으로 보면서 물었다.

"혹시 너 아직 복직 안 했냐?"

"……"

"안 했구만. 주변에서 뭐라고 안 하디?"

"야, 나 아직 복귀한 지 두 달밖에 안 됐어!"

마곡정이 별의 수호자 총단에 복귀한 것은 10월 중순의 일이다. 복귀하자마자 보름간 초후적에게 붙잡혀서 지옥 훈련을 했고, 그 후로는 일과로 잡아둔 무공 수련과 예은과 어울리는 것 말고는 아무것도 하지 않고 놀면서 보냈다.

그런데 그런 생활을 한 달 정도 계속하니 슬슬 주변의 시선이 따가워졌다. 대단히 특이한 존재가 되어버린 그를 장로회에서 실험 대상으로 삼고 싶어 했고, 각종 연구에 협력해 주면 좋겠다는 압박을 가해오는 게 아닌가?

"복직도 안 했는데 이게 무슨 짓인가 싶어서 짜증이 막 나던 참이었는데, 마침 네가 이쪽으로 올 것 같아서 이 일을 핑계로 도망 나왔지!"

"당당하군."

"부끄러울 게 뭐 있냐?"

마곡정이 뻔뻔하게 코웃음을 쳤다. 형운이 물었다.

"공식적인 징계는 없었고?"

"없었을 리가 있냐? 3개월 징계면직. 그리고 복직 시에 반년간 감봉."

"어, 고작 그거야?"

1년 징계면직을 당한 형운은 억울함을 금할 수 없었다. 마곡정이 큭큭 웃었다.

"내가 걷어찬 백운지신 지원 건이야 네가 걷어찬 황실 건에 비하면 훨씬 가볍지 않냐? 그리고 너는 친분 있는 외부인 도우러 간 거지만 나는 일족의 생존이 걸린 문제였다는 점에서 정상참작을 받았지. 우리 일족이 별의 수호자에 속하진 않았지만 그래도 가족의 일에 대해서는 관대한 편이니까."

이 점에 대해서는 초후적이 그답지 않게 뜨거운 태도로 장로들을 설득했다고 한다.

마곡정은 그 사실을 나중에 전해 듣고 감격하고 말았다.

형운이 어이없어했다.

"보통 그렇게 감격했으면 이렇게 놀러 도망쳐 나오는 게 아니라 '사부님을 위해서라도 열심히 해야겠다!' 뭐 그렇게 다짐해야 하는 거 아니냐?"

"그거야 복직한 다음부터 열심히 하면 되지 면직 중이라 공식적으로는 일을 못 하는 상황인데 설설 기는 게 더 웃기지 않냐? 그렇게 치면 너도 이러고 있지 말고 총단에서 근신하면서 장로회에서 부를 때마다 달려가서 소득도 없는 실험이나 연구 협력을 해주고 있었어야지."

"……"

너무나 적나라하게 정곡을 찌르는 말이라 형운도 할 말이 없었다

마곡정이 천유하에게 다가가서 어깨를 탕탕 치고는 말했다.

"어쨌든 오랜만이다. 선물은 허화 님에게 드렸으니까 나중에 확인해 봐."

"곡정 님이 정말 귀중한 선물들을 들고 왔다. 은수와 은우에

게 큰 도움이 될 것이야."

허화가 흐뭇해하며 말했다.

천유하가 웃었다.

"고맙다. 그럼 일단 들어가서 차라도 마시면서 이야기하
지."

그렇게 여성 영수들의 수라장이 정리되고, 형운 일행은 안
으로 안내되었다.

4

요서가 내온 차를 마시면서 통성명을 한 다음 천유하가 형
운과 가려, 마곡정에게 각자 머물 방을 내주었다.

마곡정이 물었다.

"넌 여기 얼마나 머물 생각이냐?"

"한 달에서 두 달쯤?"

"꽤 오래 있네?"

"그때쯤이면 징계면직 기간이 끝나니까. 그 기간 끝난다고
당장 돌아갈 필요는 없지만 너무 오래 끌지 말고 돌아가기는
해야지. 그동안 일야문 상황도 좀 보고 뭐 도와줄 거 있으면
도와주고 그러면서 좀 쉴 계획이었어."

"그럼 나도 그때쯤 같이 돌아가면 되겠네."

"괜찮겠냐? 나야 징계면직 기간이 끝나봤자 공식적으로는
백수 신세다만 넌 척마대 부대주인데?"

"아, 몰라. 백 대주가 척마대주가 되어 있는 걸 보니 배알이 꼴리는 걸 어떡하냐? 게다가 오 사형도 외검대주 됐다고 염장을 질러대고… 아오, 진짜 사부님이 대련 금지령만 안 내렸어도 진짜, 확."

마곡정이 투덜거렸다. 정말로 갖고 싶었던 척마대주직을 백건익에게 빼앗긴 것으로도 모자라서 그에게 명령을 받을 것을 생각하면 울컥 짜증이 치솟는 것은 어쩔 수가 없었다.

그러던 그는 문득 나쁜 생각을 떠올린 것처럼 짓궂게 웃었다.

"그러고 보니 그거 아냐?"

"뭘?"

"제작부장님이 백 대주한테 한 소리 했다?"

"웅? 제작부장님이 왜? 척마대가 물건을 막 쓰기라도 했어?"

제작부는 별의 수호자의 일원들을 위해 여러 가지 무기와 도구를 제작하는 곳이다. 그 구성원은 장인들만이 아니라 기환술사들도 있어서 술법 처리가 된 무기부터 시작해서 기물까지 다양한 것을 연구, 제작한다.

당연히 제작부장은 총단에서 목소리가 큰 수박에 없는 사람이었다.

"백 대주가 최근에 하루가 멀다 하고 자기를 위한 새 검을 받아 간다는 거야. 열 자루, 스무 자루 막 이렇게 가져가 놓고는 얼마 지나지도 않아서 또 똑같은 주문을 해온다는데? 제작부장님 입장에서는 화날 만도 하지."

대주쯤 되는 직위의 인물이 쓸 검은 제작부에서도 그만큼
더 신경 써서 만든다. 정해진 규격대로 만드는 것에서 그치지
않고 개인의 기호를, 특성을 반영해서 맞춤 제작을 하는 것이
다.

그렇게 공들여서 만들어주는 무기를 한 개인이 수십 자루씩
가져가서 없애 버렸다고 하면 만들어주는 입장에서는 당연히
화를 낼 수밖에.

그 이야기를 들은 형운은 짚이는 구석이 있었다.

"아, 그거 혹시……."

"아마 네가 짐작하는 게 맞을걸."

마곡정이 고소하다는 듯 웃자 형운이 실소했다.

"결국 도달하셨나 보군."

"하지만 그다음이 쉽지 않은 모양이야. 쌤통이다."

"그런 사례에 대해서는 들었지만… 심검(心劍)을 펼친 다음
다시 물질화하는 게 그렇게 어렵나?"

형운은 심상경에 도달하는 과정도 특수했고, 무극의 권을
터득한 후에 그 영역에서 확장하는 식으로 심검을 익혔기 때
문에 백건익이 겪는 어려움을 실감하기 어려웠다.

마곡정이 눈살을 찌푸렸다.

"흠. 그건 솔직히 나도 잘 모르겠는데?"

상황이 특수하기는 마곡정도 마찬가지였다. 청륜과 합일함
으로써 빙백무극지경의 권능과 심상경을 둘 다 얻었기에 심

도(心刀)를 펼칠 때의 물질화 과정을 자연스럽게 터득했다.

"유하라면 알지도 모르겠군."

천유하는 형운, 마곡정과 달리 굉장히 정석적인 과정으로 심상경에 오른 인물이었다. 다만 천부의 자질을 타고난 성운의 기재다 보니 그 과정이 매우 빠르게 이루어졌을 뿐이다.

마곡정이 이를 드러내며 웃었다.

"그러고 보니 오랜만에 다시 봤는데 한판 해야지?"

"여기 남의 집이다."

"그러니까 유하 그놈도 같이 껴서 말이지. 뭐, 그놈이야 막 돌아온 참이니 제자들부터 점검해야겠지만……."

"기왕이면 나도 껴주겠나?"

허화가 어슬렁어슬렁 다가오며 말했다. 키도 크고 근육도 발달해 있는지라 멀찍이 떨어져서 뒷모습을 보면 남자로 착각할 것 같은 걸음걸이다. 물론 앞모습을 보면 가슴도 충분히 부풀어 있고 얼굴도 여성적이라 헷갈릴 일이 없었지만 말이다.

"아까 부탁한 것, 괜찮다면 지금 하면 좋겠는데 말이다. 여기가 넓어서 할 만한 장소는 얼마든지 있다."

"그럼 그럴까요? 아, 누나."

"응?"

고개를 끄덕인 형운이 한쪽으로 시선을 주며 말하자 허화가 의아해하며 그쪽을 바라보았다. 그리고 흠칫했다.

마치 허깨비처럼 아무런 기척도, 소리도 없이 가려가 나타나 있었다.

"누나도 같이할래요?"

"저는 됐습니다. 주변을 둘러보고 올 테니 혹시 일이 있으면 불러주시지요."

가려는 고위 영수들이 득시글거리는 상황이 불편한 기색이 역력했다. 그녀는 허화가 빤히 보는 앞에서 허공에 녹아들듯이 모습을 감추어 버렸다.

허화가 놀란 표정으로 눈을 껌뻑거리다가 물었다.

"어… 저분, 혹시 어디의 고명한 영수신가?"

"아뇨."

"그런데 저건 대체……."

수련산의 남방산군으로 불리는 허화는 굳이 술법을 쓰지 않아도 놀라운 감지 능력을 갖고 있었다. 야생의 감이 영능으로 화한 그 능력은 상승무공을 연마한 고수를 능가한다. 그런데도 가려의 기척을 전혀 잡을 수가 없었다.

"누나의 은신술은 입신(入神)의 경지라 다들 그러니까 신경 쓰지 마세요."

"……."

입신의 경지라고 하면서 신경 쓰지 말라고 하면 대체 어떻게 반응해야 한단 말인가?

형운이 물었다.

"그럼 어떻게 할까요?"

"내 실력을 보고 적당히 해주면 고맙겠다."

"흠……."

"어려운 주문인가? 하지만 나는 형운 님이 무인들 기준으로도 대단히 뛰어난 고수라는 것만 알 뿐 나와 어느 정도 실력 차가 있는지 모른다."

"실은 저도 허화 님의 실력을 짐작할 수가 없어서 그렇습니다. 영수님들 중에 인간의 모습으로 적극적으로 무예를 단련한 분을 많이 보지 못해서……."

"내가 흔치 않은 경우이긴 하지. 알겠다. 그럼 처음에는 살살 하다가 조금씩 강도를 높여보는 방식으로 하지."

연무장에 가자 천유하가 은수와 은우를 데리고 와서 무공 성취를 점검해 보고 있었다.

형운이 물었다.

"어, 여기서 해도 되나?"

"괜찮아. 딱히 비전을 지도하는 중은 아니니까. 허화 님하고 대련하려고 온 거야?"

"응. 참고가 될 만한 조언 좀 해줘."

"음……."

천유하가 잠시 고민하다가 말했다.

"영능을 안 쓰서도 네가 막연히 짐작하는 것보다는 훨씬 빠르고 강하실 테니 집중해."

"유하 님이 미숙한 내 얼굴에 금칠을 해주는군. 하하하."

허화가 호탕하게 웃더니 적당히 위치를 잡고 자세를 취했다. 형운이 마주 서서 자세를 잡자 씩 웃으며 벼락처럼 달려든다.

'오, 확실히 빨라!'

형운이 놀랐다. 허화의 움직임이 생각 이상으로 빨랐다. 그리고 방어 위를 때리는 공격도 상당히 묵직하다.

'대단한데!'

고위 영수가 인간으로 둔갑하면 어지간히 둔갑술이 미숙하지 않은 한 일반인보다 월등히 신체 능력이 뛰어나게 마련이다. 하지만 그것은 무인이 무공을 연마하여 얻은 신체 능력과는 큰 차이가 있었다.

그들은 아무리 초인적인 능력이 있어도 그것을 올바르게 쓰지 못한다. 그저 빠르고 강할 뿐이다. 물론 그것만으로도 일반인에게는 무시무시해 보이겠지만 무공을 연마하여 얻은 무력이란 그저 빠르고 강한 것에 그치지 않는다.

무인은 경공으로 몸을 가볍게 하고, 천근추로 몸을 무겁게 하며, 경기공으로 몸을 단단하게 한다.

그것만으로도 신체 능력만으로는 짐작할 수 없는 움직임과 놀라운 파괴력을 발휘할 수 있다. 여기에 보법을 비롯하여 진기를 쓰는 기술들까지 더해지면 신체 능력이 우월한 것만으로는 도저히 따라갈 수 없는 격차가 발생하는 것이다.

'하지만 이분은 무예만 연마한 게 아니야. 영력을 써서 신체 능력을 증폭시키고 있다. 이건 반쯤 무공의 영역에 달해 있군.'

영능으로 경공과 천근추는 흉내 낼 수 없지만 경기공과 비슷하게 신체의 강도를 높이고, 근력이나 순발력도 증폭하고 있었다. 거기에 군더더기 없이 훌륭하게 연마된 권각술이 더해지자 어지간한 고수라도 쉽게 볼 수 없는 실력이었다.

"헉, 헉, 대단하군. 전력을 다했는데 자세 한 번 무너뜨리지도 못하다니."

한 식경(30분) 동안이나 격렬한 공방을 벌이고 나자 허화가 물러나서 숨을 몰아쉬었다.

'영력으로 지구력도 증폭하고 있군.'

신체 능력이 아무리 뛰어나도 전력을 다해서 격렬한 운동을 계속하면 지칠 수밖에 없다. 그런데 그런 운동을 한 식경이나 유지했다는 것은 무인이 진기를 운용하듯 영력을 운영하여 지구력을 늘렸다는 뜻이다.

'하긴 영수는 영력이 많은 것을 좌우하지. 요는 그 감각을 인간의 몸으로 둔갑한 상태에서도 적용할 수 있는가인가?'

말로 하면 간단해 보이지만 쉬운 일이 아니었을 것이다. 허화가 인간 모습으로 싸우는 법을 깊게 연구했음을 알 수 있었다.

"정말 깊이 연구하셨군요. 영수 중에 인간의 모습으로 이렇게나 잘 싸우시는 분은 처음 봅니다."

"하하하. 한 우물만 판 것은 아니지만 그래도 70년이나 공부했으니 이 정도는 해야 하지 않겠는가?"

"……."

젊은 여성의 모습으로 70년이라는 세월을 아무렇지 않게 이야기하니 적응이 되질 않는다!

"그런데 본신은 호랑이시라고 들었는데 왜 굳이 인간의 몸으로 싸우는 법을 연구하신 겁니까?"

"아, 예전에 봉인술에 당한 적이 있어서다. 처음부터 본신으로 있었다면 안 걸렸겠지만 인간으로 둔갑한 상태를 노려서 기습을 가해오니 꼼짝없이 걸려서 본신으로 돌아갈 수가 없더군. 다행히 영능과 술법으로 어떻게 물리치기는 했지만 꽤 섬뜩한 경험이라 그 일을 계기로 인간의 모습일 때도 위기 대처 능력을 키울 필요를 느꼈지. 그런데 무술이라는 게 배우면 배울수록 재미있는지라 반은 필요에 의해서, 반은 취미로 파고들게 되었지."

그 말에 형운은 설산에서 싸웠던 성하를 떠올렸다. 오랜 봉인에서 깨어난 그녀는 백야의 저주로 인해 본신인 이무기 모습을 봉인당해 인간의 모습으로 싸워야만 하는 처지였다.

확실히 강대한 힘을 지닌 존재와 싸울 때 그들의 본신을 봉하고 인간 모습으로 묶어두는 것은 꽤 효율적인 전술일 것이다.

허화가 말을 이었다.

"또한 이 수련이 나 자신의 영격을 높이는 데 도움이 된다고 여겨서다. 본신의 능력에만 의지할 게 아니라 인간으로 둔갑한 모습 또한 나 자신이라 여기고 연마하니 성과가 나오더군."

"동감입니다."

고개를 끄덕이며 나선 것은 형운이 아니었다.

두 사람이 대련을 하는 동안 영수들이 모두 와서 구경하고 있었다. 그리고 그중 백령회의 호랑이 영수인 화음이 끼어든 것이다.

"백령회의 화음이라고 합니다. 저는 검술을 연마한 몸입니다. 실례가 안 된다면 저하고도 한 수 겨뤄주시면 감사하겠습니다."

"검을 쓰신다면 저보다는 유하나 곡정이가 낫지 않겠습니까?"

"두 분은 이미 가르침을 주셨습니다. 적수공권으로 무기를 든 상대를 제압하는 대협의 무공을 경험해 보고 싶군요."

"알겠습니다."

화음은 허화보다는 못해도 상당한 실력자였다. 다만 그녀의 경우는 본인이 인간의 모습으로 싸우는 법을 깊게 연구한 것만이 아니라…….

'본인이 그 의미를 다 이해하지는 못해도 기술 자체가 명확한 철학 위에서 정립되어 있다는 느낌이다.'

마치 역사와 전통이 있는 무공들이 그렇듯이 말이다. 아무래도 백령회 내부에 인간 모습의 전투법을 연구하는 이들이 있는 것 같았다.

'인간의 모습을 한 8한 방법을 탐구하고 인간과 맺어지는 것도 거부감을 갖지 않는 영수들이기 때문인가?'

흥미로웠다. 영수들에 대해서 많이 알았다고 생각했지만 알면 알수록 더 많이 알아야 할 것이 남았음을 알게 되었다.

화음하고도 겨뤄준 형운은 그다음에는 백령회의 영수들 중

진수와 또 한 명의 무투파 영수와도 겨뤄줘야 했고, 그다음에는 체력을 회복한 허화하고도 겨뤄줘야 했고…….

"아, 다들 그만 좀 하시죠! 한 번씩 했으면 물러나요! 이러다 나는 해보지도 못하고 끝나겠네!"

결국 기다리다 지친 마곡정이 발끈하는 것을 보며 웃어야 했다.

5

일야문의 식사 시간은 문도들과 식객 영수들 모두가 한자리에 모이는 시간이었다. 음식 솜씨가 뛰어난 여우 영수, 요서가 진두지휘를 하고 다른 이들이 도와서 식사를 준비하고 화기애애한 분위기로 저녁 식사를 마쳤다.

그러고 나서 형운과 마곡정, 천유하는 셋이서 따로 술자리를 가졌다.

"분위기가 참 좋네."

형운이 솔직한 감상을 말했다.

다섯 명의 여성 영수들이 천유하를 둘러싸고 경쟁하는 중이라 저녁 식사 시간에도 또 수라장이 벌어지는 것은 아닐까 우려스러웠다. 하지만 모두들 식사 시간에는 그런 의도를 감춘 채로 담소를 나누었다. 형운과 마곡정도 대련을 통해서 어색함이 사라져서 함께 웃고 떠들고 있었다.

천유하가 미소 지었다.

"그렇지? 참 고마운 분들이야."

그가 이화연과의 일로 마음의 상처를 입고 힘들어하던 때, 차례차례 찾아온 저들 덕분에 우울해할 겨를도 없이 정신없는 나날을 보냈다. 그렇게 보낸 시간이 정신을 유지하는 데 큰 도움이 되어주었다.

그녀들이 와주지 않았더라면, 그래서 고요하고 평온한 시간이 주어졌더라면… 그랬다면 도저히 괜찮았을 것 같지 않았다.

하지만 고마운 것은 고마운 것이고 난처한 것은 난처한 것이다.

현재 일야문에는 아홉 명의 영수 식객이 있었다.

진수를 비롯한 백령회의 영수가 다섯 명.

"응? 네 명이 아니라 다섯 명?"

"화음 님은 백령회 소속이시거든."

소녀 검객의 모습을 한 호랑이 영수 화음은 1년 전쯤 백령회에서 추가로 파견 나왔다. 그리고 공식적으로 천유하에게 혼담을 내민 상대 중에 하나이기도 했다.

"혼담을 내민 상대 중에 하나라니……."

"혹시 다른 영수들도?"

형운과 마곡정이 놀라서 묻자 천유하가 쓴웃음을 지으며 설명을 계속했다.

요서는 여우 영수로 모친이 요괴의 저주에 당해 죽어가던 차에 천유하가 그녀를 도와서 저주를 내린 요괴를 처치하고,

친분이 있는 자 중 술법에 능한 영수를 불러서 저주를 해결해 준 바 있었다. 그 후 백령회에서 일야문에 영수들을 파견했음을 풍문으로 전해 듣고는 자신도 은혜를 갚겠다면서 찾아왔다.

초련은 어린 시절의 천유하에게 구명의 은혜를 입은 바 있는 살쾡이 영수였다. 천유하가 일야문에 가 있느라 오랫동안 찾아오지 않자 조검문에 내려왔다가 스승인 우격검 진규에게 일야문의 대략적인 사정을 듣고는 달려왔다고 한다.

려하는 학 영수로 나무 요괴에게 사로잡혀서 가사 상태로 정기를 빨리고 있는 것을 천유하가 구해주었다. 그 후로 그녀가 속한 영수 조직의 이름으로 정식으로 혼담을 넣었다가 천유하가 정중하게 거절하자 그래도 은혜는 갚겠다면서 일야문에 눌러앉았다.

수우는 수련산의 패자인 일각웅(一角熊)의 막내딸이었다. 과거 일각웅의 인간 후손이 마수에게 죽은 일이 있었는데, 천유하가 우연히 그 마수와 조우하여 처치한 것이 알려지자 수우와의 혼담을 추진했다. 천유하는 이 혼담도 정중하게 거절했지만…….

"허화 님이 보호자 자격으로 수우 님을 데리고 오셨지. 곁에 머무르면서 차분하게 친분을 다져보자면서……."

천유하가 한숨을 푹 쉬었다.

"와……."

"살다 살다 이런 놈은 또 처음 보네. 인생이 설화구만."

형운과 마곡정이 어이없어했다.

천유하가 마곡정에게 물었다.

"혹시 너는 고향에서 영수들한테 인기 있지 않았어?"

"솔직히 인기야 있지. 이런 몸이 된 후로는 아주 그냥 인기 폭발이었다."

"그럼 혹시 조언해 줄 말 없냐?"

"임자 있는 몸이 되면 된다."

"……"

"아, 물론 영수들 사고방식이 인간보다는 짐승에 가까운 경우가 많아서 '그래도 애만 만들자. 애는 내가 돌보면 되니까'라거나, '인간 반려와 영수 반려는 따로 둬도 되는 거 아니냐'라거나, 혹은 '종족에 따라서는 강한 남자가 여러 여자를 거느리는 것은 당연한 거 아니냐'며 막 밀어붙이는 경우도 있기는 한데……."

형운은 두 사람의 이야기를 듣다 보니 정신이 혼미해질 지경이었다. 완전히 사는 세상이 다른 것 같은데 그렇게 사는 놈들이 자신의 친구라니…….

마곡정이 가슴을 탕탕 치며 말했다.

"그런 매는 무려은 쓰는 한이 있더라도 단호한 태도를 관철했지. 내게는 예은이가 있으니까 당신들을 받아줄 수 없다고."

"어……."

형운과 천유하가 그를 보며 탄성을 흘렸다. 천유하가 어이없다는 듯 웃으며 말했다.

"나 지금 널 알게 된 후로 처음으로 네가 멋있다고 생각했다……."

"멍청아. 난 언제나 멋있었다. 네 눈깔이 삐어서 못 알아봤을 뿐이지."

마곡정이 얼굴에 철판 깐 소리를 하면서 매력적인 미소를 지었다.

"하여튼 내가 인기 있어봤자 설산의 영수 사회 안에서의 이야기지. 전국 각지에서 여성 영수들이, 그것도 죄다 고위 영수들로만 너 꼬셔보겠다고 달려오는 상황은 도대체 어떻게 해야 그럴 수 있는지 상상도 안 가는데?"

영수들에게 익숙한 마곡정이 봐도 천유하의 상황은 기가 막혔다.

형운이 물었다.

"근데 혼담은 거절했다며?"

"거절했지. 다들 그래도 와 계신 거지."

열 번 찍어 안 넘어가는 나무 없다거나, 첫눈에 반하지 않았어도 곁에서 설득하다 보면 어떻게 될지 알 수 없다거나, 10년은 인간에게는 길어도 영수에게는 그리 안 길다는 소리를 해가면서 말이다.

형운이 식은땀을 흘렸다.

"무, 무섭다……."

"그러게. 근데 영수들이 원래 좀 그런 면이 있어. 인간의 관습에 구애받지 않는 경우도 많고, 또 고위 영수면 상황을 길게

봐도 이상하지 않지."

마곡정이 고개를 끄덕였다.

천유하가 말했다.

"다들 좋은 분들이야. 덕분에 나도 어디 갈 때 안심하고 다닐 수 있고."

고위 영수가 득시글거리는 일야문은 이미 머릿수로 가늠할 수 없는 어마어마한 전력을 보유하고 있는 셈이었다. 그들이 있기에 천유하는 안심하고 일야문을 비울 수 있었다.

마곡정이 은근히 물었다.

"그래도 다들 인간으로 둔갑한 모습이 미인이고, 네가 좋아서 먼 길을 달려왔는데 그 마음에 응해줘야겠다는 생각이 드는 그런 상대는 없냐?"

"아직은… 그래. 물론 저분들이 싫은 건 아니야. 다들 좋은 분들이고, 개인적으로 굉장히 힘든 시기에 저분들이 와서 일야문이 복작거려서 슬퍼하거나 우울할 겨를도 없이 정신없이 보낼 수 있었지."

형운은 그것이 이화연과의 일임을 알아차렸다.

"하지만 아직은 모르겠어. 그래서 저분들한테 죄짓는 기분도 들고 그래."

"그건 너무 오만방자한 시각 아니냐? 다들 네가 입장을 명확히 밝혔어도 상관없다고 붙어 있는 건데 그렇게 말하면 저분들이 뭐가 되냐?"

"그, 그런가?"

마곡정의 지적에 천유하가 당황했다. 듣고 보니 또 그런 것 같았다.

형운이 놀란 눈으로 마곡정을 보며 말했다.

"너 이상해."

"응? 뭐가?"

"내가 아는 마곡정은 이렇게 사려 깊고 어른스러운 녀석이 아닌데?"

"싸워보자 이거냐?"

마곡정이 형운을 째려보는데 문득 천유하가 마곡정에게 술 잔을 건네었다.

"왜?"

"진즉 했어야 할 이야기를 안 한 것 같아서. 사정은 형운에게 들었다. 조부님의 일은 유감이야. 고인의 명복을 빈다."

"고맙다."

마곡정이 흔쾌히 그의 잔을 받아서 단숨에 비웠다.

형운이 물었다.

"설산 쪽은 어떻게 됐어?"

"얼추 정리가 됐으니까 내가 왔지. 우리 일족 체제도 대충 정비했고."

대마수 만설군과 설경의 내단과 피와 살을 먹는 것으로 청안설표 일족의 어르신들은 영력이 폭증했다. 그중에 우두머리로 선출된 이가 다른 이들보다 많은 내단을 먹고 나서 영격을 높였는데…….

"근데 역시 대영수라는 건 남의 영육 먹는 것만으로는 될 수 있는 게 아닌 모양이야."

유감스럽게도 대영수가 되지는 못했다. 받아들인 기운을 다 소화하고 영격을 높이기 위해 부단히 노력해야 할 것이다.

우두머리의 격이 대영수에 미치지 못하기는 했지만 일족의 어르신들만이 아니라 구성원 모두가 이전보다 강력한 힘을 지니게 되었다. 그래서 마곡정은 안심하고 설산을 떠날 수 있었다.

"백야문 쪽은?"

"없어진 마을의 생존자들 중에 어린애들을 수련생으로 받아들였더군. 하지만 사람을 키우는 건 쉬운 일이 아니지. 긴 싸움이 될 거야."

"그렇군."

아마 백야문은 당분간은 강호에서 활동하기 어려울 것이다.

세 사람은 술을 주거니 받거니 하면서 이런저런 이야기를 주고받았다. 떨어진 시간이 길었던 만큼 정말 많은 이야기가 쌓여 있었다.

그러다가 문득 마곡정이 물었다.

"그러고 보니 형우, 너 말야."

"응?"

"가 무사하고는… 아직도 진도가 전혀 안 나간 거냐?"

"……."

천유하에게 비슷한 소리를 들은 것이 불과 며칠 전인데 마곡정에게 또 이런 소리를 들을 줄이야.

형운은 술잔을 단숨에 비우고는 말했다.

"곡정아, 한 가지 묻고 싶은 게 있는데."

"내 질문은 싹 씹어버리기냐?"

"아, 그런 거야 분위기 보면 모르겠냐? 척 하면 착 하고 알아먹어, 좀!"

"쯧쯧. 그래서 뭘 묻고 싶은데?"

"넌 예은이랑 처음 사귈 때… 어떻게 고백했냐? 예은이가 받아줄 거라는 확신이 있었어?"

"잠깐."

마곡정이 눈살을 찌푸렸다.

"어떻게 내가 먼저 고백한 걸 알고 있냐?"

"예은이가 말해줬거든."

"……."

"넌지시 찔러보니까 허둥거리면서 너한테 고백받아서 사귀었다고만 말해주던데. 자세한 건 안 물어봤어."

"야, 그거 고용주의 횡포 아니냐?"

"여동생을 둔 오빠의 마음이라고 해주지 않으련?"

"하여튼 말은 잘해요."

구시렁거리던 마곡정이 말했다.

"우리가 어떻게 해서 가까워졌는지 계기는 들었냐?"

"예은이가 산적 두목을 동경하던 너를 사람다운 모습으로 다니게 만들어준 거 아니었냐? 그때부터 눈에 띄게 분위기가 그렇게 변했지."

"…그렇게 티가 났나?"

"설마 티가 안 났을 거라고 생각한 거냐? 놀려먹고 싶은 마음은 굴뚝같았지만 예은이를 배려해서 모르는 척해준 거지."

"그렇게 눈치가 빠른 놈이 왜 자기 연애는 꽝이냐?"

"……"

그 말이 푹 하고 가슴에 박혀서 형운의 말문이 막혀 버렸다.

흥 하고 코웃음을 친 마곡정이 말했다.

"뭐, 하여간 그 일이 계기가 되어서 자주 이야기를 하게 되었는데… 이야기를 하면 할수록 그런 마음이 들더라고. 이 사람에 대해서 더 알고 싶다. 이 사람이 좋다."

마곡정은 그 이유를 힘주어서 말했다.

"하지만 내가 참 사람 마음을 잘 모르거든. 내가 세상을 보는 눈이 다른 사람들하고는 많이 다르다는 걸 알고 있었어. 예은이랑 알게 되면서 더 그런 자각이 강해졌지."

안다고 해서 쉽게 고칠 수 있는 문제가 아니다. 그리고 과연 고쳐야 되나 싶기도 했다.

"그래서 망설이기도 했지. 처음에는 편지 같은 걸로 내 마음은 전해버리고 했어. 한 사흘 정도 붙잡고 수백 장 정도 쓰다 버리고 쓰다 버리고 쓰다 버리고 그랬는데……."

그러다가 문득 이게 뭐 하는 짓인가 싶었다. 자신이 한심하게 느껴져서 다 때려치우고 예은을 찾아가서 말했다.

나는 당신이 좋다고. 그러니까 사귀어달라고.

갑작스럽고 직설적인 고백에 예은은 얼굴이 사과처럼 붉어졌다. 긴 침묵 속에서 마곡정이 불안해하기 시작할 때쯤, 그녀는 살며시 고개를 끄덕여 주었다.

형운이 물었다.

"거절당할 경우는 생각하지 않았냐?"

"당연히 생각했지. 안 그랬으면 사흘 동안 편지로 마음을 전하겠다는 어울리지도 않는 헛짓거리를 했겠냐?"

하지만 마곡정은 결국 자신의 마음을 털어놓는 쪽을 택했다.

"살면서 그런 마음이 든 건 예은이가 처음이었어. 우리가 만날 거창한 장래를 이야기하지만 실은 언제 길바닥에서 칼질하다 뒈질지도 모르는 인생이지. 그런데 부딪쳤다 깨질 게 무서워서 그런 기회를 놓치고 싶진 않더라고."

"만약 거절당하면 어쩌려고 했어?"

"그럼 뭐, 너 불러다 술이라도 퍼마시고 시름을 달랬겠지. 어쩔 수 없는 거 아니겠냐? 예은이를 보기가 어색했겠지만 그거야 감수해야 할 일이었고."

"……."

"그나저나 너가 무사한테 마음 있는 건 맞구만. 근데 둘이서만 여행을 떠나서 한참 시간이 지났는데 전혀 진도가 안 나갔어?"

그 말에 형운은 땅이 꺼져라 한숨을 쉬었고, 천유하는 쓴웃음을 지었다.

형운이 천유하에게도 털어놓았던 고민을 이야기하자 마곡
정이 말했다.

"겁쟁이 자식."

"……."

"…이라고 비웃어주고 싶지만 이해는 한다. 내가 예은이한
테 거절당하는 경우랑은 부담이 다르니까."

형운과 가려는 서로가 있는 것을 숨 쉬는 것처럼 당연하게
여기는 관계였다. 어려서부터 가족보다도 더 친밀하게 여겼던
관계가 깨질 것을 두려워하는 것은 당연한 것이리라.

"그래도 언젠가는 부딪쳐야 할 문제 아니냐? 물론 네가 늙
어 죽을 때까지 지금 같은 관계를 유지할 생각으로 그 마음 곱
게 접어둘 생각이면 또 모르지. 독신으로 살 거면 그것도 나쁘
지 않을 수도 있겠네."

"……."

"그러긴 싫으시구만, 또."

마곡정이 피식 웃었다. 형운이 노골적으로 표정을 일그러뜨
렸기 때문이다.

지금의 형운은 가려에 대한 연심을 자각했다. 가슴속에서
그녀에 대한 갈망이 샘솟는 것을 걸러내는 것은 정말로 답답
하고 힘든 일일 것이다.

"그럼 뭐, 딱히 해줄 말이 없네. 기회를 잘 보고 고백하라는
말밖에는."

"그런 기회 만드는 걸 도와줄 생각은 없냐?"

"나한테 그런 거 도움받고 싶냐?"

"응."

"와, 단호하게 말하는 걸 보니 궁지에 몰리긴 했구만. 그럼 다시 물을게. 내가 도와줘서 잘될 것 같냐?"

"……."

그 말에 형운이 입을 다물었다.

'제, 젠장.'

아무리 상상해 봐도 좋은 결과가 떠오르지를 않는다!

"…됐다. 그냥 혼자 열심히 해볼게."

"잘 생각했다. 술이나 마셔."

마곡정이 상큼하게 웃으며 잔을 채워주는데, 그 모습이 그렇게 얄미울 수가 없었다.

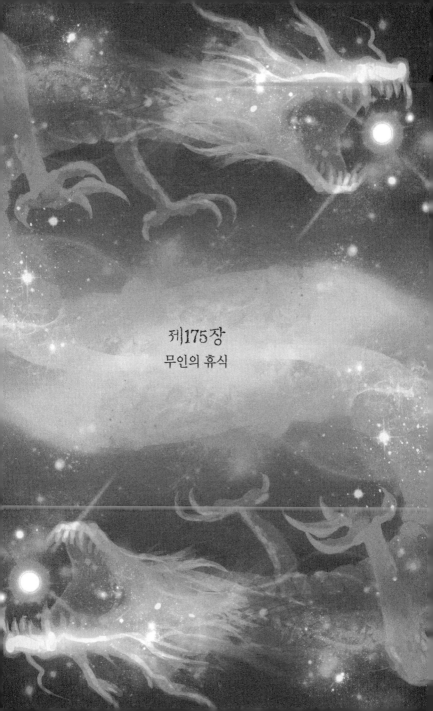

제175장
무인의 휴식

성운을
먹는자

1

새해가 밝았다.

별의 수호자 총단에서는 어김없이 신년 비무회가 열렸다.

뜨거운 열기 속에서 각지에서 모여든 젊은 무인들이 청년부에서 부딪친 끝에 우승자가 탄생했다.

"승자, 어경혼!"

작년에 양우전에게 패해 준우승에 머물렀던 어경혼이 우승을 거머쥐었던 것이다,

결승전은 작년에 8강전에서 맞붙었던 강적, 전 수성 윤호현의 제자 구영한과 맞붙었다. 구영한도 1년 동안 절치부심해서 실력이 늘었기에 격전을 벌였지만 끝내 승리한 것은 어경혼이었다.

"이야아아아아!"

관객의 환호 속에서 어경혼은 객석에서 내려와 달려오는 조희를 안아 올리고 빙글빙글 돌면서 기뻐했다. 그 노골적인 애정 행각에 객석이 한층 뜨겁게 달아올랐다.

"어휴, 우리 부대주님 진짜……."

"빨리 혼인이나 해버려라, 좀."

척마대원들은 지긋지긋하다는 듯 투덜거리면서도 박수로 축하해 주었다.

2

신년 비무회 말고도 총단을 들뜨게 하는 소식이 있었다.

'천공지체 2차 후보 모집'.

마침내 두 번째 천공지체를 탄생시키기 위한 작업이 시작되었던 것이다.

이 장로는 2차 후보를 선정하는 과정부터는 한발 물러난 태도를 보였다. 총괄 책임자 지위는 그대로 갖지만 실질적인 권한을 초대 천공지체 완성까지의 과정에서 가장 크게 공헌한 인물에게 돌린 것이다. 다들 그가 원세윤에 이어 차기 장로가 될 인재라고 입을 모았다.

'2차 후보도 1차 후보 때와 같은 규모를 선정할 것이다. 최종적으로는 다섯 명 이상을 천공지체로 만들어내는 것이 목

표다.'

천공지체 연구진은 이번 연구 계획의 목표를 공식적으로 발표했다.

지난번에는 300명을 모집해서 강연진과 오연서만이 천공지체가 되었다. 하지만 두 명의 성공 사례가 탄생하기까지 누적된 방대한 연구 자료는 더욱 높은 성공률을 보장해 줄 수 있을 것이다.

이 소식을 보고받은 원 장로가 말했다.

"선수를 빼앗겼군."

백운지신 연구진 역시 같은 작업을 시작할 예정이었다. 하지만 총단을 떠난 그들은 아직 운벽성 지부에 도착하지 못한 상태였다. 그러다 보니 천공지체 연구진 쪽에 선수를 허용하고 만 것이다.

하지만 상관없었다. 두 연구 계획의 경쟁은 최소한 앞으로 10년, 어쩌면 양산까지 20년 이상 계속될 테니까.

"강연진과 오연서, 두 사람은 새로운 척마대 부대주로 취임한다는구나."

척마대는 조직 확대에 들어가다

이번에 개설되는 지부는 운벽성 지부와 영운성 지부 두 곳이다.

규모는 운벽성 지부가 더 크다. 영운성 지부는 총단의 부대주가 지부장으로 취임한다. 그에 비해 운벽성 지부에는 양우전 말고도 총단의 부대주 한 명이 파견되어 일하게 된다. 물론 같은 부대주라도 지부장인 양우전이 더 높은 직위로 대접받는 다.

이렇게 두 개 지부가 개설되었기에 총단의 부대주 자리 중 두 개가 비게 되고, 이 공백을 강연진과 오연서가 메꾸게 되는 것이다.

양우전이 고개를 갸웃했다.

"오연서는 의외군요. 위진국 본단으로 돌아갈 줄 알았는 데."

"본인이 강하게 희망했다는군. 아마 화성의 지시였겠지."

원 장로는 그렇게 추측했지만, 실상은 그렇지 않았다.

하성지는 오연서를 위진국 본단으로 귀환시킬 생각이었다. 하지만 오연서가 고집을 부려서 척마대 부대주로 취임한 것이 다.

그렇게 유년기부터 무위를 겨뤄오던 이들은 이제는 조직의 간부로서의 역량을 겨루게 되었다.

'하지만 결국 무인은 무공으로 가치를 증명하는 법.'

양우전은 자연스럽게 떠오르는 내면의 속삭임에 귀를 기울 였다.

'다시 겨룰 기회가 온다면… 이번에야말로 지난날의 굴욕 을 청산하는 날이 될 것이다.'

지금의 양우전은 멈춰 서는 것을 모른다. 하루하루 눈을 뜰 때마다, 훈련할 때마다 새로움을 발견하고 있었다.

어제의 내가 완벽하다고 생각했던 것이 실은 그렇지 않음을 알게 되고, 조금 전까지의 내가 할 수 없다고 여겼던 것을 할 수 있게 된다. 내면의 목소리가 그가 낼 수 있는 최선의 답으로 그를 인도해 주고 있었다.

그것은 모든 무인이 갈망해 마지않는 직관이다. 자신이 옳은 길을 가고 있음을 결과로 증명해 주는 확신.

아마도 성운의 기재가 지닌 재능 또한 이런 것이리라. 미숙하던 시절부터 줄곧 그들을 최선의 길로 향하게 하는 내면의 이끌림.

하지만 왜일까?

키득…….

무인으로서 더없이 충실한 만족감 속에 발전해 가면서도, 때때로 등 뒤에서 자신을 비웃는 소리가 들려오는 때가 있는 것은…….

'괜찮아.'

그럴 때마다 양우전은 자신의 약함을 마주 보기 위해 노력했다.

필시 이것은 자신의 열등감일 것이다. 오랫동안 그의 마음 속 상처에 깃들어 있던 심마(心魔)와도 같으니, 이것을 떨쳐내는 방법은 승리의 기억뿐이리라.

3

일야문에서 보내는 날들은 매일매일이 와자지껄하고 즐거웠다.

어디에 손님으로 머물게 되면 다들 손님에 대한 격식을 차리게 마련이었다. 하지만 일야문에 머물고 있는 영수들, 특히 천유하를 노리고 있는 영수 여성들은 그런 거리감이 희박했다. 이미 형운 앞에서 못 볼 꼴을 많이 보여줘서 그런지 다들 허물없는 태도를 보였다.

천유하는 하루하루를 무슨 연애소설의 주인공처럼 보내고 있었다. 영수들은 때와 장소를 가리지 않고 애정 공세를 퍼부었고 옆에서 보다 보면 상당히 야릇하고 위험한 순간들이 하루가 멀다 하고 연출되었다.

그 분위기를 최대한 좋게 거부하면서 도망 다니는 천유하의 노력을 보고 있노라면 왠지 눈물이 날 것 같은 기분이었다. 그렇게 시달리면서도 은수와 은우를 지도하는 것은 절대 소홀히 하지 않는 천유하가 참으로 대단해 보였다.

물론 그것은 영수 여성들이 천유하가 무공에 대한 일을 할 때만은 절대 방해하지 않는 덕분에 가능한 일이었다. 그들은 무인이 무공을 대하는 시간이 결코 침범해서는 안 되는 영역임을 알고 있었다.

"내가 100년만 젊었다면 형운 님에게 구애했을지도 모르겠군."

"콜록!"

일야문에 온 지 며칠이 지났을 때, 연무장에서 허화가 불쑥 던진 말에 형운은 당황한 나머지 사레가 들릴 뻔했다.

허화가 호탕하게 웃으며 형운의 어깨를 팡팡 쳤다.

"걱정 마라. 난 오래전에 동족 영수와 혼인도 했던 몸이고 자식들도 장성해서 그럴 마음이 없으니."

"아, 부군이 계셨군요."

"오래전에 사별했지만 말이다."

"……."

"인간의 천수(天壽)보다 두 배는 더 살고 갔으니 심각해질 필요 없다. 어쨌든 형운 님은 영수들이 보기에는 참으로 애매한 존재다."

"네? 무슨 말씀이신지……."

"저 아이들이 유하 님에게 끌리고 있지만, 형운 님에게 끌려도 이상하지 않지. 그런데 다들 그런 기색이 없는 게 왜일 것 같은가?"

"…전제부터가 이해되지 않습니다. 저분들이 왜 제게 끌립니까?"

"저 아이들의 공통점은 인간과 맺어지는 것에 관심이 있다는 것이다. 즉, 인간을 반려가 될 수 있는 존재로 본다는 것인데, 그런 기준으로 보면 형운 님은 매력적인 조건을 갖추고 있지 않은가?"

"……."

"조건만 따져보면 그렇다는 것이다. 하지만 저 아이들이 형운 님을 그런 눈길로 보지 않는 것은, 아마도 형운 님이 부담스러워서일 터."

형운은 도무지 허화의 이야기를 따라갈 수가 없었다. 그런 생각이 노골적으로 드러나는 표정을 지어 보이자 허화가 쓴웃음을 지었다.

"아마 형운 님이 영능이 없는 인간이었다면 주변에 유하 님처럼 수많은 영수 구애자들이 있었을지도 모른다. 형운 님의 기운은 마치 영산(靈山)의 영혈(靈穴)에 고인 샘물만큼이나 유혹적이니까."

일월성신의 기운이 영수들에게는 그렇게 보인다는 뜻이었다.

"하지만 형운 님은 언뜻 보면 대영수가 둔갑한 게 아닌가 싶을 만큼 엄청난 권능을 지녔지. 빙백무극지경의 권능과 뇌령무극지경의 권능을 한 몸에 지닌 존재라니, 두 눈으로 보면서도 믿어지지 않는 일이다. 그 한 몸에 대영수라 불릴 만큼 격이 높은 권능 둘이 깃들어 있으니, 고위 영수라 할지라도 위압감을 느낄 수밖에 없지. 그 권능의 주인인 형운 님이 그것으로 타인을 위압하는 것을 원치 않기에 잘 갈무리하고 있지만, 그럼에도 영수라면 본능적으로 느낄 수밖에 없는 것이다."

"그럼 허화 님께서 처음에 하신 말씀은 뭡니까?"

"그걸 설명하자면 스스로의 얼굴에 금칠을 하는 셈이겠지만 어쩔 수 없군. 영격이 일정 수준 이상에 오른 자들이라면 보는 눈이 달라지기 때문이지. 하지만 내가 그렇듯 보통 그 정도로 격이 높은 자들이라면 나이를 먹을 만큼 먹어서 애정은

뜨겁지 않고 후손을 남겨야겠다는 욕망에도 휘둘리는 경우가
드물 것이다."

"……."

전혀 생각해 보지 못한 이야기에 형운은 흥미보다는 섬뜩함
을 느꼈다. 그리고 또 다른 의문을 떠올렸다.

"그럼 곡정이는 어떻습니까?"

"곡정 님은 형운 님과는 사정이 다르다. 그쪽은 인간이라는
느낌이 희미해."

청룡과 융합한 마곡정은 영수들이 보기에는 '영수의 특성
을 지닌 인간'이 아니라 '인간 모습을 한 영수'에 가까웠다.

"또한 대영수의 격을 지니고 있다고는 하나 형운 님처럼 비
정상적이지는 않지. 자신의 본질을 갈고닦아 대영수의 경지에
도달한 존재로 보일 뿐. 하지만 본인의 태도가 단호한 데다가
저 아이들은 유하에게 홀딱 빠져 있으니……."

허화가 쿡쿡 웃었다.

곧 연무장을 정리한 형운이 떠나가자 허화가 주변을 두리번
거리다가 작은 목소리로 물었다.

"가려 님, 거기 계신가?"

주변에는 인기척이 없었다. 당연히 아무런 대답도 들려오지
않았다.

그래도 허화는 다시 한 번 물었다.

"계시면 나타나 주시지 않겠나? 사실 있는지 없는지 모르면
서 말 거는 것도 굉장히 부끄럽군."

"별로 안 그러신 것 같습니다만."

허화가 화들짝 놀랐다. 가려의 무뚝뚝한 목소리가 뒤쪽에서 들려왔기 때문이다.

"언제 봐도 신묘한 은신술이로다. 도무지 이목으로 잡아낼 수가 없군."

"왜 제가 있다고 생각하셨습니까?"

"형운 님이 있는 곳에 가려 님도 있을 확률이 높지 않은가."

"일야문 안에서는 안 그럴 때가 더 많습니다."

"그랬나? 전혀 몰랐군."

허화가 눈을 휘둥그레 떴다. 정말로 가려가 계속 형운을 따라다닌다고 생각한 모양이었다.

"그냥 넘겨짚어 보신 겁니까?"

"종종 그럴 때가 있었다."

뜬금없는 대답에 가려는 허화가 무슨 소리를 하나 싶었다. 하지만 허화는 아무렇지도 않게 말을 이었다.

"그곳에 아무것도 없는데… 내 눈으로도, 코로도, 귀로도 아무것도 잡아낼 수 없는데 형운 님이 그곳을 슬쩍 바라볼 때가 말이다."

"……"

"분명히 거기에 누군가가 있고, 그 모습을 애정을 담아 바라보고는, 잠깐 동안 본 것으로 얻은 감정을 음미하는 것 같은 그런 태도였지. 보고 있자면 굉장히 낯간지러운 기분이 들더군. 나도 오래전에 저런 때가 있었던가 싶어서."

그렇게 말하며 잔잔하게 미소 짓는 허화는 나이가 들어 보였다. 분명 겉모습은 많아봐야 20대 중반 정도로밖에 안 보이는 젊은 인간 여성인데도 깊은 감정이 묻어난다.

"조금 전에도 그랬다. 그래서 가려 님이 보고 있었을 거라고 생각했지."

"그럼… 공자님이 떠나셨으니 저도 떠났을 거라고 생각하셨어야 하지 않습니까."

"그렇지. 그런데 왠지 뒤통수가 따갑더란 말이다."

"예?"

"아까 형운 님에게 구애 이야기를 했을 때부터, 누군가 나를 뚫어져라 노려보는 것 같더군. 나도 명색이 영수다 보니 영감이 예민해서 누가 나를 주목하면 그런 느낌을 받고는 하지."

"……."

"그 느낌이 아직 살짝 남아 있어서 혹시나 하는 마음에 불러본 것이다."

가려가 살짝 얼굴을 붉혔다. 형운도 아니고 다른 사람에게 시선을 들키다니, 아무리 상대가 고위 영수라고는 해도 자신의 미숙함 때문에 일어난 일이다. 그 전에는 아무리 바라봐도 시선을 눈치채이는 일이 없었으니 감정의 동요 때문에 실수를 한 것이리라.

"그렇군요. 그럼 저는 이만……."

"아아, 잠깐. 너무 매정하게 굴지 마라."

허화가 넉살 좋게 가려를 붙잡았다. 가려가 노골적으로 싫은 표정을 지었지만 그녀는 뻔뻔했다.

"그 화제가 기분 나빴다면 사과하겠다. 농담조였다고는 하나 연인 앞에서 그런 이야기를 하면 불쾌할 수 있겠지. 내가 나이를 제법 먹기는 했지만 인간의 정서는 알 듯 모를 듯해서 말이다."

"예?"

"좀 독특하다고는 생각하지만, 두 사람은 잘 어울리는 한 쌍이다."

"예……?"

가려가 놀란 토끼 눈을 하고 껌뻑거렸다. 도무지 자기가 무슨 말을 듣고 있는 건지 모르겠다는 표정이었다.

그제야 허화도 이상함을 깨달았다.

"음? 가려 님과 형운 님, 서로 마음을 준 사이 아닌가?"

"……."

"아닌가? 내가 잘못 짚었는가?"

당황한 허화의 물음에 대한 답은 한참 후에야 나왔다.

"…아, 아닙니다만."

가려는 얼굴이 새빨개져서 말을 더듬고 있었다.

허화가 눈을 껌뻑였다.

"정말로?"

가려는 말이 안 나오는지 입만 뻐끔거리다가 결국 고개만 끄덕였다.

"허어, 이상하군."

"……."

"내가 그래도 인간을 본 경험은 제법 많은 편인데, 아무리 봐도 형운 님의 그 눈길은……."

고개를 갸웃하며 중얼거리던 허화가 가려를 흘끔 보면서 다 들리게 중얼거렸다.

"그리고 지금 가려 님 얼굴을 보니, 아무리 봐도……."

"아닙니다."

"음?"

"아니라고 했습니다."

가려는 얼굴이 새빨개진 채로 그렇게 말하고는 휙 몸을 돌려서 가버렸다.

"어어?"

허화가 당황했지만 그녀가 붙잡을 새도 없이 가려의 모습이 허공에 녹아들듯이 사라졌다.

혼자 남은 허화가 머리를 긁적이며 중얼거렸다.

"…흐음. 역시 인간은 어렵군."

4

형운은 일야문에 머무르는 동안 일주일에 한 번씩은 시내로 나가서 별의 수호자의 사업체인 용하상단에 들르고는 했다. 이미 처음 온 날 방문해 두었기에 기별 없이 가도 용무를 볼 수 있었다.

용무는 주로 별의 수호자 쪽에서 날아온 소식을 보고받는 것이었다.

"경혼이가 신년 비무회에서 우승했네."

"이걸로 영성의 제자 중에 네 번째 청년부 우승자가 나온 건가?"

형운부터 시작해서 강연진, 양우전, 어경혼까지… 영성의 제자 11명 중에 4명이 신년 비무회 우승 경력을 갖게 되었다.

"그리고 척마대 조직 개편이 있었는데… 흠, 곡정이 너 복직하면 잘 아는 얼굴이 둘이나 있겠다."

"누구?"

"연진이랑 오 소저가 새 부대주로 취임한다네."

"……."

"표정이 왜 그래?"

"아니… 강연진은 그렇다 치고 오 소저가 부대주가 된다는 건 왠지 상상이 안 가서."

"확실히 그렇긴 하지……."

오연서가 남들을 지휘하는 간부가 된다는 것은 형운도 상상하기가 어려웠다.

"그리고 우전이 녀석이 운벽성 지부장이 됐네. 출세했는데?"

그 말에 마곡정이 형운이 보고 있던 보고서를 빼앗아 들고는 훑어보았다.

"정말 출세했군. 그냥 혼자 덩그러니 가 있는 것도 아니고

휘하 부대장까지 있는 지부장이라니, 백운지신 됐다고 후하게 포상받았네."

"운벽성 지부는 계속 확장 중이니 말이지."

운벽성 지부는 백운지신 연구가 발표된 후로 대규모 건설 작업에 들어갔다. 운벽성 지부 부지는 대규모 연구 시설이 들어서기에는 좁은지라 과거 성해 외부에 건설된 연구 시설처럼 도시에서 약간 떨어진 곳에 지어졌다.

현재 운벽성 지부에 다른 지부들과는 비교도 안 되는 규모의 자금 지원이 이뤄지고 있음을 감안하면, 아마 척마대 운벽성 지부 역시 향후에는 더 커질 가능성이 높다. 양우전이 실적을 쌓기에는 대단히 좋은 환경이다.

마곡정이 투덜거렸다.

"나도 확 어디 지부장으로 가겠다고 해봐?"

"운벽성 지부만 한 데가 또 나오겠냐? 아마 어디의 지부장으로 취임하든 우전이보다 대접이 못할 것 같은데 그냥 총단에 있는 편이 낫지."

"그렇지? 제기랄."

"그나저나……."

헌운이 눈살을 찌푸리며 화제를 돌렸다.

"왠지 요즘 누나가 나를 피해 다니는 것 같아."

"아까도 멀쩡하게 대화하지 않았냐?"

"그렇기는 한데 혼자서 어디론가 사라져 버리는 시간이 점점 많아지고, 사무적인 이야기를 할 때 말고는 나랑 잘 눈을 안 마주치려고 하는 것 같아서……."

"여행 내내 붙어 다녔으니 쉬고 싶어서 그러는 거 아니야? 너하고 붙어 있는다는 게 거의 호위무사 일 하는 거랑 똑같지 않냐? 그리고 여기 분위기가 우리한테는 좋지만 가 무사가 좋아할 만한 분위기는 아니잖아."

"하긴 그렇기는 하네."

일리 있는 말인지라 형운은 뭔가 석연치 않음을 느끼면서도 그런가 보다 하고 넘어갔다.

5

은수와 은우의 일과는 무공 수련으로 시작해서 무공 수련으로 끝난다.

하지만 무공 수련만 하는 것은 아니고 글공부도 했다. 장차 일야문을 이끌어가야 할 이들이 까막눈이어서는 안 되기 때문이다. 글공부는 천유하가 없을 때도 진행해야 하는 것이라, 글 선생은 원숭이 영수 진수가 맡아주고 있었다.

천유하가 형운에게 물었다.

"은수와 은우는 어때 보여?"

"잘 배웠던걸. 마지막으로 봤을 때와 비교하면 확실히 실력이 많이 늘었어. 이 동네 또래들하고 비교하면 어때?"

"교류회 성적을 보면 중간 정도야."

솔직히 은수와 은우는 무인으로서의 재능이 출중한 편은 아니다. 게다가 무공을 배우는 환경도 아주 좋다고는 할 수 없었다.

물론 천유하는 지도자로서도 유능한 인물이다. 명문의 무공을 깊이 연구했는지라 천부적인 감각에만 의존하지 않고 가르치는 상대의 눈높이에 맞춰 적절한 가르침을 내릴 줄 알았다.

하지만 아무래도 명문에서 지도받는 이들과 비교하면 많이 부족한 환경이다. 두 사람을 일야문도로 키우는 과정 자체가 시행착오를 포함한 것이며, 천유하는 조검문과 일야문을 왔다 갔다 하느라 두 사람만 붙잡고 지도를 할 수가 없었다.

형운이 비약을 지원해 주고, 무투파 영수들이 훈련 상대가 되어주지 않았다면 두 사람의 성취는 지금보다 훨씬 못했을 것이다.

"두 사람이 어엿한 일야문도로 성장하기까지 10년을 잡고 있어. 그다음에는 또 다른 제자를 받거나 아니면 두 사람으로 하여금 수련생들을 받게 해야지."

"10년이라……."

"어엿한 문파로 일어서기 위해서는 정말 해야 하는 일이 많더라. 조직을 만드는 것의 어려움을 통감하고 있어. 네가 정말 많이 도와줬고 영수님들도 의 게서서 상당히 좋은 상황인데도 말이지."

"마음 같아서는 더 지원을 늘려주고 싶긴 한데……."

"지금만으로도 충분하고도 넘쳐."

천유하가 고개를 저었다. 형운은 정말 많이 도와주고 있었다. 이 이상 해주려면 형운 개인의 지원이 아니라 별의 수호자의 투자가 되어야 한다.

조직을 키우고 운영하기 위해 사람을 지원하고, 그들을 입히고 먹이고 훈련시킬 비용을 투자하고⋯⋯.

이것은 천유하 입장에서는 받아들일 수 없는 도움이다. 그랬다가는 강주성의 정동문처럼 별의 수호자의 산하 조직이 되어버릴 테니까.

"문파는 결국 사람인데, 사람을 키우는 것은 쉽게 되는 일이 아니니 인내심을 갖고 해내가는 수밖에 없지."

마음 같아서는 지금이라도 제자를 더 받고 싶었다. 하지만 일야문과 조검문을 왔다 갔다 하고 있는 상황을 생각하면 무리였다.

"일야문의 무공은 입문부터 쉽지 않아."

일야검협은 천유하에게 일야신공을 맡기면서 자질보다는 성품을 보고 계승자를 결정해 달라고 했고, 천유하는 그의 유지를 따랐다.

그러나 일야신공은 입문부터 어려운 무공이었다.

심법이 양의심공 계통이라는 특수성부터가 그렇다. 좀 더 단순한 대체 심법이 있으면 좋겠지만 그런 것은 존재하지 않는다.

그리고 문파를 대표하는 무공의 형(形)이 쌍검술이라는 것도 문제다. 쌍검술은 정말 어려운 기술이었다.

"좀 더 연구해서 단순화하고 싶기는 한데⋯ 그게 쉽게 되는 건 아니라서."

그건 문파의 무공을 통달한 고수가 여럿 있어야 가능한 일이다. 아무리 천유하가 성운의 기재라도 성인이 된 후에야 입문한 무공을, 자신이 통달하는 것만으로도 모자라서 타인에게 전수하는 형태까지 다양화하는 것은 불가능한 일이었다.

"은수는 단순히 무재(武才)만을 놓고 보면 은우보다 떨어져. 하지만 대신 양손잡이의 자질이 있어서 쌍검술에 수월하게 입문했지.".

"일야신공 쪽은?"

"이제야 양의(兩意)가 눈을 뜨기 시작하는 단계야. 실전에서 활용이 가능하기까지는 앞으로 5년은 걸리겠지."

천유하 자신은 채 1년도 안 되어서 양의(兩意)를 넘어 다의(多意)를 이루는 경지에 올랐다. 그러나 그것은 그가 천부의 자질을 지닌 성운의 기재이기에 가능한 일이었다.

"다만 특수한 경험 때문인지 기감이 비범하게 발달해 있어. 심법에 대한 이해와 별개로 기파를 감지하고 대응하는 능력이 뛰어나."

일야신공에 대한 자질은 동생인 은우가 더 뛰어났다. 둘의 내공은 비슷하지만 심법의 완성도에 있어서는 은우가 앞선다.

"다만 이건 은우가 은수보다 더 어릴 때 무공에 입문했다는 점도 작용하겠지."

아무래도 무공은 한 살이라도 어릴 때 입문하는 쪽이 유리하다. 수련 기간만이 아니라 내공의 기초를 닦는 데 있어서도 어린 몸이 더 유리하다는 것이 정설이었다.

"은우는 쌍검술에 조예가 없어. 아무리 가르쳐도 잘 못하더군. 하지만 좌수검은 곧잘 다뤄서 그쪽으로 길을 정했고."

천유하는 제자들에 대해서 판단할 때 객관성과 냉정함을 유지하려 노력했다. 거기에는 오랜 역사를 지닌 명문인 조검문에서 자라난 경험이 큰 도움이 되어주었다.

"아, 그러고 보니 유하, 심검(心劍)에 대해서 물어볼 게 있는데……."

형운이 백건익이 겪고 있는 문제에 대해서 물어보자 천유하가 쓴웃음을 지었다.

"아아, 그거라면 나도 19자루나 날려먹었어. 황실에서 하사받은 보검도 날려먹어서… 일야검협께 물려받은 쌍검으로는 시도조차 하지 않았지."

그 검은 일야문주의 집무실 벽에 걸려 있었다. 언젠가 은수와 은우 둘 중 한 사람이 당당하게 일야문주 자리에 취임하는 날을 위해서.

"그럼 확실히 어려운 문제긴 하구나. 그래도 백 대주님은 좀 심하게 헤매고 계신 것 같기도 한데……."

"권사가 아닌 게 다행이겠지."

검사는 심검에 실패하면 검만 잃어버리고 끝나지만 권사는 첫 무극의 권이 인생을 끝장내는 일권이 될 수도 있었다.

형운이 말했다.

"사부님이 말씀해 주신 바로는 그래도 권사가 무극의 권을 펼쳤다가 육화하는 게 검사가 심검을 펼쳤다가 검을 다시 물 질화하는 것보다는 훨씬 수월하다고 해."

"그래? 자기 몸이라서 그런 건가?"

"아무래도 그렇지. 처음에는 오랫동안 써서 익숙해진 애검 이 아니면 심검을 펼칠 수도 없는 것만 봐도 대충 짐작이 가는 일이야. 무인이라면 자기 몸에 대해서는 훤할 수밖에 없고, 육 화해야 한다는 인식도 훨씬 절박할 테니까."

하지만 어디까지나 성공 확률이 높을 뿐이지 절대적인 것은 아니다.

"첫 심상경의 절예를 심검이 아니라 신검합일로 펼친 검사 들의 경우도 그렇다더군. 이건 정확히는 검사들만이 아니라 병기술로 심상경에 도달한 모든 경우에 해당하는 이야기겠지 만……."

심상경이 이론적으로 정립되지 않은 오래전에는 그렇게 기 화로 죽음을 맞이한 것의 본질을 오해하는 경우도 있었던 모 양이다. 가령 태극문 같은 도가 문파에서는 그것을 보고 우화 등선(羽化登仙)했다고 여기기도 했다.

하지만 진실은 잔혹하다. 그들은 심상경의 절예를 펼치다가 실패해서 죽었을 뿐이다.

"어쨌든 백 대주님은… 안쓰럽군."

"완벽하게 이론화되지 않은 영역이다 보니 사람마다 천차 만별이겠지. 네 스승님이라면 해결해 주실 수 있을지도 모르 겠지만, 혼자서 해결하려면 힘든 문제이긴 할 거야."

아무래도 돌아갈 때까지 백건익이 이 문제를 해결하지 못했다면 자신이 도움을 좀 줘야겠다. 형운은 그렇게 생각하면서도 그가 혼자서 극복해 내기를 기대했다.

6

휴가 기분으로 시간을 보낸다고는 하지만, 원래 형운에게 있어서 휴가란 무인으로서는 가장 충실한 시간이었다. 형운이 아니더라도 다른 일 생각하지 않고 수련에만 매진할 수 있는 시간은 무인에게는 정말 귀중한 법이다.

형운과 천유하, 마곡정은 시간 날 때마다 무공에 대한 이야기를 나누고 수를 겨뤄보았다. 심상경의 고수 세 명이 모여서 무공에 집중할 수 있는 것은 정말 흔치 않은 기회였다.

은수와 은우를 지도하는 일과를 끝내고 밤에 셋이 모여 한바탕 대련과 연구를 한 다음 술잔을 기울이는 것은 어느새 일상처럼 당연한 일이 되어 있었다.

그렇게 한 달이 지나 1월 말이 되었다. 진해성의 날씨는 엄동설한(嚴冬雪寒)이었지만 세 사람은 그러거나 말거나 일야문의 정원에 지어놓은 정자에서 쌓인 눈을 보며 술잔을 기울였다. 추위에 덜덜 떨 일도, 취해서 뻗어도 얼어 죽을 일이 없는 사람들이라 가능한 사치였다.

"계속 이렇게 지냈으면 좋겠군……."

천유하가 문득 아쉬움을 드러냈다.

형운과 마곡정 같은 고수들과 지내는 시간이란 흔치 않은 기회다. 하물며 그것이 기탄없이 마음속 이야기를 나눌 수 있는 친구들이라는 것은 얼마나 축복받은 일인가.

그들과 보내는 시간이 더없이 충실하고 즐거웠다. 이 시간이 언제까지나 끝나지 않고 계속되었으면 좋겠다고 생각했다.

하지만 두 사람은 별의 수호자라는 거대한 조직에 소속된 몸이고, 각자의 일과 야심이 있었다.

마곡정이 빙백무극지경의 권능으로 얼음을 만들어서 천유하의 잔에 담아주며 말했다.

"우린 일에 치여 살 테니까, 일정 조정 가능한 네가 놀러 와. 아예 제자들도 데리고 와도 되고. 손님 대접은 잘해줄 테니까."

"그것도 좋겠군."

천유하가 빙긋 웃었다.

문득 형운이 하늘을 올려다보며 말했다.

"아, 또 내리네."

한밤중에 달빛을 받아 하얗게 빛나는 눈송이들이 떨어져 내리고 있었다. 천유하가 눈송이 하나를 술잔에 받으면서 말했다

"너희들 덕분에 눈 치우는 건 쉽게 해서 좋네."

"우리 가치가 그거냐?"

"제설 작업이 얼마나 끔찍한지 몰라서 그러냐?"

"아, 그거 알지. 내가 정말 잘 알지!"

형운이 예전에 백야문을 방문할 때의 일을 떠올리며 고개를
마구 끄덕였다. 지금이야 빙백무극지경의 권능 때문에 남들이
하루 종일 치워야 할 눈이 고개 몇 번 까딱하면 사라져 버리는
기적의 제설왕이 되었지만 그때 일을 생각하면 정말⋯⋯.
　그렇게 세 사람은 웃고 떠들면서 하루하루를 충실하게 보냈
다.
　하지만 무인의 휴식이란 결국 싸움을 준비하는 과정인 법이
다. 형운과 마곡정이 일야문을 떠나기 전, 생각지도 못한 소식
이 찾아왔다.

7

　그날은 눈이 펄펄 내려서 쌓이는 날이었다.
　당연히 사람들의 왕래가 거의 없는 날이었건만, 일야문에는
전혀 상상도 못 한 손님 한 명이 찾아왔다.
　가장 먼저 그녀의 등장을 알아차린 것은 형운이었다.
　아침에 일어나 운기조식을 하고 있던 형운은 흠칫 놀라서
눈을 떴다. 그리고 급히 운기조식을 중단하고 밖으로 뛰쳐나
왔다.
　소복이 쌓여가는 눈 위로 한 사람의 모습이 보였다.
　아니, 그녀는 사람이 아니었다. 그곳에 존재하는 것만으로
도 주변을 압도하는 신령한 존재였다.
　눈 속에 녹아들어 덧없이 사라져 버릴 것처럼 새하얗다. 투

명한 광택이 흐르는 긴 백발이 눈발과 함께 휘날렸고 머리 위로는 사슴의 그것을 닮았지만 얼음으로 만든 것처럼 반투명한 우윳빛 뿔이 나 있다.

그저 그곳에 서 있는 것만으로도 비현실적으로 아름다워 보여서, 형운은 잠시 동안 멍하니 그녀를 바라보다가 외쳤다.

"운희 님!"

"형운, 네가 여기 와 있었느냐?"

축지로 공간을 뛰어넘어 홀연히 나타난 운룡족의 일원, 운희는 형운을 알아보고는 놀란 표정을 지었다.

그녀의 압도적인 존재감이 일야문에 있는 자들을 전율하게 만들었다. 다들 잔뜩 긴장한 채로 바깥으로 나와 그녀를 살폈다.

"전원 영수들인가? 어째서 이렇게나 영수들이 많지?"

"운희 님, 오랜만에 뵙습니다."

고개를 갸웃하는 운희 앞으로 나선 천유하가 정중하게 예를 표했다. 그리고 물었다.

"그런데 어인 일로 기별도 없이 방문하신 겁니까?"

"네 도움이 필요해서 왔느니라."

운희가 심각한 표정으로 말했다.

"나와 함께 가주지 않겠느냐?"

"무슨 일인지 설명해 주실 수 있겠습니까?"

"예령의 목숨이 위험에 처했다."

"예? 예령공주 마마께서 말씀입니까?"

천유하가 깜짝 놀라서 묻자 운희가 고개를 끄덕였다.

"천두산에서도 천견으로도 예측하지 못한 재난이 터져 예령을 집어삼켰느니라. 그곳의 인간들만으로는 도저히 빠져나올 수 없는 상황이고 언제까지 버틸 수 있을지도 알 수 없다. 도와다오."

황손인 예령공주의 목숨이 걸린 일이기에 운룡족인 운희가 인간인 천유하에게 고개를 숙여가며 간곡히 청했다.

"아……."

생각지도 못한 상황에 천유하는 아연해져서 그녀를 바라보았다.

평탄한 적 없던 그의 삶에 다시금 풍운이 몰려오기 시작했다.

제176장

천두산(天頭山)

성운을
먹는 자

1

예령공주는 현 황제 딸 셋 중에 유일하게 군부에 투신한 인물이었다.

어려서부터 기가 세고 무재(武才)가 있다는 평가를 받았던 그녀가 무공을 열성적으로 배우기 시작한 것은 천유하와의 만남 이후였다. 천유하에게 목숨을 구함받은 예령공주는 세상의 진실 한 가지를 깨달았다.

'내 주변은 거짓으로 가득 차 있다.'

황손인 자신은 원하는 것은 무엇이든 손에 넣을 수 있을 것 같았지만, 진심으로 바라는 것은 그저 바라는 것만으로는 얻을 수 없었다.

그 사실을 깨달은 예령공주는 무공에 열중했다. 본격적인 수련이 늦기는 했지만 운룡족의 가호를 받는 황족의 육신은 일반인보다 훨씬 잠재력이 뛰어났고, 직계 황손인 그녀를 위한 지원도 크게 이루어졌기에 빠르게 실력을 늘릴 수 있었다.

그리고 성년식을 치른 후, 예령공주는 더더욱 무공에 매진하게 되는데 그 이유는 간단했다. 최대한 빨리 군부에 투신하여 지긋지긋한 혼담들을 물리치기 위해서였다.

백은의 비늘들이 신묘한 광택을 흘리는 장군의 갑옷을 입은 그녀는 당시의 일을 회상했다.

황손은 그저 그러한 신분으로 태어났다는 것만으로도 세상에서 가장 귀한 존재로 대접받는다. 그녀가 아무것도 이루지 못한 어린애라도 만인이 고개를 숙이며 존대할 수밖에 없는 그런 존재였다.

그러나 황손이라고 해서 자유로운 것은 아니었다. 특히 그들에게 있어서 반려를 결정하는 것은 사적인 영역에서 결정할 수 있는 일이 아니다.

예령공주는 어려서부터 끊임없이 신랑 후보들을 마주하며 살았으며, 성인식을 치른 후부터는 본격적인 혼담 공세에 시달려야 했다. 그녀는 그 모든 일이 정말로 지긋지긋했지만 황손으로 태어나 그 권리를 누리는 이상 피할 수 없는 숙명이었다.

외압에서 벗어나 자신의 의지로 살려면 그만한 가치를 증명하는 수밖에 없다.

오빠 언니들의 삶을 보며 그 사실을 깨달은 예령공주는 열

여덟 살의 봄에 군부에 투신하여 무장의 길을 걸었다.

그 모든 것은 소박한 목표를 위해서였다.

'자유롭고 싶어. 내 의지로 반려를 선택할 수 있는, 그런 운명을 손에 넣을 것이다.'

오래전부터 그녀의 마음속에는 단 한 사람만이 있었다. 그와 맺어지기 위해서는 황손이 짊어지는 의무로부터 자유로워질 정도로 자신의 가치를 입증해야만 했다.

현 황제의 막내딸이라는 막강한 배경이 있었기에 그녀는 군부에서 승승장구했다.

어느 날 황제와 만찬을 즐기던 중, 황제가 그녀에게 장차 군부에서 무엇을 이루고 싶냐고 물었다. 그녀가 황손으로서 뭔가 뜻한 바가 있어 군부로 들어갔다고 여긴 것이다.

기대감을 비치는 황제에게 그냥 자기가 원하는 사람과 맺어지고 싶어서 군부에 투신한 거라는 솔직한 대답을 들려줄 수는 없었다.

예령공주는 필사적으로 머리를 굴린 끝에 그럴싸한 대답을 내놓았다.

'백성들에게 우리 황실에도 협의가 있음을 부여주는 사람이 되고 싶습니다.'

그 대답에 황제는 크게 기뻐하며 그녀가 뜻을 이루도록 지원해 주겠노라고 나섰다.

마침 시기도 좋았다. 황실에서는 일존구객의 빈자리를 군부의 인물이 차지하길 바랐고, 예령공주는 미녀인 데다가 직계 황손이라는 점에서 백성들에게 선망의 대상으로 받아들여지기 좋은 인물이었으니까.

그녀는 황실과 군부의 대대적인 지원을 받으며 민중의 지지를 얻을 수 있는 일들을 해나갔다. 그 과정은 성공적이라 이제 사람들은 그녀를 운중검화(雲中劍華)라고 칭송했다.

처음에는 기뻤다. 그녀는 자신이 장수로서 하는 일들이 사람들을 이롭게 한다는 사실이 좋았다.

그것은 황궁에 처박혀 있던 어린 시절은 물론이고 군부에 투신하고 나서도 느낄 수 없었던 감정이었다. 그녀는 군부에서 승승장구했지만 실전에 나선 적이 없었기 때문이다. 군부의 자원을 관리하거나 대규모 훈련 진행을 총괄하고, 황궁의 고위 행사의 호위를 책임지는 등의 일로 실적을 올려왔다.

그에 비해 실전에 나서서 인간이 죽어나가는 것을 보고 자신의 검에 직접 피를 묻히는 일은 끔찍했다. 하지만 그것으로 약하고 억울한 자들이 구원받아 기쁨의 눈물을 흘리니, 그것이야말로 자신이 모르던 진짜 삶처럼 여겨졌다.

'그들은 항상 사람들에게 이런 시선을 받으며 살아왔구나.'

의협(義俠)이라 칭송받는 사람들의 삶을 약간이나마 이해할 수 있을 것 같았다. 분명 오래전부터 연모해 온 사람의 삶도 그러할 것이다.

동시에 욕심이 생겼다.

'만인에게 의협으로 불리는 이가 되고 싶다.'

연모하는 그가 그런 것처럼 자신도 그런 고절한 존재가 되고 싶었다.

무언가 대단한 것을 이루고 싶어서는 아니었다.

그저… 그가 자신을 돌아보게 하고 싶었을 뿐이다.

혈통이나 신분처럼 운이 좋아서 타고났을 뿐인 것들을 초월하여 자신이라는 사람 그 자체로 그에게 인정받고 싶었다.

자신을 돌아본 그에게 가슴을 펴고 다가가서 같은 곳을 볼 수 있다면, 그럴 수만 있다면…….

하지만 예령공주는 명성이 높아질수록 부끄러움을 느꼈다.

'나는 형편없는 모조품에 불과하구나!'

황실에서는 그녀를 진짜 무인이 아니라 온실 속의 화초로 여겼다.

정말로 위험한 임무를 맡기는 일 따위는 없었다. 그녀에게 맡겨지는 것은 언제나 안전이 보장되고, 민중에게 좋게 선전될 수 있는 일들이었다. 정작 그녀가 한 일은 별로 없는데도 황실과 군부에서는 모든 것을 그녀가 해결한 것처럼 부풀려서 선전했고 사람들은 그것을 믿었다.

그러나 실상을 아는 사람들은 뒤에서 수군거렸다,

예령공주는 황실을 선전하기 위한 도구일 뿐이라고.

자존심 높은 예령공주는 그 사실이 화가 나고 부끄러웠다.

황실의 권력으로 태극문의 선검 기영준처럼 자신과는 다른 '진짜 협객'들을 만나 함께 일할 때면 자괴감이 들었다. 사실은 그들이 다 해낸 일인데도 마치 자신이 크게 한몫한 것처럼 공로를 나눠 가지는 것은 얼마나 파렴치한 일인지!

전부 다 지긋지긋했다. 다 때려치우고 어디론가 떠나 버리고 싶었다.

'그럴 수 있었다면 얼마나 좋았을까.'

하지만 이 일을 시작할 때부터 품었던 소박한 꿈을 버릴 수가 없었다.

꼭두각시에 불과하더라도 좋다. 당당하게 반려를 선택할 자유를 얻을 수 있다면, 그래서 신분고하 따위는 개의치 않고 어려서부터 사모했던 그 사람을 얻을 수만 있다면…….

"…그래서는 안 되었던 거야."

예령공주는 당장에라도 울음을 터뜨릴 것 같은 얼굴로 중얼거렸다.

"공주님! 이 자리를 피하셔야 합니다!"

위사들이 그녀를 붙잡고 물러나려고 했다.

하지만 예령공주의 눈길은 그들을 보고 있지 않았다. 사방을 채우는 불길하고 끈적한 어둠 속에서, 바닥에 쓰러져 피를 흘리는 한 사람의 주검을 향해 있었다.

"미안하다, 유정."

예령공주는 어린 시절부터 자신을 지켜주던 위사의 주검에 사과했다.

그녀는 소박한 욕망을 이루고 싶었을 뿐이다. 그러나 그녀가 황손이라는 이유로 너무 많은 사람을 끌어들였다. 모든 것이 잘되어가는데도 싫다는 이유로 떠나 버리기에는 너무 멀리 와버렸다.

그래도 멈췄어야 했다. 무수한 비난이 쏟아지더라도 물러났다면… 그랬다면 이렇게 가슴이 아프지는 않았을 텐데.

쿠구구구구구……!

땅이 진동하며 어둠이 일어 오른다.

분명 아직 대낮인데도 숲의 그늘로부터 일어난 어둠이 먹물처럼 주변을 잠식해 간다. 그리고 그곳으로부터 온갖 괴물들이 나타나서 관군을 덮쳐오고 있었다.

이곳은 현계에 펼쳐진 지옥이다.

전열이 붕괴된 채로 괴물들과 격투를 벌이는 관병들이 비명을 지르며 죽어나간다. 수습할 수 없는 아수라장 속에서 예령 공주는 검을 휘두르면서 목이 터져라 외쳤다.

"전원 후퇴! 전력으로 숲을 탈출한다!"

그러나 그녀가 아무리 악전고투해도 주변에서는 죽음이 끊이지 않고 이어지고 있었다.

2

하운국에서 가장 높은 천두산 일대는 황실에서 공식적으로 지정한 마경(魔境)이다.

옛날부터 요괴들과 마수들이 많아서 개간되지 않은 것은 물론이고 항상 문제가 끊이지 않았다. 황실은 천두산을 토벌하지는 못했지만 그래도 1년에 한 번씩은 병력을 투입하여 일대의 위험을 소탕하는 작업을 했으며 예령공주가 맡았던 임무도 바로 그것이었다.

이번 일의 지휘관이 황손인 예령공주였기에 군부에서는 각별하게 신경을 썼다. 예년보다 많은 1,500명의 병력을 투입하는 한편, 기환술사 부대도 충실하게 배치했던 것이다.

고위 요괴 정도는 몇 마리가 나와도 두려워할 것이 없는 전력이었다. 하지만 그들을 덮친 것은 천재지변에 가까운 재난이었다.

"마계화라니……."

갑자기 막대한 마기(魔氣)가 발생하면서 마계화 현상이 발생한 것이다.

마기가 농밀한 곳은 그만큼 마계와 강하게 연결되어 있다는 의미다. 그 연결성이 일정 수준을 넘어갈 경우 그때는 현계와 마계의 경계가 무너질 수도 있었다.

마계도 현계도 아닌, 마계를 이루는 요소에 오염된 백일몽 같은 공간이 형성되는 것.

그것이 바로 마계화다.

하지만 천두산에서 마계화가 일어나는 것은 이상한 일이다.

천두산은 마계와 현계를 잇는 가교라고 해도 과언이 아닌 최악의 마경이다. 그러나 그곳은 신화시대에 운룡족의 힘으로 설치된 결계로 인해 외부와 격리되어 있다.

땅을 타고 흐르는 영맥을 통해서 누출된 기운만으로도 천

년 동안 일대에 요괴들이 들끓기는 했다. 하지만 사태가 그 이상으로 심각하게 확대되는 일은 없었다.

그런데 갑자기 이런 일이 터진 것이다.

"맙소사……."

운희의 손에 이끌려 한순간에 천두산에 도착한 천유하는 눈앞에 펼쳐진 광경에 할 말을 잃었다.

예전에 왔을 때도 천두산을 휘감은 불길한 기운의 어마어마한 규모에 모골이 송연해진 바 있었다. 하지만 지금 보는 광경에 비할 수는 없었다.

시간은 이제 막 오후에 접어들었을 뿐이다. 그러나 사방이 혼탁한 어둠에 휩싸여 있었고 하늘은 검보랏빛으로 물들어서 구름이 소용돌이치고 있는 것이 이 세상의 풍경 같지 않았다.

운희가 말했다.

"결계에 갇혀 있던 천두산의 마기가 누출되고 있다. 결계는 이상 없이 작동하고 있는데도 왜 이런 일이 벌어졌는지는 알 수 없구나. 어쨌거나 이 검은 안개 안쪽은 현계가 아니라 마계라고 여기는 편이 좋을 것이다."

운희는 그리 말하고는 일행을 바라보았다.

그녀가 데려온 것은 천유하만이 아니었다. 이런 위험한 일에 천유하 혼자 가게 둘 수는 없었기에 형운과 마곡정, 가려까지 모두 온 것이다.

일야문의 영수들도 오고자 했지만 천유하가 만류하고는 일야문을 지켜줄 것을 부탁했다. 이곳에서 겪을 일이 과거의 경험과 비추어 봐도 위험하기 짝이 없음을 짐작했기 때문이었다.

"마음 같아서는 천하 각지의 고수란 고수는 모두 모아 오고 싶지만… 안타깝게도 내가 할 수 있는 일은 이 정도로구나."

운희가 탄식했다.

신격을 지닌 천계의 존재이면서 현계에서 활동하는 그녀에게는 복잡하고 엄중한 제약이 걸려 있었다. 능력만 따지면 못할 일이 거의 없으나 인간들의 운명을 바꾸는 것에는 한도가 있었다.

그런 의미에서 운희 입장에서는 천운이 따랐다고 할 수 있을 것이다. 천유하에게 도움을 청하러 갔다가 형운과 마곡정, 가려까지 데려올 수 있었으니까.

안타까움 가득한 눈으로 마계화된 천두산 일대를 쏘아보던 운희가 말했다.

"너희들을 데려오기 전에 황제의 부탁으로 운검위(雲劍衛)를 데려왔느니라. 그러니 어느 정도는 진전이 있었을 것이다."

"운검위가 투입되었단 말씀입니까? 그렇다면… 황실과 운룡족이 이번 일에 신기(神氣)를 소모하는 것을 허가했다는 뜻입니까?"

"그렇다."

"그런데도 사태를 해결하기에는 부족하다고 보십니까?"

형운이 믿을 수 없다는 듯 물었다.

과거에 그는 국경 지대에서 풍령국의 신기위사인 풍령위(風

靈衞)와 싸워본 적이 있었다. 당시에는 그리 어려움 없이 압도할 수 있었지만 만약 그가 본격적으로 신기(神氣)를 썼다면 상황이 전혀 달라졌을 것이다.

신기 사용을 허락받은 운검위의 힘은 엄청날 것이다. 그가 단련하여 손에 넣은 인간으로서의 능력을 아득히 초월한, 천재지변에 가까운 권능을 발휘할 터. 그런데도 운희는 이 사태를 해결하기에는 부족하다고 판단한단 말인가?

운희가 고개를 저었다.

"내가 너희들에게 부탁하는 것은 이 사태의 해결이 아니라 예령을 구하는 것이다!"

"……."

"이 사태를 해결하는 것뿐이라면 너희 손을 빌릴 것도 없다. 이미 황실의 명령으로 대군이 집결하는 중이니 어떻게든 봉합이 되겠지. 그 과정에서 막대한 피가 흐르겠지만 말이다."

그러나 모든 것이 해결되었을 때는 이미 예령공주도 목숨을 잃은 후이리라.

형운은 새삼 운명의 불공평함을 느꼈다.

운희의 말을 듣자하니 저 안에 갇힌 것은 예령공주만이 아니라, 그녀와 함께 천 명이 넘는 장병이 저 안에 갇혀서 죽어가고 있을진대, 신의 권속인 운희는 황손이라는 이유만으로 예령공주만 구해주면 된다고 요구하고 있으니…….

하지만 형운은 그런 운희의 태도를 책잡지 않았다. 이런 사태가 처했을 때 요인의 안위를 최우선으로 여기는 것은 인간들도 마찬가지였으니까.

그리고 사람은 누구나 얼굴도 모르는 만 명의 목숨보다는 자신이 잘 아는 한 명의 목숨이 귀한 법이다. 황족은 황실을 수호하는 운룡족이 현계에 관여할 수 있는 매개이니 운룡족이 그들을 특별하게 생각하는 것은 당연한 일이리라.

천유하가 차분하게 말했다.

"알겠습니다. 혹시 더 조언해 주실 사항이 있습니까?"

"안쪽에는 운검위와 함께 투입된 인원이 있을 것이다. 그들에게 사정을 설명하고 협력하거라. 그리고……."

순간 아무것도 없는 허공에서 각종 물건들이 와르르 쏟아졌다.

일행은 깜짝 놀랐다. 갑자기 물건이 나타나서가 아니라 그 물건들이 하나같이 기물(奇物)이었기 때문이다.

"너희들이 인간들 중에서는 견줄 자를 찾기 어려울 정도로 강한 힘을 지녔음을 안다. 하지만 안쪽은 현계의 상식이 통하지 않는 곳이니 이 물건들이 도움이 될 것이다."

마기(魔氣)는 현세의 생명에게는 그 자체로 독이나 마찬가지다. 일반인이라면 마기가 고인 영역에서 정신이 고통받고 생명력이 깎여 나가리라. 무인들은 그런 독기에 저항해 스스로를 지킬 수 있지만 그 대가로 지속적으로 내공을 소모하게 된다.

운희가 준 기물들은 마기로부터 몸을 지키고, 방향을 찾고, 사악한 존재의 접근을 알아차리는 등의 기능이 있었다. 지금 상황에서는 꼭 필요한 보물이라고 할 수 있으리라.

"감사합니다."

"준비도 없이 이런 일을 하게 해서 미안할 따름이다. 예령을 부탁하마. 이번 일에 대해서는 내가 할 수 있는 모든 보답을 할 것이다."

일행은 운희의 배웅을 받으며 마계화 영역에 들어섰다.

3

마계화가 이루어진 천두산 일대의 풍경은 혼돈으로 일그러져 있었다.

보랏빛 혼돈에 빨려 들어가는 만상(萬像)의 파편들 사이에서 한 사람이 걷는다.

주변에는 괴물이 가득했다. 바로 어제까지만 해도 평범했던 돌과 나무조차도 요괴로 화하고, 마계와의 경계가 흐려진 지점으로부터 환마들이 발생한다.

그들 모두가 인간을 증오하고, 인간을 질시하고, 인간을 갈망하는 괴물들이다. 그러니 이 자리에 인간이 나타난다면 순식간에 괴기리 찢기고 딸 깃이디.

그러나 그녀는 아무렇지도 않게 괴물들 사이를 걷는다.

키이이이이!

괴물들 중 하나가 그녀를 돌아보았다. 푸른 피부를 지닌 환마가 흉측하게 일그러진 얼굴로 웃으며 그녀를 덮친다.

파하하학!

그리고 그녀의 3장(약 9미터) 거리에 접근하는 순간 뭔가 허공에 번쩍이는 것 같더니 일곱 토막으로 잘라져서 환염으로 불타오른다.

그녀는 아무 일도 없었던 것처럼 덧없이 스러져 가는 환마의 시신을, 그 최후의 흔적인 환염을 밟으며 걷는다.

"암월령."

문득 뒤쪽에서 기이한 음성이 그녀를 불러 세웠다. 분명 인간의 언어를 이야기하고 있는데 짐승의 그르렁거림으로 이루어진 목소리.

암월령은 가느다란 초승달이 그려진 새카만 가면을 쓴 여성이었다. 하운국 사대마 중 하나였던 백마(百魔)를 바탕으로 한 연구로 탄생한 흑영신교의 비밀 병기인 그녀는 귀혁에게 패했던 때와는 비교도 안 될 정도로 완성도가 높아졌다.

"무사히 강림하셨습니까, 심안호창(心眼虎槍) 님."

그녀를 불러 세운 것은 살아 움직일 듯 생생한 검은 호랑이의 얼굴 형태를 띤 흑색 투구와 새카만 중장갑을 입은 거구의 창수였다.

갑옷을 입고 있어서 인간처럼 보이기도 하지만 그 정체는 마계의 병기수(兵器獸)다. 저 흑색의 갑옷과 창이 그의 본신이며 그 안에는 농밀한 마기가 존재할 뿐이다.

심안호창은 흑암검수(黑暗劍獸)와 마찬가지로 흑영신교 수호마수 중에 가장 격이 높은 존재 중에 하나였다. 흑암검수가 그렇듯 현계에 속하지 않은 존재이기에 소환 의식을 통하지 않으면 현계로 나올 수가 없다. 이 시대의 흑영신교의 영적 자원이 한정적이기에 지금까지는 좀처럼 나설 기회가 없었지만 이번 천두산의 마계화는 그가 지상에 강림하는 것을 가능케 했다.

게다가 이 기회를 틈타 현계로 강림한 것은 그만이 아니다. 또 다른 대마수가 한발 앞서 강림해 있었다.

심안호창이 암월령의 뒤에 서며 말했다.

—호위하지.

그는 성대가 없었기에 목소리 대신 근본적인 공포를 자극하는 울림이 섞인 의념파를 냈다.

암월령은 가볍게 고개를 숙여 감사를 표하고는 그와 함께 걸었다.

대마수인 심안호창이 그 자리에 있는 것만으로도 괴물들이 감히 범접하지 못한다. 물론 암월령도 이미 대요괴라 불릴 만한 괴물이지만 그녀에게서는 인간의 향취가 나서 우둔한 괴물들이 불을 본 부나방처럼 달려들었던 것이다.

곧 그들은 일대를 집어삼킨 마계화의 심부(深部)에 도착했다.

천두산을 외부와 격리한 결계 바로 앞에서 어둠이 마치 간헐천처럼 지면을 뚫고 분출된다. 그 어둠이 사방으로 퍼져 나가면서 마계화를 일으키고 있었다.

그 한복판에서 누군가 눈을 떴다.

―왔군.

육성이 아니라 의념의 파동이 전해져 온다. 암월영은 자신에게 말을 걸어오는 의지가 하나가 아님을 알았다. 저것은 여러 존재의 의식이 하나의 그릇에 담긴 결과물이다.

인간의 관점에서 보면 그것은 돌이킬 수 없는 정신적 융합이다.

그러나 신화시대부터 그 존재를 이어온 천두산의 대요괴들에게는 그렇지 않았다. 그들에게 자신의 의식 일부를 나누어 다른 존재들과 융합시키는 일은 얼마든지 가능한 일이다.

마치 신이 화신(化身)을 만들듯, 천두산의 대요괴들은 자신의 의지를 대변하는 화신을 만들어냈다. 저것은 그들인 동시에 그들이 아니다. 그들의 피조물인 동시에 그들의 일부다.

아무리 천두산의 대요괴들이라 할지라도 그런 존재를 만들어내기 위해서는 막대한 힘을 소모해야 하며, 유지 시간과 활동 범위도 극히 제한적이다. 하지만 흑영신교가 준비한 그릇이 그 제약을 없애주었다.

―흑영신교의 괴물. 다시 봐도 훌륭하군. 이 훌륭한 그릇을 준비해 준 동맹만 아니었어도 당장 먹어치우고 싶었을 정도야.

간헐천처럼 솟구치는 어둠 속에서 어둠 그 자체를 인간 형상으로 빚어낸 것 같은 존재가 걸어 나오며 웃는다.

형운이 그를 본다면 경악을 금치 못했을 것이다.

왜냐하면 저것은 혼원의 마수를 인간 형태로 축소해 놓은 것 같은 존재였으니까!

혹영신교는 긴 시간 동안 혼원교의 유산을 연구해서 목표에
도달했다. 수많은 인간을, 교도를 제물로 바쳐가면서 어마어
마한 양의 영적 자원과 혼원의 마수처럼 막강한 전술 병기를
비축해 놓은 상태다.

천두산의 마계화는 시작일 뿐이다. 이제 그들은 자신들의
파멸에 이르는 불꽃을 피워 올리기 시작했으며 그 불꽃은 세
상을 불태울 것이다.

암월령은 무감정한 목소리로 말했다.

"운검위가 진입했다. 주의하도록."

—가증스러운 운룡의 은혜를 입은 놈들인가. 몇이나 왔지?

"둘이다. 아마 놈들이 지금 투입할 수 있는 전원일 것이다."

혹영신교는 이곳에서만 일을 터뜨린 것이 아니다. 이곳을
포함해서 하운국 각지의 마경 세 곳이 순차적으로 폭주하기
시작했다.

다른 두 곳은 천두산 일대처럼 광범위한 마계화가 일어난
정도는 아니지만 조기 진압 하지 않으면 어마어마한 피해가
날 것이 뻔한 상황이었다. 황실은 운검위의 신기(神氣) 사용을
허용하고 각지에 투입할 수밖에 없었다.

이것은 전성기의 혹영신교라면 결코 택하지 않았을 전략이
다. 하지만 성지가 짓밟힌 후 재건된 지금의 혹영신교는 오만
함과 자존심을 내려놓았다. 각지에 매설되어서 언제 터질지
모르는 폭탄과도 같은 역사의 흔적들을 이용할 방법을 연구하

고, 가장 적절한 시기를 노린 것이다.

암월령이 말했다.

"천 년 전의 케케묵은 협정은 깨질 것이다."

천두산의 대요괴들이 밖으로 나오지 못하는 것은 결계가 워낙 강력해서이기도 하지만 그들의 손으로 결계를 깨지 않겠다는 협정에 동의했기 때문이다. 그것이 패배한 그들이 목숨을 부지하는 조건이었으며, 그 협정의 힘은 천 년이 지났어도 여전히 그들을 구속하고 있었다.

흑영신교는 그들을 해방시킬 방법을 연구하여 투입했다. 그것이 대단히 효과적임은 마계화가 이루어지는 이 공간이 증명하고 있었다.

"천두산의 결계가 무너지고 현계와 마계의 경계가 무너지리라. 하운국은 먼 옛날, 조상이 세운 결계만을 믿고 천두산의 위험을 방치한 대가를 치르게 되리라."

암월영은 엄숙하게 흑영신교의 계획을 이야기했다.

이것은 세상을 뒤흔들 대혼돈의 시발점이 될 것이다. 천두산 일대는 풍령국의 윤극성이 맞서고 있는 환마들의 땅과 필적하는 재난 지대로 거듭나리라.

그리고……

'성운의 기재 천유하, 이 자리를 네 무덤으로 삼아주마. 네가 품은 별의 조각은 이 목숨과 함께 교주님께 헌상하리라.'

4

"그때가 생각나는군."

문득 천유하가 중얼거렸다.

형운이 물었다.

"그때라니?"

"사명교의 유적에 갇혔을 때."

일야검협과 만나 그의 유지를 이었던 그곳은 지옥의 한편을 잘라놓은 것 같은 장소였다. 마계화가 진행된 그곳에 갇힌 천유하는 영혼이 깎여 나가는 것 같은 고통 속에서 필사적으로 발버둥 쳐야 했다.

이곳은 그때의 경험을 떠올리게 한다. 천유하의 표정이 굳는 것도 어쩔 수 없었다.

형운이 말했다.

"확실히 비슷한 상황이지. 규모는 전혀 다르지만."

천두산 일대의 마계화는 정말 어마어마한 규모였다. 천두산을 중심으로 수십 리가 마계화에 삼켜져 버렸다.

이곳이 오래전에 마경으로 지정된 영역이기에 망정이지, 인근에 마을이나 도시가 있는 지역이었다면 이미 수천수만의 사상자가 발생했을 것이다,

"또 나왔다."

문득 형운이 앞을 노려보며 말했다.

30개체를 넘는 환마들이 탐욕을 드러내며 다가오고 있었다. 마계화 지대에 진입한 후 벌써 다섯 번째 교전이다.

"벌써 지겨워지려고 하는군. 환마들이 너무 많아."

"요괴나 마수가 많은 것보다는 환마가 차라리 나은 것 같은데? 죽이면 시체가 안 남고 깔끔하게 없어지기라도 하니까."

마곡정이 히죽 웃었다. 그리고 두 사람이 거의 동시에 땅을 박차고 돌진했다.

쾅!

폭음이 울리며 형운의 주먹이 선두의 환마를 몸통째 박살 내버렸다.

콰콰콰콰……!

그 일권은 환마 하나를 처치하는 것에 그치지 않았다. 타격 지점으로부터 발생한 충격이 원형으로 확대되면서 그 뒤쪽에 있는 환마들을 찢어발긴다.

키이이이익!

환마들이 기겁해서 흩어지려고 했다. 하지만 그들이 움직이는 순간, 형운과 시간 차를 두고 뛰어든 마곡정이 도를 휘둘렀다.

파하하학!

단 두 번 도를 휘둘렀을 뿐인데 그 궤적으로부터 발생한 투명한 도기(刀氣)가 일곱 환마를 베어버렸다. 두 동강 난 환마들이 일제히 환염에 불타며 스러져 간다.

실로 압도적인 위용이었다. 순식간에 환마들을 다 정리하고 나자 마곡정이 투덜거렸다.

"정말 지독하군. 도무지 주변 상황을 모르겠어."

이곳은 실로 농밀한 혼돈 그 자체인지라 대영수의 힘을 지닌 마곡정도 눈에 보이는 범위 이상을 탐지할 수가 없었다. 심지어 형운도 마찬가지였다. 주변의 기운을 시각화해서 보면 농밀한 마기 때문에 새카만 어둠이 장막처럼 드리워진 것처럼 보여서 그 너머의 기운을 찾아낼 수가 없었다.

그래서 지금 일행은 운희가 준 기물 중에 인간의 흔적을 쫓는 것을 이용해서 방향을 잡고 있었다.

문득 형운이 표정을 굳히며 한편을 바라보았다.

"봤다."

"뭘?"

"아니, 저쪽에서 날 봤다는 뜻이었어. 뭔가 시커먼 놈이군. 한번 만난 적이 있는 것 같은 느낌도 들고……."

"넌 한번 만난 상대는 확정 지어서 알 수 있는 거 아니었냐?"

"보통은 그렇지. 이번에는 비슷한 느낌이 들 뿐 동일한 존재는 아닌 것 같아. 워낙 빠르게 스쳐 가듯이 봐서 자세히는 모르겠지만 강대한 존재라는 것만은 분명하군."

"어느 정도로?"

"최소한 대요괴급."

형운은 단정 지었다. 잠시 스쳐 가듯이 봤을 뿐이지만 그 거대한 존재감과 요기로 보건대 대요괴가 틀림없었다.

천유하가 물었다.

"천두산의 대요괴인가?"

"결계는 무너지지 않았지만… 그럴 가능성이 크지."

형운의 눈은 혼돈 너머에 자리한 결계를 확인하고 있었다. 마치 화산이 터진 것처럼 마기가 퍼져 나가는 상황이지만 결계는 무너지지 않았다. 그러기는커녕 이전에 왔을 때와 똑같이 건재한 상태였다.

'결계가 멀쩡하면 이럴 수가 없는 거 아닌가? 대체 무슨 일이 있었던 거지?'

일행 중에 술법을 쓰는 이가 없는 것이 아쉬웠다. 이럴 줄 알았다면 일야문의 영수 중 술법에 조예가 깊은 이를 데리고 왔다면 좋았을 것을…….

물론 부질없는 후회였다. 그리고 필요성을 느꼈더라도 천유하는 그들을 데리고 오길 꺼렸을 것이다.

"저놈이 이곳에 대해서 어느 정도의 통제권을 갖고 있는지 모르겠는데… 골치 아프게 됐군."

만약 저쪽에서 괴물들에게 명령을 내릴 수 있다면 상당히 난처한 상황에 몰리게 될 것이다.

그런 걱정을 하면서도 일행은 계속해서 전진했다. 일월성신의 감각을 이용해서 교전을 최소화하면서 기보가 가리키는 방향으로 향하던 그들은 한 가지 결론을 얻을 수 있었다.

"확실해. 공간이 왜곡되어 있어."

중간중간 교전을 벌이고, 괴물들과의 조우를 피하느라 조심하고는 있지만 일행의 평균적인 이동속도는 보통 사람이 평지를 뛰는 것과 비슷한 수준이다. 그런 속도로 거의 한 식경(30분)째 이동하고 있는데도 아직 아무도 만나지 못한 것이다.

이유는 마계화에 잠식된 천두산 일대가 본래 면적보다 훨씬 넓기 때문이다. 마치 공간을 다루는 기환진이 펼쳐진 것과 같은 효과였다.

"골치 아프게 됐네. 일단 위에서 살펴볼까."

"그만둬."

형운이 운화로 하늘로 올라가려는 것을 천유하가 막았다. 형운이 의아해하자 그가 이유를 설명했다.

"마계화 영역 안에서는 무슨 일이 벌어질지 알 수 없어. 사명교의 유적처럼 공간의 연결성이 제멋대로 변한다면 네가 하늘로 올라가는 순간 우리와 다른 곳으로 떨어져 버릴 가능성도 있지 않을까?"

"일리 있군."

형운은 그 지적을 받아들일 수밖에 없었다.

기물의 탐지에 의존해서 계속 나아가던 일행은 진입 후 반 시진(1시간)이 좀 넘은 시점에서 커다란 전투의 흔적을 찾아냈다.

5

주변 수십 장이 태풍에 휩쓸린 것처럼 엉망진창으로 변해 있었다. 갈가리 찢긴 요괴들의 시체에 마기가 깃들면서 기분 나쁘게 꿈틀거린다.

형운이 말했다.

"운검위가 싸운 흔적이야."

농밀한 마기에 묻혀 버리기는 했지만 그래도 집중해서 보니 희미한 기운의 잔향을 포착할 수 있었다.

천유하가 말했다.

"우리와는 다른 지점에서 진입한 것 같군. 저쪽으로부터 와서 일직선으로 나아가고 있어."

"그런 것 같아. 아직까지는 사상자가 나오지 않은 모양이군."

운희가 말하길 운검위는 황궁호위군과 제도방위군의 고수들로 구성된 소수의 정예로 진입했다고 했다. 신기(神氣) 사용이 허락되었으니 그들은 운룡검의 권능으로 마계화의 원흉을 찾아서 일직선으로 달려가는 중일 것이다.

"투입된 운검위는 둘이라고 하니 아마 대요괴라 할지라도 무서울 게 없겠지."

진야 사태 때 별의 수호자가 파악한 바로는 운검위의 숫자는 총 여섯 명이다. 운룡검 본체를 다루는 한 명은 언제나 황궁에 머무르고 있으며 그 힘을 나눠 받는 다섯 명이 이런 비상사태에 투입된다.

그중 둘을 투입했다는 것은 황궁이 그만큼 이번 일을 심각하게 여긴다는 증거다. 신기(神氣)를 쓰는 운검위 두 명의 힘은 그야말로 움직이는 천재지변이나 다름없을 터.

천유하가 말했다.

"사태 해결은 그쪽에 맡기고 우리는 예령공주 마마를 찾아야겠군."

두 명의 운검위와 그들을 따르는 황실의 고수들이 맡은 임무는 마계화의 원흉을 제거하는 것이다. 그들이 가장 강력한 존재를 제거하고 나면 현재 천두산으로 진군하고 있는 관군이 정화 작업을 맡을 것이다.

"기보가 가리키는 방향은 이들이 나아간 곳과는 다르군. 사람이 많은 쪽을 가리키는 건가?"

인간의 흔적을 쫓는 기보는 구체적인 정보를 제공하지 않는다. 손바닥만 한 나무판 위에서 바늘이 빙글빙글 돌면서 방향을 알려줄 뿐이다.

쿠구구궁······!

그때 먼 곳에서 폭음이 울려 퍼졌다.

"운검위군."

형운이 쓰러진 나무들 너머, 20리(약 8킬로미터)쯤 떨어진 곳에서 폭발하는 기운을 보며 중얼거렸다.

새하얀 구름 같은 기운이 장대하게 일어 오르면서 주변을 휩쓸고 있다. 이 거리에서도 그 힘의 규모를 짐작할 수 있을 정도로 엄청난 파괴력이었다.

그때였다.

"유하!"

형운이 갑자기 깜짝 놀라서 다급하게 외치는 순간······.

─암야정적(暗夜靜寂)!

한 줄기 어둠의 궤적이 소리 없이 천유하를 가르고 지나갔다.

'무극의 권!'

기습당한 천유하의 몸이 기화하면서 그의 의식이 통상공간의 시간 흐름을 초월한 영역으로 들어갔다.

그 순간 천유하는 시공을 초월한 심상경의 영역에서 적의 의식과 마주한다. 그리고 상대가 일권을 내지른 것에 그치지 않고 두 번째, 세 번째 공격을 가하는 것을 보았다.

'다, 다중심상!'

그동안 일야신공 수련을 게을리하지 않은 천유하는 심상경의 영역에서 이중심상을 구현하는 경지에 도달해 있었다. 그렇기에 상대가 무슨 짓을 하는지 알아보고 경악했다.

―혼살(魂殺)!

절대적인 파괴의 심상에 이어 정신을 파괴하는 심상이 구현된다.

―흑암파(黑暗波)!

동시에 물리적인 파괴력을 폭발시키는 심상도 구현되었다.

시간 차 없이 구현되는 삼중심상 구현!

"크악……!"

천유하는 그 모든 것을 아슬아슬하게 받아내면서 육화하는 데 성공했지만 폭발하는 암흑의 파동은 어쩌지 못했다. 어둠이 폭발하면서 천유하가 나가떨어졌다.

"과연 성운의 기재로군! 이 공격으로 해치울 생각이었거늘."

신경질적인 여성의 목소리가 들려왔다.

형운은 무극의 권의 여파로 뻥 뚫린 숲의 저편, 100장(약 300미터) 밖에 서 있는 한 사람을 발견했다. 가느다란 초승달이 그려진 새카만 가면과 몸매를 드러내는 새카만 옷을 입은 여성이었다.

형운이 그녀를 노려보았다.

"흑영신교냐?"

"위대한 흑영신을 섬기는 팔대호법의 일원, 암월령이다. 우리 교의 대적을 이렇게 만나게 될 줄은 몰랐군, 선풍권룡!"

암월령이 양팔을 벌리며 형운을 도발했다. 가면을 쓰고 있지만 목소리만 들어도 그녀가 웃고 있다는 사실을 알 수 있었다.

곧바로 뛰어들려던 형운이 멈칫하더니 제자리에서 주먹을 내질렀다.

퍼어어어엉!

아무런 조짐도 없이 암월령의 눈앞이 폭발했다. 그녀를 중심으로 10장(약 30미터)의 지면이 통째로 뜯겨 날아가 버린다.

"격공의 기? 아니……."

기습에 대비하고 있던 암월령이 깜짝 놀랐다. 아무리 내공이 출중해도 격공의 기로는 이런 파괴력을 발휘할 수 없다. 격공의 기는 일점을 찌르는 정밀하고 집중된 기술이지 큰 규모의 기운을 일순에 구현하는 기술이 아니었으니까.

"역시 함정이었나."

형운이 이를 악물었다.

격정을 못 이기고 뛰어들기에는 암월령의 태도가 너무 수상했다. 형운이 뛰어들기만을 기대하는 것이 너무 뻔히 보였던 것이다.

그래서 뛰어들기 전에 실험해 봤다. 격공의 기가 아니라 백운지신 양우전에게서 훔쳐낸 능력, 기의 운화로.

기의 운화가 격공의 기보다 나은 점이 바로 이것이다. 기의 운화는 이미 구현한 기공파를 자기가 원하는 지점으로 공간 이동 시키는 것이 가능하다. 즉, 거대 규모의 기공파를, 중간 과정 없이 상대에게 작렬시키는 반칙을 저지를 수 있는 것이다.

물론 그렇다고 해서 기의 운화가 격공의 기와 비교해서 절대적으로 뛰어난 능력은 아니다. 서로 장단점이 있다. 그리고 양쪽을 모두 쓸 수 있는 형운은 무인의 상식으로는 상상도 할 수 없는 상승효과를 발휘할 수 있었다.

어쨌든 그 공격으로 알아낸 것은 한 가지다.

'기환진을 깔아두고 준비하고 있었어.'

암월령은 철저한 함정을 준비하고 저격을 가해온 것이다.

'하지만 알아차린 이상 더 이상 장애가 안 된다!'

형운이 진기를 끌어 올리며 맹공을 가하려는 순간이었다.

꽈과과과광……!

암월령이 있던 자리에서 어둠이 폭발하면서 주변을 휩쓸었다.

"큭……!"

일월성신인 형운의 눈에는 일순간 시야의 모든 것이 암흑으로 덧칠되는 듯한 광경이었다. 형운은 100장 너머까지 날아드는 폭발의 위력을 막아내고는 낭패감을 느꼈다.

"도망쳤군, 제길."

암월령은 그 짧은 순간, 기환진을 폭발시켜서 형운의 행동을 주춤하게 하고는 도망친 것이다. 적이지만 감탄스러운 결단력이었다.

'저놈, 공간을 뛰어넘는 능력이 있다. 술법은 아닌 것 같고 저놈의 몸에 있는 요괴의 능력인가?'

일월성신의 눈이 그녀가 이동하면서 남긴 기의 궤적을 좇았다. 암월령은 기의 운화로 공격받자마자 무극의 권을 펼쳐서 후퇴, 거기서 다시 공간을 뛰어넘어서 사라졌는데 그 방식은 형운이 보아온 축지 술법들과는 달랐다.

귀혁이 암월령과 조우하여 패퇴시켰던 것은 벌써 4년도 넘은 일이다. 흑영신교가 하운국의 사대마 중 하나였던 백마를 참고해서 만들어낸 괴물은 그때와는 비교도 안 될 정도로 완성도가 높아져 있었다.

요괴의 능력 중에는 술법으로 구현하기 어려운 희귀한 것들이 많으니 암월령이 도망칠 때 쓴 능력도 그런 것이리라.

'그때는 연구 시설에서 기운을 공급받고 있었지. 지금도 어디선가 힘을 공급받고 있을 가능성이 크군. 이 마계화 영역 자체가 놈들에게 너무 유리해.'

일단 이 영역 안에서는 일월성신의 눈으로도 접근하기 전까지는 상황을 꿰뚫어 보기 어렵다.

또한 암월령 자체가 온갖 요괴들을 한 몸에 모아둔 존재이니 이 마계화 영역은 숨쉬기만 해도 온몸에 활력이 넘칠 것이며, 흑영신의 가호 역시 강해질 것이다. 게다가 사술(邪術) 역시 바깥에서보다 훨씬 뛰어난 효과를 발휘할 터.

이건 거의 설산에서 설산 토박이 요괴들과 싸우는 것만큼이나 불리한 조건이다.

"유하, 괜찮아?"

"다행히 진기만 잃어버리는 것으로 버티긴 했어. 한 절반 정도는 잃은 것 같군……."

그렇게 말하는 천유하는 안색이 좋지 않았다. 삼중심상을 구현한 무극의 권으로 저격을 가해오다니, 완전히 의표를 찔리고 말았다. 직전에 형운이 적의 시선을 알아차리고 경고해 주지 않았다면 절반의 진기를 잃는 것으로 끝나지 않았을 것이다.

"일단 이걸……."

형운은 천유하에게 진기회복제를 마시게 하고는 운기하는 그의 주변에서 경계를 섰다.

가려가 말했다.

"골치 아프게 됐군요. 공자님을 제외한 우리들에게는 방금 전의 공격은… 위험합니다."

"의식적으로 대비하고 있으면 방어야 가능하겠지만 그때마다 진기를 뭉텅이로 잃게 되겠지."

마곡정도 표정이 좋지 않았다.

심상경의 절예를 펼치는 것은 그만큼 진기를 많이 소모한다. 삼중심상을 구현할 정도면 말할 것도 없다.

그러나 암월령은 겉모습이 인간일 뿐, 그 안에는 수십수백의 괴물을 담아둔 괴물이다. 무엇보다 마기가 넘치는 이 마계화 영역 안에서 그녀의 여력은 어마어마하니 몇 번이든 치고 빠지기를 시도할 수 있을 것이다.

아직 해보지 않았지만 가려와 마곡정도 그 공격을 방어할수는 있을 것이다. 가려는 심상경의 절예를 완숙하게 펼치는 경지에 올라 있고, 마곡정은 심상경의 고수로서는 미숙하지만 대신 그와 합일한 청룡으로부터 비롯되는 대영수의 영능이 있으니까.

하지만 언제 날아들지 모르는 저격에 대비하며 신경을 곤두세우고 있는 것만으로도 막대한 심력을 소모하게 될 것이고, 방어할 때마다 진기를 뭉텅이로 잃게 될 터. 아무리 진기회복제와 형운이 주는 진기로 회복할 수 있다고 해도 육신의 피로도가 증가하는 것만은 어쩔 수 없다.

"일단 유하, 이 호부를 받아."

형운은 자신이 갖고 있던 호부 세 개 중 두 개를 그에게 건네주었다. 천유하가 의아해하며 물었다.

"호부라면 나도 있는데……."

"이건 심상경의 절예를 방어해 주는 호부야."

"뭐? 그런 걸 세 개나 갖고 있었어?"

"누나랑 곡정이도 갖고 있어. 일단 여기서 이게 제일 필요 없는 건 나니까 내 걸 나누자."

흑영신교와 광세천교가 날뛰기 시작하면서 별의 수호자는 요직에 앉은 자들에게 이 호부를 지급했다. 천하에서 가장 돈이 많은 데다가 이런 기물조차도 자체적으로 제작할 수 있는 어마어마한 조직이기에 가능한 일이다.

"누나, 몇 개 있어요?"

"하나 있습니다."

"그럼 이거 하나 더 받아요. 곡정이 너는?"

"아, 나는 세 개나 있으니까 됐어."

형운이 말했다.

"그래도 이미 한번 만난 이상 놈이 근처에 오면 바로 알 수 있어. 아까처럼은 안 될 거야."

일월성신의 능력이 있는 이상 암월령도 치고 빠지는 전법을 쓸 때 그만한 부담을 지게 될 것이다. 형운은 다음 습격 때는 그 사실을 뼈저리게 새겨주리라 결심했다.

6

암월령은 한참 멀리 떨어진 산 위를 걷고 있었다.

"승산은 충분하지 않았겠느냐?"

대마수 심안호창이 묻자 암월령은 고개를 저었다.

"그는 교주님께서도 인정한 교의 대적입니다. 제 목숨은 이 의식을 완성하는 제물이니 공명심을 앞세우다가 일을 망칠 수는 없습니다."

천유하와 형운이 나타난 것은 그들이 예상한 대로였다. 애당초 예령공주가 천두산 일대를 소탕할 때를 노려서 마계화를 터뜨린 것은 천유하를 불러들이기 위해서였으니까.

하지만 형운은 이번 일의 표적이 아니다. 처리할 수 있다면 좋겠지만 그것을 위해 열을 올리진 않을 것이다.

'그리고 그 자리에서 싸웠다면… 위험했다.'

귀혁에게 패배한 이후 지난 4년간, 흑영신교는 각지에서 온갖 존재들을 모아 그녀에게 융합시켰다.

요괴, 마수, 영수, 인간…….

조금이라도 특수한 능력을 가진 존재라면 가리지 않고 융합한 결과, 암월령은 백마 이상으로 다양한 능력을 갖게 되었다.

그중에는 예지에 가까운 위기 감지 능력이 있었다. 그녀가 형운과 싸우는 대신 곧바로 피한 것은 그 능력이 경고해 왔기 때문이다.

싸워서는 안 된다. 당장 피하는 것이 현명하다.

암월령은 그 능력을 신뢰했기에 주저 없이 결단을 내렸다.

"의식은 순조롭군요."

그녀의 시선이 산 아래쪽의 숲을 향했다.

그곳에는 수백 명의 인간들이 모여서 사방에서 모여드는 괴물들과 싸우고 있었다.

예령공주가 이끄는 군병들이었다.

마계화 영역에 삼켜진 후 대혼란 속에서 엄청난 피해를 냈지만 여전히 700명 이상이 생존해서 싸우고 있었다. 그들 전원이 충실하게 무장하고 있었으며 모여서 군진을 이루었기에 괴물들도 달려드는 족족 격퇴당하는 중이었다.

하지만 그들에게 승산은 없다. 가만히 놔둬도 시간이 지나면 전멸할 상황에 치명적인 요소가 더해져 있으니까.

지옥 같은 상황을 지켜보던 암월령이 말했다.

"그럼 슬슬 운검위에게 제동을 걸어야겠습니다."

운검위는 태풍처럼 가로막는 모든 것을 베어 넘기고 있었다. 이미 이 마계화 현상을 일으키는 핵심, 마혈(魔穴)도 하나 파괴하는 성과를 올렸다. 이대로 놔두면 모든 마혈을 파괴하고 말리라.

'운검위라면 아주 값어치 있는 제물이 될 것이다.'

이곳에서 일어나는 모든 일은 흑영신에게 바치는 거대한 의식이다. 이 의식으로 열리는 혼세는 구세의 효시(嚆矢)가 되리라.

제177장
지옥도(地獄道)

성운을 먹는자

1

형운 일행은 쉴 틈 없는 격전을 벌이고 있었다.

"젠장! 또 추가됐어!"

"저 위의 새 요괴가 신호를 보내고 있어! 곡정아, 전방을 부탁한다!"

맨 앞에서 달리던 형운이 마곡정과 자리를 바꿨다.

쾅! 콰쾅!

그리고 형운이 허늘을 보며 반한 유선추가 새 요괴들을 연속적으로 관통해서 격추시켰다.

"차아!"

그사이 마곡정은 앞을 가로막는 거구의 요괴를 차가운 도기를 전개해서 베어갔다.

파악!

일격에 요괴가 두 동강 나고, 그 절단면으로부터 빛을 발하는 얼음파편들이 튀면서 사방을 빙결시켰다.

콰하하하하……!

한기가 폭발하면서 앞을 막기 위해 몰려 있던 요괴들이 일거에 얼음상으로 변해 버린다.

천유하와 가려가 마곡정의 양옆에서 뛰어나가서 가한 공격이 얼음상들을 산산조각 내며 전방을 열었다.

"키키키킥! 이놈들! 강하구나! 강해!"

하지만 적들은 아무리 격퇴해도 끝도 없이 몰려들고 있었다. 거구의 족제비 요괴가 날카로운 바람의 칼날을 뿌려대자 일행이 질주하는 기세가 주춤했다.

"빌어먹을! 흑영신교 놈들이 이 영역에 대한 통제권을 갖고 있는 건가?"

"아마도! 뿌리친다 싶을 때마다 흘끔흘끔 이쪽을 보고 있어!"

형운이 이를 갈며 족제비 요괴에게 뛰어들어서 발차기를 내질렀다.

"킥킥! 그 다리를 잘라서 먹어주……."

칼날처럼 날카로운 기류로 방어 결계를 구축한 족제비 요괴는 형운의 무모한 공격을 비웃었다.

그러나 그는 그 비웃음을 끝까지 내뱉지도 못했다. 광풍혼을 휘감은 형운의 발차기가 그의 결계를 종잇장처럼 찢어발기고 몸통에 적중했기 때문이다.

꽝!

일격에 족제비 요괴의 몸이 터져 나갔다.

그것으로 일행에게 달려들던 괴물들이 정리되면서 잠시 쉴 틈을 갖나 싶었다. 그러나…….

삐이이이이……!

창공에서 날카로운 울음이 울려 퍼지면서 커다란 날개를 지닌 새 인간 요괴들이 강습해 오는 게 아닌가?

'또다.'

형운은 이번에도 암월령의 시선이 자신들을 훑는 것을 느낄 수 있었다.

이 관측 방식은 탐지 술법이나 멀리보기 술법과는 다른 방식이다. 아마도 암월령이 지닌 수많은 능력 중에 하나이리라.

'자기를 보여주는 건 감수하겠다 이건가.'

최대한 정보 노출을 피하기 위해서 흘끔거리듯이 잠깐씩만 보고 있기는 하다. 그것도 형운을 직접 보는 것은 피하고 천유하나 마곡정을 보려고 하고 있다.

하지만 형운이 그들과 함께 있는 이상 시야에 들어올 수밖에 없고, 그걸 메디디 형운도 임일껑을 뿐다. 김낀 빅시라고닌 하지만 그 횟수가 누적되다 보니 제법 많은 정보가 모였다.

'끔찍하군.'

예전에 한서우는 형운에게 경고한 바 있었다.

암천령을 만나면 피하고, 암월령을 만나면 주의하라고.

형운이 본 암월령은 과연 그렇게 경고할 만한 적이었다.

백마를 바탕으로 연구한 끝에 만들어낸 모사품인 만큼 백마의 특성을 고스란히 갖고 있다. 그런데 완성도 면에서는 백마를 훨씬 능가한다.

잘 생각해 보면 당연한 결과다.

암월령은 혼자 완성된 것이 아니라 흑영신교라는 막강한 조직의 힘이 집중된 결과물이다.

백마를 이룬 마공보다 흑영신교의 마공이 더 뛰어나다. 또한 흑영신교는 인신공양(人身供養)을 주저하지 않는 사술의 힘으로 암월령의 힘을 높였고, 신녀의 힘과 조직력을 이용하여 세상 곳곳에서 그녀에게 통합시킬 다종다양한 존재들을 포획하는 것으로 백마가 혼자서 백 년 이상 각지를 뛰어다니며 시행착오를 거듭한 작업을 훨씬 단기간에, 더 뛰어난 성과로 완성했다.

그 결과 암월령은 9심 내공에 해당하는 출력, 그리고 대마수나 대요괴에 필적하는 거대한 그릇, 그리고 잡다한 것부터 시작해서 뛰어난 것까지 수백 종에 이르는 능력을 한 몸에 지닌 괴물이 되었다.

'격투전 능력도 사부님과 싸웠을 때보다 향상되었겠지. 맞붙어서 싸워도 쉬운 상대가 아니겠어.'

암월령이 백마보다 압도적으로 우월한 존재임은 천유하를 무극의 권으로 저격한 것만으로도 확실하게 증명되었다.

암월령은 백마는 결국 이르지 못했던 심상경의 경지에 이른 것은 물론, 일권으로 세 가지 심상을 구현할 수 있는 무시무시한 강자다.

'본인의 무공 성취가 뛰어나서 그렇게 됐을 가능성도 있겠지만, 인공적으로 만들어지고 연구실에서 강화되는 데 인생 대부분을 투자했을 것임을 감안하면 그보다는 흑영신의 힘으로 그리되었을 가능성이 높지.'

마치 운강에서 형운과 선검 기영준에게 죽은 흑서령처럼 말이다.

그리고 그렇게 심상경에 오른 암월령이 다중심상을 쉽게 터득한 것은 백마로부터 비롯된 특성 때문이리라.

'무엇보다 도망치는 데는 도가 텄을 테지. 백마가 그랬던 것처럼.'

백마는 귀혁과 싸워서 패했으면서도 도망치는 데 성공했을 정도로 도주 능력이 뛰어났다. 몸 일부를 분리해서 분신으로 만들 수 있는 능력 때문이었다. 아마 암월령도 같은 능력을 지니고 있을 것이다.

'여기 와 있는 팔대호법이 암월령 하나라는 보장도 없고.'

여러 가지 변수를 고려하다 보니 정말 골치 아팠다.

형운 일행은 전원이 팔대호법을 일대일로 대적할 수 있는 실력자들이다. 하지만 상황이 너무 불리하다. 이 마계화 공간 속에서 그들의 힘은 극대화되는 반면 일행의 힘은 약화되니까.

가장 골치 아픈 것은 쉴 틈을 주지 않고 꾸역꾸역 몰려드는 괴물들이다. 암월령은 일행을 지치게 할 생각인 게 분명했다.

"슬슬 못 보던 것들이 막 튀어나오는데… 마계의 괴물들인 가?"

괴물들과 싸워본 경험이 풍부한 형운도 본 적 없는 괴물들이 출현하기 시작했다.

예를 들면 전방에 떠 있는 검은 구체가 그랬다. 매끈하기 짝이 없는 구체로 보였지만 일행이 어느 정도 접근하는 순간 표면에 무수한 붉은 선이 그어지면서…….

쉬이이익!

새카만 선이 허공을 갈랐다.

검은 구체로부터 튀어나온 칼날이 마치 채찍처럼 긴 거리를 가른 것이다. 그 칼날이 어찌나 예리했는지 지면을 두부처럼 잘라 버리고 다시 돌아가고 있었다.

일반인은 아예 무슨 일이 일어나는지도 모르고 당했을 속도였지만 일행은 물 흐르듯이 흩어지면서 그것을 피했다.

투웅!

그것으로도 모자라서 가려는 돌아가는 칼날의 옆면을 가볍게 손으로 두들기기까지 했다.

순식간에 칼날을 회수한 구체의 표면에 다시금 붉은 선이 그어졌다.

콰직!

그리고 안쪽에서 파쇄음이 울리며 구체가 흔들렸다.

가려가 칼날의 옆면을 두드리면서 찔러 넣은 침투경이 내부를 파괴한 것이다.

슈화악!

그리고 질풍처럼 돌진한 가려가 칼날이 보이지 않는 무흔검으로 구체를 비스듬하게 베어버렸다. 깨끗하게 갈라진 구체가 단면을 따라서 미끄러지듯 어긋나더니 거기서 붉은 액체가 분수처럼 튀어 올랐다.

놀랍게도 무흔검의 힘은 검 그 자체의 모습을 감추는 것에 그치지 않았다. 사용자의 검기까지도 감춰 버리는 것이다.

"아래!"

검은 구체를 지나쳐 달리던 형운이 경고했다. 순간 일행은 한 점의 망설임도 없이 위로 도약했다.

직후 지면을 뚫고 날카로운 발톱이 솟구쳤다.

"두더지 요괴인가!"

"지렁이 요괴도 있어!"

형운이 말하자마자 앞쪽 지면이 폭발하면서 표면이 암석으로 뒤덮인 기괴하고 거대한 지렁이가 튀어나왔다.

순간 천유하가 깃털처럼 가벼운 몸놀림으로 땅에 내려서면서 쌍검을 휘둘렀다.

사악!

굉음 속에서 서늘한 소리가 울려 퍼졌다.

—무영세(無影勢)!

마치 종이를 베는 것 같은 절삭음이었다. 하지만 그 결과는 종이를 베는 것과는 천양지차였다.

아직 몸이 땅 밑에 있던 두더지 요괴가 두 동강 나고, 5장(약 15미터) 떨어져 있던 지렁이 요괴도 반 토막이 나서 쓰러지는 게 아닌가?

더없이 은밀하고 날카로운 검기(劍氣) 발출이었다.

지렁이 요괴 같은 경우는 그저 예리하게 절단했다면 잘린 것도 모르고 다시 붙어버렸을 것이다. 하지만 천유하는 검기의 질을 세밀하게 조절해서 그럴 수 없도록 만들었다.

형운이 말했다.

"이대로는 끝이 없겠어."

아무리 일행이 고수라도 인간인 이상 쉴 틈도 없는 소모전을 벌이는 데는 한계가 있다. 잠시라도 휴식을 취하면서 소모한 체력과 진기를 회복하지 않으면 안 되었다.

천유하가 말했다.

"하지만 지금 상황에서는 방법이 없잖아? 예령공주 마마를 찾을 때까지는 교전을 감수하는 수밖에⋯⋯."

"방법은 있어."

"음?"

"이걸 이용하면 될 거야."

형운은 품에서 한 가지 물건을 꺼냈다. 생물의 심장처럼 보이는 모양새지만 어린아이 주먹만 한 크기에, 얇은 은사슬이 둘러져 있는 기물이 나왔다.

"가연국의 귀인에게 받은 선물이야. 술심(術心)이라고 하지."

형운은 귀한 선물을 준 루안에게 감사했다.

2

예령공주가 이끄는 관군은 지옥의 한복판에 있었다.

예기치 못한 재난 앞에서도 예령공주는 지휘관의 소임을 잃지 않았다. 그녀는 앞장서서 괴물들과 싸우면서 병사들의 용기를 북돋았고, 생존자들을 하나로 모아서 붕괴했던 군진을 복구하고 괴물들을 격퇴할 수 있었다.

하지만 그들은 마계화 영역의 한복판에 있었고, 적은 사방에서 끝도 없이 계속 몰려들었다.

그리고 시간이 지나자 당장의 싸움보다 더 심각한 문제들이 그들을 덮쳤다.

"안 돼! 이정! 정신 차리게!"

한 병사가 절규했다.

조금 전까지만 해도 자신과 어깨를 나란히 하고 사투를 벌이던 전우의 변화 때문이었다. 이정이라 불린 병사는 점차 온몸이 어둠으로 뒤덮인 괴물로 변해가고 있었다.

키키키킥……!

그리고 인간의 윤곽을 지닌 어둠 그 자체가 된 이정이 병사를 바라보았다. 눈도 코도 입도 없었지만 병사는 괴물이 자신을 보며 웃었다고 느꼈다.

콰직!

그리고 다음 순간, 이정이었던 괴물이 손에 쥐고 있던 창으로 병사를 찔렀다. 그 힘이 강건하여 단 일격에 갑옷을 꿰뚫었다.

　"아, 이, 이정……."

　치명상을 입은 병사가 허우적거렸다.

　그러나 그것도 잠시였다. 그 역시 점차 몸이 새카만 어둠으로 뒤덮여 간다.

　"뭘 보고 있나! 목을 쳐! 지금 죽이는 것이 전우의 영혼을 구하는 자비다!"

　주변의 병사들이 압도당해서 보고만 있자 십부장이 외쳤다. 그리고 자신부터 솔선수범해서 뛰어들면서 검을 내려쳤다.

　파악!

　어둠으로 뒤덮여 가던 병사의 목이 날아갔다. 그러자 병사는 괴물이 되어 일어나는 대신 그 자리에 무너져 내렸다.

　하지만 그것도 근본적인 해결책이 되지 못했다.

　키키킥…….

　머리가 날아간 시신이 흐느적거리면서 일어나는 게 아닌가?

　"젠장! 암흑귀가 되는 것을 막아도 시귀가 되는 건가!"

　명령할 때를 위해 암흑귀라 호칭을 정한 괴물이 되는 것을 막았더니 목이 없는 채로 시귀가 되어서 일어난다. 그리고 몸을 돌보지 않고 괴력을 발휘하며 달려들었다.

　그래도 암흑귀보다는 나았다. 암흑귀는 생전보다 신체 능력이 강화되는 데다가 병사가 생전에 연마한 무예까지 고스란히 사용했기 때문이었다.

"으윽……!"

병사가 암흑귀가 되는 것을 막은 십부장이 비틀거렸다.

암흑귀와 시귀를 쓰러뜨리는 동안 그의 부하들이 죄다 몰살 당했다. 그리고…….

"안 돼, 나는, 나, 나는……."

십부장이 고통과 공포로 몸을 떨었다.

암흑귀에게 입은 상처 부위부터 시작해서 그의 몸이 서서히 어둠으로 뒤덮여 가고 있었다.

마기(魔氣)는 현세의 생명에게는 그 자체로 독이나 마찬가지다. 농밀한 마기가 흐르는 마계화 영역 안에 있는 것만으로도 인간은 몸도 마음도 마모될 수밖에 없었다.

숨 쉴 때마다 체내로 침투하는 마기에 의해 정신이 고통받다 보면 밑도 끝도 없는 환각 증상에 빠질 수도 있고 감정이 조절되지 않는 광증이 도질 수도 있다. 그리고 육신 또한 빠르게 체력을 소진하고 병들어 죽어가게 된다.

그리고 죽음에 이르고 나면 그보다 더 끔찍한 파멸이 기다리고 있다.

정신력과 체력이 무조리 깎여 나간 채로 마기에 오염된 자는 인간성을 모두 잃고 괴물로 변한다. 마계의 주민이 되기에 어울리는 존재로.

예령공주가 이끄는 관군들은 전원이 무공을 익힌 이들이었으며, 생존한 술법사들이 모여서 마기에 저항하는 술법을 펼쳤기에 농밀한 마기 속에서도 어느 정도 버틸 수 있었다.

하지만 계속해서 싸움을 강요받는 상황 속에서는 체력도 정신력도 빠르게 소모된다. 정신력과 내공이 약한 자들부터 마기에 오염되어 갈 수밖에 없었다.

그것으로도 모자라서 이곳에는 끔찍한 사술이 펼쳐져 있었다. 마기를 이용해서 더욱 적극적으로 인간을 오염시켜서 암흑귀라는 괴물을 탄생시키게 하는 사술이.

'여기는 지옥이야.'

예령공주는 석상처럼 굳은 얼굴로 군대가 무너져 가는 것을 보고 있었다.

그녀는 운룡의 가호를 받아 천성이 강인한 데다 6심에 이르는 심후한 내공을 지니고 있고, 각종 호부까지 갖추고 있어서 이 마기 속에서도 잘 버티고 있었다. 그러나 절망적인 상황이 끝없이 계속되자 육신은 버텨도 정신은 무너져 버릴 것만 같았다.

아무리 노력해도 성과가 없다.

처음에 700명을 모아서 탈출구를 찾는 싸움을 시작했으나, 벌써 반수 가까이 죽거나 괴물로 변했다. 그리고 아군의 수가 줄어들수록 붕괴가 가속화되었다.

병사들이 절망하는 것을 탓할 수가 없다. 암흑귀로 변한 동료에게 제대로 저항도 못 하고 목숨을 내주는 것도 뼈저리게 이해할 수 있었다.

왜냐하면 그녀 역시 같은 과정을 겪었기 때문이다.

어려서부터 예령공주를 호위해 주던 위사, 유정은 마계화의 혼란 통에 그녀를 지키다가 죽었다. 그리고 가까스로 혼란을 수습하고 있을 때 암흑귀가 되어 그녀를 덮쳤다.

암흑귀가 되면 생전의 모습을 알아볼 수 없지만, 예령공주는 그 암흑귀가 펼치는 검술을 통해서 유정임을 알 수 있었다. 그 사실을 깨닫는 순간 예령공주는 너무나 당황한 나머지 암흑귀의 검에 목을 내줄 뻔했다.

"공주 마마!"

어린 시절부터 유정과 함께 그녀를 지켜주던 또 한 명, 거인위사 가염이 아니었다면 그녀는 이미 산목숨이 아니었을 것이다.

"방어만 해서는 승산이 없습니다! 뚫고 나가야 합니다!"

오래전, 황궁에서 아직 애송이였던 시절의 선풍권룡 형운과 실력을 겨루기도 했던 거인위사 가염은 예령공주의 직속 호위로만 남아 있기에는 아까운 실력자였다. 불과 200년 전까지만 해도 서쪽 야만의 땅에서 하운국과 적대했던 갈암거인(褐巖巨人) 일족이라는 출신 성분만 아니었다면 지금쯤 천부장 자리에 올랐어도 이상하지 않은 실력자다.

무공은 명문의 장로들과도 자웅을 겨룰 만했고 규략에도 조예가 있어서 군부에 투신한 예령공주를 든든하게 보좌해 왔다. 스스로 싸우는 것과 위엄을 세우는 것 말고는 재주가 없는 예령공주가 지금까지 잘해온 것은 다 그의 공이었다.

그의 다급한 말에 예령공주는 당장 울음을 터뜨릴 것 같은 얼굴로 말했다.

"뚫고 나간다 한들… 어디로 가야 하지?"

그들은 길을 잃었다.

마계화 영역은 혼돈 그 자체였다. 술사들이 동서남북의 방위조차 제대로 잡지 못하고 있었다.

이곳에서도 천두산은 보이니 그것을 기준으로 삼아서 방향을 잡자는 의견도 있었다. 하지만 조금 가보니 턱도 없는 시도였음을 알 수 있었다.

이곳은 마계도 현계도 아니다. 현계에서 보았던 풍경은 오염된 현계의 흔적일 뿐, 그곳과 동일한 지형지물로 여겨서는 안 되었다.

"어디로든."

가염이 예령공주의 어깨를 잡으며 말했다.

감히 황족의 존체에 손을 대는 것은 참수형을 당해도 할 말이 없는 무례다. 하지만 가염은 개의치 않고 1장(약 3미터)에 달하는 거구를 숙여서 예령공주와 눈높이를 맞추었다.

"가야 합니다. 이런 곳에서 천 공자를 만나지도 못하고 죽음을 맞이한다면 과연 눈을 감으실 수 있겠습니까."

"……."

순간 예령공주의 표정이 멍해졌다.

어째서 가염이 지금 이 순간에 그 이름을 입에 담는 것인가?

예령공주가 오랫동안 사모해 왔던, 무공을 연마하여 군부에 투신하고 여기까지 오게 된 계기가 된 그 사람의 이름을.

어린 시절의 그녀는 천유하에 대한 관심을 숨기지 않았다. 한 번이라도 더 그를 보고 싶어 했고, 그가 황궁에 왔다는 소식을 들으면 한순간이라도 같이 있고 싶어서 안달이 났다.

하지만 군부에 투신하기로 한 시점부터는 그에 대해 이야기한 적이 거의 없었다.

어려서부터 그녀를 돌봐온 이들에게도 군부에 투신한 진짜 이유를 말한 적이 없는지라 황제도 그녀가 천유하가 목숨을 구해준 은인이라 한때의 관심을 두었나 보다 하고 여길 뿐이었다.

그런데…….

"…알고 있었던 거야?"

예령공주가 떨리는 목소리로 묻자 가염이 고개를 끄덕였다.

"유정도, 시녀장도 알고 있었습니다."

"……."

"마마께서는 아무 말씀도 안 하셨지만… 성인이 되신 후에도 그에 대한 이야기가 나올 때면 귀를 쫑긋 세우셨으니까요. 모시는 입장에서는 모를 수가 없었지요."

측근들도 모를 정도로 잘 숨겼다고 생각했다.

천유하가 보고 싶다고 말하지도 않았고, 그의 행적마을 따로 듣기를 바라지도 않았다. 꼭 강호에서 일어난 이야기를 망라해서 수집하게 하고는 그 사이에 끼워진 천유하의 소식을 탐독했을 뿐이다.

하지만 그것은 마치 어린아이가 늘 지켜보는 부모 눈을 속이겠다고 서툰 수작을 부리는 것 같았나 보다. 곁에서 보필하는 이들은 그녀가 숨기고 싶어 하니 모르는 척해줬을 뿐, 다들 알고 있었다.

"가서 만나셔야 합니다."

"…그는 나를 싫어해."

급박한 상황인데도 예령공주는 툭 던지듯이 말하고 말았다. 그리고 스스로 한 말에 깜짝 놀랐다.

예령공주는 왈칵 치미는 감정 때문에 울고 싶은 것을 참았다.

돌이켜 보면 참 천유하에게는 몹쓸 짓을 했다. 그의 입장을 이해하지도 못했고, 따라서 배려도 하지 못하고 자신의 사정대로만 끌고 다녔다.

그것은 황족으로서는 지극히 당연한 행동이었다. 하지만 진심으로 연모하는 이에게 그래서는 안 된다는 것을 예령공주는 어른이 되어서야 깨닫게 되었다.

귀찮았을 것이다.

거추장스러웠을 것이다.

얼마나 민폐였겠는가. 그러니 자신에게 좋은 인상을 품었을 리가 없다.

"확인해 보셨습니까?"

"……."

"마음을 전하지도 않고, 물어보지도 않고 지레짐작으로 포기하실 겁니까?"

예령공주가 꿀 먹은 벙어리처럼 입을 다물고 있자 가염이 고개를 숙이며 말했다.

"부디 유정의 죽음을 헛되이 하지 말아주십시오. 살아 있는 한 최후까지 싸워야 합니다."

가염이 입에 담은 한 사람의 이름이 예령공주의 가슴을 울렸다. 예령공주는 쓰라린 마음의 아픔에 눈을 질끈 감았다.

"미안해. 모두 내 욕심 때문이었어."

"아닙니다. 절대 그렇지 않습니다."

가염은 단호하게 고개를 저었다.

"감히 말씀 올리옵건대, 죽어간 이들을 모욕하지 마십시오. 그들은 각자 맡은 바를 이루기 위해 최선을 다해온 사람들이 었습니다."

그 말이 옳았다. 이 모든 일은 예령공주의 욕심만으로 이루어진 것이 아니었다. 예기치 않은 재난을 만나 비참하고 괴롭게 죽어갔을지언정 그들은 하운국의 병사로서 의무를 다하다 죽었다.

그것을 고작 예령공주가 개인의 욕망 탓에 벌어진 일로 취급하는 것은 지나친 오만이다. 가염은 그렇게 일침을 놓았고 예령공주는 머리가 깨이는 기분이 들었다.

"고마워. 그리고 늘… 고마웠어."

예령공주는 그리 말하고는 고개를 똑바로 들고 외쳤다.

"모두 들으라!"

마음속에는 아직도 혼란이 가득하다. 하지만 예령공주는 무너지던 정신을 다잡았다.

"모두 전방에 병력을 집중한다! 빈자리를 채워라! 지휘관을 잃은 자들은 가까운 부대로 합류해서 명령을 받으라! 술사들은 전방에 정화의 술법을 펼치도록!"

"하지만 그러면 방어가 약해집니다!"

"버티기에만 전념하면, 차근차근 약해지다가 죽을 뿐이다. 뚫어야 한다!"

이 자리를 벗어난다고 해서 활로가 열릴지는 알 수 없다. 하지만 이대로 지옥도에 발이 묶여 있다가 죽는 것보다는 낫지 않겠는가?

"나와 가염이 앞장서겠다! 옆을 지켜라!"

"명을 받들겠습니다!"

"내 뒤에 위치하는 부대는 나를 꼭짓점으로 하여 진법을 펼친다! 모든 힘을 집중하도록!"

예령공주가 검을 들었다. 황궁에서 인정받은 제도의 명공들과 술사들이 힘을 합쳐 만들어낸 보검이 파마(破魔)의 힘이 깃든 광택을 흘리고 있었다.

그리고 검뿐만이 아니다. 투구도, 갑옷도, 허리띠도, 갑옷 안의 수많은 장신구까지 기물이 아닌 것이 없었으며 각종 위험으로부터 몸을 지켜주는 호부가 주렁주렁 달려 있었다. 직계 황손이며 황실의 영웅 만들기 계획의 주인공인 예령공주에게 집중된 자원은 상상을 초월하는 수준이다.

"하아아아아!"

그리고 예령공주는 결코 약하지 않았다.

자괴감을 느낄 정도로 온실 속의 화초처럼 보호받은 것은 그녀가 황족이기 때문이다. 그녀의 성장 과정만 봐도 도저히 약할 수가 없었다.

운룡의 가호 때문에 천부적으로 강인한 신체와 거대한 선천 지기를 타고났으며, 모두가 인정하는 천재적인 재능으로 절치부심하여 고련했다.

황실의 무학자들이 그녀를 위해 머리를 맞대어 가장 적합한 무공을 고르고, 비용을 아끼지 않고 최대의 효과를 추구하는 훈련 방식을 고안했다. 황실의 고수들이 열과 성을 다해 그녀를 지도하고 대련 상대가 되어주었다.

또한 별의 수호자의 가장 뛰어난 비약들이 아낌없이 투입되었다. 본격적으로 무공을 수련한 이래로는 하루라도 비약을 안 먹은 날을 찾기가 힘들 정도였다.

지금까지 예령공주의 진정한 힘을 아는 것은 그녀를 지도하는 고수들 정도였다. 실전에서는 진짜 실력을 발휘할 만한 기회가 없었기 때문이다.

그래서 그녀의 실력을 의심하는 목소리도 많았지만……

"공주 마마께서 활로를 여실 거다! 모두 이를 악물고 버텨!"

이 자리에 있는 자들 중 그런 마음을 품은 자는 아무도 없었다.

왜냐하면 그들은 마계화 영역에 삼켜진 직후의 대혼란을 겪고 살아남았기 때문이다. 그 난리 통에 700명의 병사를 살려서

집결시킨 것은 전적으로 예령공주의 무위가 뛰어나기에 해낼
수 있었던 업적이었다.

쒀아아악!

예령공주가 발한 백색의 검기가 공간을 가르면서 서늘한 소
리가 울렸다. 그 일격으로 전방 5장 내에 있던 모든 암흑귀와
시귀가 두 동강 나서 쓰러져 버렸다.

"전진한다!"

예령공주는 그 빈 공간으로 뛰어들면서 질풍처럼 검을 휘둘
렀다.

감히 그녀의 일검을 버텨내는 존재가 없었다. 암흑귀도, 시
귀도, 그 사이로 뛰어들던 요괴들도 추풍낙엽처럼 쓰러져 갔
다.

그것은 주변을 신경 쓰지 않고 집중하기에 보일 수 있는 무
위였다. 그 빈틈을 노려서 사각으로 뛰어드는 요괴들도 있었
지만…….

파악!

그녀의 뒤를 따르는 가염이 내지르는 창이 그 사각을 메꾸
고 있었다.

완벽한 둘의 호흡이 어마어마한 상승효과를 일으키며 전방
을 휩쓸었다. 그러자 발이 묶여 있던 군대가 서서히 앞으로 진
군하기 시작했다.

"눈떠라, 파사(破邪)의 혼이여!"

예령공주의 외침과 함께 갑옷 안쪽의 목걸이가 빛을 발했다.

"깨어나라, 정화의 의지여!"

양쪽 귀에 달린 귀걸이에서 웅웅거리는 소리가 흘러나왔다.

두 가지 기보의 힘을 일깨운 결과는 놀라웠다. 예령공주가 발하는 기파가 반경 5장(약 15미터)의 마기를 잡아먹으면서 영역을 구축하고, 발하는 기운에 정화력이 더해져서 괴물들의 천적처럼 엄청난 위력을 발휘하는 게 아닌가?

'음?'

닥치는 대로 괴물들을 베어 넘기던 예령공주는 문득 이상함을 느꼈다.

파사의 힘을 지닌 기물들을 일깨워서 영감이 활성화된 탓일까? 이상한 것이 감지되었다.

'이건 뭐지?'

마계화 영역의 농밀한 마기 때문에 바로 옆에 있는 병사의 기운도 느끼기 힘들다. 그런데 파사의 힘으로 확보한 정화 영역 내에서 암흑귀를 베어 넘기자 기이한 기류가 느껴졌다.

'위로 올라간다.'

암흑귀를 이루고 있던 기운이 남김없이 하늘로 올라가고 있었다.

뿐만 아니다. 암흑귀만큼은 아니지만 사기로 일어난 자를 죽여도, 요괴나 마수를 죽여도 모두 그들의 안에 담겨 있던 기운 일부가 하늘로 올라갔다.

'이건 마치……'

예령공주는 하늘을 올려다보았다. 검보랏빛으로 물든 하늘

위로 혼탁한 구름이 소용돌이치는 풍경은 마계화가 시작된 순간부터 줄곧 똑같아 보였다.

하지만 분명 무언가가 일어나고 있다. 예령공주는 자신의 직감을 믿었다.

'…누군가 우리를 무언가에게 제물로 바치는 것 같지 않은가?'

어째서 마계화 현상이 일어났는지는 모른다. 하지만 이 현상을 보니 어쩌면 이 모든 것이 의도된 것일 수도 있겠다는 생각이 들었다.

그녀와 1,500명의 병사들을 사악한 무언가에게 제물로 바치기 위한 의식으로써.

그렇게 생각하자 오싹한 공포가 몰려왔다.

'만약 그렇다면… 이 모든 일을 계획한 놈에게 반드시 대가를 치르게 할 것이다!'

예령공주는 공포에 떨지 않았다. 불같은 분노로 공포를 눌러 버리며 성난 사자처럼 날뛰었다.

"조금만 더……!"

수백 마리의 괴물을 베어 넘기고 나자 그녀도 지친 기색을 드러내기 시작했다. 아무리 기보들로부터 파사의 힘을 끌어다 쓰고, 병사들이 군진을 짜서 진법의 힘을 더해준다 해도 한계가 있었다.

하지만 여기서 멈출 수는 없다. 물러나서 휴식을 취할 만큼 상황이 여유롭지 않았으니까.

'저기까지만 가면 된다.'

무엇보다 고지가 멀지 않았다. 아무런 근거도 없지만 그녀는 불과 수십 장 떨어진 지점만 넘으면 이 끔찍한 지옥도로부터 벗어날 수 있다는 직감이 들었다.

―하, 이거 웃기는군. 운룡의 가호 때문인가? 아무런 단서도 없었을 텐데 어떻게 이렇게 고민 없이 정답을 고를 수가 있지?

그때 소름 끼치는 목소리가 울려 퍼졌다.

"마마! 피하십시오!"

가염이 그녀의 옆을 가로막는 순간, 한 줄기 섬광이 작렬했다.

꽈과과과광……!

지면이 뒤집어지고 충격파가 주변을 휩쓸었다.

―관군의 진법인가? 제법이로구나.

10장(약 30미터)이 초토화되는 폭발이었는데 사망자는 폭심지에 가까이 있던 병사 한 명뿐이었다. 나머지는 진법의 힘으로 목숨을 부지했다.

"크윽, 너는… 뭐냐?"

예령공주가 기혈이 진탕하는 것을 느끼며 상대를 노려보았다.

어둠 그 자체를 인간 형상으로 빚어낸 것 같은 존재였다. 보는 것만으로도 눈이 아파질 정도로 끔찍한 저주와 마기의 집결체.

―글쎄, 나를 뭐라고 소개해야 할까? 마혈(魔穴)이라고 할

수도 있고, 천두산을 지배하는 자들의 화신이라고 할 수도 있고… 그리고 흑영신에게 공물을 바치는 역할을 맡은 제사장이라고 할 수도 있겠지.

"흑영신교였느냐!"

—아니라고 부정은 못 하겠군. 적어도 이 화신의 동기는 흑영신을 위하는 것이 가장 강력하니까.

마혈은 마계화를 일으키는 핵심이지만 고정된 장치가 아니다. 그들은 혼원의 마수를 변형시켜 만들어낸 그릇에 천두산의 대요괴들이 의식 일부를 나누어 담은 화신(化身)이었다.

지금 예령공주를 가로막은 존재는 흑영신교의 마인 수백 명을 갈아 넣음으로써 흑영신교도라는 정체성을 강하게 지닌 존재다. 그 역할은 바로 예령공주와 1,500명의 병사들을 흑영신에게 제물로 바치는 제사장이었다.

우우우우우……!

제사장으로부터 해일 같은 기파가 퍼져 나가기 시작했다.

—운검위 놈들 때문에 모습을 드러내기 싫었지만 어쩔 수 없지. 가장 맛있는 부분을 놓칠 수는 없지 않은가?

접하는 것만으로도 숨이 막힐 정도로 어마어마한 힘이었다. 대요괴, 혹은 대마수라 불리기에 충분한 천재지변에 가까운 힘이 느껴진다.

—걱정하지 말거라. 내가 너희들을 짓눌러 죽이지는 않을 것이다. 너희들은 지금까지처럼 서서히 고통스러워하며 죽어가면 되는 것이다. 그것이 제물로서 공덕을 쌓는 일이니라.

제사장의 조롱과 함께 어둠으로부터 괴물들이 일어나기 시작했다.

'내가 죽으면⋯⋯.'

예령공주는 몰려오는 절망감에 삼켜지며 생각했다.

'유하, 당신은⋯ 슬퍼해 줄까?'

3

하운국 황실의 신기위사(神器衛士) 운검위(雲劍衛)는 대외적으로는 단 한 명인 것으로 알려져 있다. 왜냐하면 그들이 쓰는 신기(神器) 운룡검(雲龍劍)은 세상에 단 하나뿐이기 때문이다.

그러나 실제로 그들은 여럿이다.

진품 운룡검을 쥔 운검위는 단 하나뿐이지만 그 힘을 나눠받는 모조품을 쓰는 다섯 명의 운검위가 존재한다. 그들 하나하나가 하운국 황실의 중요한 전략 자원으로 취급되는데, 그 이유는 그저 그들이 강하기 때문만은 아니다.

그들이 운룡검 혹은 그 모조품을 통해 신기(神氣)를 사역할 수 있는 권한을 가졌기 때문이다.

그들이 쓰는 신기(神氣)는 운룡주을 통해 천계의 힘을 공급받는 것. 사용을 허락받았다 하나 공급량도 비축량도 지극히 한정적이기에 함부로 쓸 수 없었다.

하지만 운검위는 신기(神氣)를 쓰지 않아도 인간을 초월한 힘을 발휘한다. 그들 자신이 운룡의 축복을 받아 인간을 초월한 신체를 지니고 있으며, 비축된 신기를 소모할 것도 없이 운룡검이 흘리는 미량의 신기 파동에 스스로의 기운을 동조시키는 것만으로도 엄청난 능력을 발휘할 수 있었다.

운룡족의 도움으로 마계화 영역에 투입된 그들은 눈앞을 가로막는 모든 것을 추풍낙엽처럼 쓰러뜨리면서 전진해 갔다.

잔챙이들만 있는 것은 아니었다. 영격은 낮지만 거대한 놈들도 있었고, 고위 요괴나 마수들도 있었다.

하지만 그 어떤 존재도 신기 사용을 허락받은 운검위 앞에서는 장애가 될 수 없었다.

쿠구구구구……!

농밀한 어둠이 찢어져서 산산이 흩어져 가고 있었다.

이 마계화 현상을 일으키는 핵심, 마혈(魔穴) 중 하나가 파괴되면서 일어나는 현상이었다.

마혈은 흑영신교가 만들어낸 거대한 술법의 핵이다. 혼원의 마수를 변형시켜 만들어낸 그릇에 천두산 결계 안쪽의 존재의 심령을 담음으로써 안과 밖에 동시에 존재하는… 혼재된 상태를 만들어낸다.

이 상태가 성립하자 천두산 결계 안에 갇혀 있는 마기가 현계의 시공간 제약을 초월하여 외부로 누출되었고, 그 결과 마계화 현상이 일어난 것이다. 즉, 마혈이 전부 파괴되면 마기의 농도가 점점 옅어지면서 마계화도 없어지게 된다.

당연히 마혈 주변에는 엄청난 수의 괴물 병력이 대기하고 있었다. 그러나 신기를 사용하는 두 명의 운검위와 그들과 함께 온 소수 정예의 고수들이 그들을 몰살시키고 마혈을 파괴하는 데 성공한 것이다.

"음……!"

재질을 알 수 없는 매끈하고 새하얀 가면 안쪽에서 신음성이 흘러나왔다.

백색 바탕에 푸른 무늬가 들어간 갑옷을 입은 운검위 두 명의 손에는 동일한 생김새의 검이 쥐어져 있었다.

새하얗고 투명한 검이었다.

검날의 길이나 형태는 일반적인 검과 다름이 없다. 그러나 우윳빛을 띤 도신은 표면이 반쯤 투명해 보였으며 그 표면에는 안개 같은 기운이 넘실거리고 있었다. 칼막이 부분은 용의 얼굴을 형상화하여 조각했으며 칼자루의 끝에는 은은한 청백색을 띤 술이 하늘거리고 있었다.

이것이 바로 하운국의 신기(神器) 운룡검의 모조품이다.

"신기(神氣) 소모가 예상보다 심하다."

두 운검위 중에서는 선배에 속하는 이가 말했다.

후배 운검위가 대답했다.

"이런 곳이 앞으로 다섯 곳이라니… 추가 지원을 요청해야 될지도 모르겠습니다."

그들은 마계화 영역에 들어오는 순간 신기를 소모해서 마계화의 원흉을 파악했다.

천두산을 둘러싸듯이 일곱 개의 마혈이 배치되어 있었다. 이들은 파죽지세로 마계화 영역을 휘젓고 다니면서 두 개의 마혈을 파괴했지만 그 대가로 상당한 신기를 소모해 버렸다.

"첫 번째 마혈은 두 번째 마혈보다 강력했다. 앞으로 남은 것들이 어떨지 모르겠군. 첫 번째가 가장 강했다면 좋겠지만……."

"그럴 리가 없겠지요."

마혈은 그 자체로 무서운 존재였다. 요괴도 마수도 아닌, 하지만 그 양쪽의 특성을 모두 지닌 괴물은 두 명의 운검위가 힘을 합쳤음에도 신기를 쓰지 않고서는 대적할 수 없을 정도로 막강했다.

그들은 일곱 마혈 중에 두드러지게 강한 둘이 있다는 것을 알아차리고 있었다. 그 둘과 싸울 때는 신기를 아낄 수 없을 것이다.

그런데 그때였다.

"아니, 이런……?"

두 운검위는 운룡검을 통해 한 가지 사실을 감지하고는 경악했다.

마혈이 하나 더 늘어났다.

일곱 개 중에 두 개를 없앴는데 다시 하나가 늘어나다니, 설마 시간이 지나면 재생하기라도 한단 말인가?

'위치가 달라. 어떻게 된 것인가? 운룡검의 탐지조차 속일 정도로 교묘하게 숨어 있던 것인가, 아니면 정말로 재생한 것인가?

전자라면 찾아가서 때려 부수면 그만이다. 하지만 후자라면 문제가 심각하다. 아무리 그들의 힘이 막강하다지만 비축된 신기에는 한계가 있기 때문이다.

심지어 지금은 이곳만이 아니라 다른 지역 두 곳에도 운검위가 파견된 상황이다. 신기의 비축량을 고려하지 않고 날뛰다가는 뒷일을 감당할 수 없다.

후배 운검위가 물었다.

"어떻게 할까요?"

"일단은⋯ 새로 나타난 것부터 처리한다. 직접 보고 판단해야겠군."

만약 재생된 것이라면 더 이상의 작전 수행은 무리다. 일단은 몸을 빼서 재정비하고, 지원군이 합류하기를 기다릴 수밖에 없었다.

그들이 그렇게 방침을 정하고 이동하기 시작했을 때였다.

―그건 곤란하지.

음산한 목소리와 함께 그들 앞을 가로막는 존재가 있었다.

"대마수인가?"

대마수 심안호창이 그들 앞에 홀연히 나타났다. 동시에 또 다른 느낌이 경고해 왔다.

"놈들이 이동하기 시작했습니다."

그것은 운검위끼리 정보를 전달하기 위함이 아니라 함께 투입된 고수들에게 들려주기 위한 말이었다.

지금까지 한 자리에 가만히 있던 마혈들 중 둘이 움직이기 시작했다. 하나는 이쪽으로 오고 있었고 하나는 새로 나타난 마혈 근처로 가고 있었다. 단독으로 이동하는 것이 아니라 주변에 배치되어 있던 괴물의 대군도 함께인 것이 분명했다.

─운검위라. 오랜만에 싸워보는군. 과연 300년 동안 얼마나 발전했는지 평가해 주지.

그렇게 말하는 심안호창의 반대편에서 또 다른 존재가 모습을 드러내었다. 심안호창과 달리 과묵한 적의만을 발하는 존재였다.

"대마수가 둘?"

운검위가 경악했다.

윤곽만을 보면 검은 두건을 눌러쓴 인간처럼 보이는 존재였다.

그러나 새카만 금속질의 투구 같은 얼굴에는 양쪽에 두 개씩, 그리고 이마에 하나까지 총 다섯 개의 붉은 눈이 빛을 발하고 있었고 역시 새카만 전신은 생명체와 금속이 융합되어 있는 것 같은 기묘한 질감을 자랑했다.

대마수 흑암검수. 흑영신교의 수호마수 중에서도 가장 격이 높은 대마수가 모습을 드러낸 것이다.

"마혈이 접근하기 전에 이들을 쓰러뜨려야 하오."

그렇게 말한 것은 황궁 위사의 갑옷을 입은 창수, 황실 위사 부장 사군후였다.

두 명의 운검위와 함께 이 자리에 온 20명은 황궁호위군과 제도방위군에서도 손꼽히는 고수들이다. 절반 이상이 태극문이나 용무문 등 천하십대문파 출신이었으며 사군후는 심상경의 고수였다.

그만한 고수들이었기에 대마수를 둘이나 대적해야 하는 상황에서도 위축됨이 없었다. 이만한 자신감이 없었다면 이 광활한 마계화 영역을 소수 정예로 제압하겠다고 나서지 않았을 것이다.

─자신감이 넘치는군. 그런데 말이다.

심안호창이 손가락을 들어 하늘을 가리켰다.

후우우우우우⋯⋯!

광풍이 휘몰아치면서 거대한 그림자가 드리워졌다.

─왜 우리 둘뿐이라고 생각한 거지?

그것은 새의 날개라고 하기에는 너무나도 거대했다. 어둠 그 자체로 이루어진 두 장의 날개가 좌우로 펼쳐지자 총길이가 150장에 달했으며, 그 한가운데는 부리부터 발톱까지 온통 새카맣고 덩치가 산처럼 거대한 새가 지상을 굽어보고 있었다.

"서, 설마 암익신조(暗翼神鳥)인가⋯⋯!"

황궁의 정예 고수 중 하나가 신음했다.

흑영신교의 수호마수 중에서도 가장 격이 높은 존재 중에 하나.

광령익조(光靈翼鳥)와 대비되는 존재로서 한없이 신수에 가까운 대마수.

역사적으로 그는 수십 차례나 흉명을 떨쳤다. 가장 가까운 과거의 활약은 9년 전에 일어난 위진국 황실의 난에 난입했던 일이다.

그 자리에 본신도 아니라 인간의 모습으로 나타난 암익신조는 당시의 이존팔객 중 하나였던 폭성검 백리검운을 압도하고 무수한 황실 무인들과 고수들을 학살하면서 그 무서움을 각인시켰다. 아무리 황궁이 황자들의 무력 충돌로 혼란스러운 상황이었고 다수의 흑영신교 정예가 투입된 상황이었다고는 하지만 무시무시한 위업이었다.

"운검위라. 직접 손을 써도 손해는 안 보는 사냥감이로군."

마치 노래하듯이 아름다운 목소리가 들려오면서 천지를 뒤덮는 듯 거대했던 암익신조의 위용이 사라졌다. 대신 지상에 한 남자가 나타났다.

흑영신교주와 흡사한 용모를 지닌 남성이었다. 옥을 깎아 만든 듯 잘생긴 용모에 긴 흑발을 뒤로 묶은 그의 등 뒤쪽에서 어둠이 뭉쳐 검은 불꽃의 날개처럼 펼쳐진다.

"처음부터 우리를 잡을 생각으로 준비하고 있었느냐?"

선배 운검위가 그를 노려보며 신기를 해방했다. 그러자 운룡검을 휘감고 있던 안개 같은 기운이 폭발적으로 확장되면서 주변의 마기를 집어삼켜 갔다.

"부정하지는 않으마. 하지만 너희들은 스스로에 대한 인식을 고치는 게 좋겠군. 스스로 할 재주가 없을 테니 내가 친히 교정해 주도록 하마."

암익신조의 목소리는 이런 상황에서도 귀를 즐겁게 했다. 발음이 또렷하고, 울림이 선명하며, 그러면서도 귀에 거슬리지 않는다. 분명 적의 말인데도 귀 기울여 듣고 싶은 기분이 들게 만드는 그런 마성의 목소리였다.

우우우우우……!

암익신조가 전개한 어둠의 날개가 수십수백 배로 커지면서 반경 수백 장 공간에서 빛을 지워 버렸다.

쉬쉬쉬쉬……!

동시에 흑암검수의 몸에서 분리된 수십 자루의 흑검들이 춤추기 시작했다.

─인간이여, 그 무공으로 나를 즐겁게 해보아라.

그리고 심안호창이 벼락처럼 창을 내질렀다.

4

거대한 힘들이 격돌하면서 폭발한 충격이 지축을 뒤흔들었다. 소리보다도 빠르게 퍼져 나간 기파가 수십 리 떨어진 곳에 있는 형운의 기감을 자극했다.

"이건 뭐야?"

하늘을 날고 있던 형운이 경악했다.

가연국의 대사, 루안이 준 술심에는 생물과 무생물을 가리지 않고 범위 안에 있는 존재의 무게를 없애는 힘이 비장되어 있다. 무인들의 경공이나 천근추와는 달리 극히 소량의 기운만을 주입해도 그 영능이 장기간 발휘되는 데다가 일단 한번 영능을 발하고 나면 스스로 정신을 집중하여 제어할 필요 없이 일정한 상태를 유지할 수 있으며, 그것을 통해 비행하는 것까지도 가능하다.

형운은 이 기보를 이용해서 일행 모두와 함께 하늘로 올라왔다.

지상에는 쉴 곳이 없었으나 하늘이라면 이야기가 달랐다. 마계화 영역의 괴수 중에서 200장(약 600미터) 높이까지 날아오른 형운 일행을 공격할 수 있는 놈은 거의 없었다.

물론 비행 가능한 괴물들이 있으니 완전히 마음을 놓을 수는 없었다. 하지만 서로 교대하면서 운기조식으로 몸을 회복하기에는 충분했다.

그러던 와중에 형운은 거대한 힘의 폭발을 감지했다.

"운검위인가?"

형운의 반대편에서 주변을 살피던 마곡정이 중얼거렸다.

마계화 영역의 특이성이 이 하늘에서도 먼 곳을 관측하는 것을 어렵게 한다. 그러나 마기의 격류를 뚫고 전달되는 거대한 힘의 폭발에서 운검위 말고 다른 존재를 떠올리기 어려웠다.

형운이 중얼거렸다.

"아까 전보다 훨씬 규모가 커. 무슨 일이 벌어지고 있는 거지?"

형운 일행이 진입한 후, 운검위는 두 번에 걸쳐 거대한 힘을 발했다.

하지만 지금 충돌하는 힘의 규모는 앞선 두 번과는 비교도

152 성운을 먹는 자

되지 않았다. 그야말로 천재지변에 가까운 힘이 격돌하고 있었다.

'정확하게 감지할 수는 없지만 이건 거의… 윤극성의 광세천교 총공세 때와 필적한다.'

운검위만이 아니라 그에 필적하는 힘을 지닌 존재들 여럿이 격돌하고 있는 것이 분명했다.

'돕지 않아도 괜찮을까?'

형운의 고민은 짧았다. 왜냐하면 지상에서 그들을 노려보는 시선을 감지했기 때문이다.

"모두 전투준비!"

형운은 그리 외치고는 지상을 내려다보는 위치로 이동했다.

쿠과과과과……!

다음 순간, 지상에서 어마어마한 크기의 불덩어리가 일행을 향해 발사되었다.

"대요괴인가!"

"곡정아, 여파를 막아줘!"

형운은 그리 말하며 고속으로 발사된 불덩어리의 궤도 앞으로 뛰어들었다.

—무극 반극경(無極反極鏡)!

직경이 10장(약 30미터)에 이르는 불덩어리와 접촉하는 순간, 형운이 한 줄기 빛으로 화했다. 그리고 형운이 다시 육화했을 때는 불덩어리가 날아온 길을 고스란히 되돌아가는 게 아닌가?

기술이 적용되는 범위 안의 공격이라면 제아무리 막강한 파괴력을 갖고 있어도 되쳐 버리는 심상경의 방어 기술, 무극 반극경이었다.

화아아아아악!

지상에서 불길이 폭발했을 때는 가려와 천유하도 운기조식을 끝마치고 전투태세로 돌입해 있었다.

후우우우우······!

지상으로의 낙하가 시작되는 것과 동시에 형운이 광풍혼을 극한까지 가속시켜서 한 점으로 응축했다. 국지적 태풍에 가까운 힘이 한 점으로 응축되면서 주변 공간이 요동친다.

쿠구구구궁!

그리고 지상에서 휘몰아치는 불의 폭풍 너머에서 적이 모습을 드러낸다. 어둠으로 인간의 윤곽을 그려낸 것 같은 존재가 으르렁거렸다.

'혼원의 마수? 아니, 좀 달라.'

형운이 눈살을 찌푸렸다.

혼원의 마수와 비슷한 특성을 지니고 있었지만 다른 존재다. 존재의 핵심은 대요괴의 영격이었고, 그가 선 곳을 중심으로 영맥이 요동치면서 마기를 꾸역꾸역 토해내고 있었다.

'설마 저놈이 마계화를 일으키는 원흉인가?'

그렇게밖에 볼 수 없었다. 형운은 그 사실이 의미하는 바를 깨닫고는 오싹함을 느꼈다.

'흑영신교 놈들, 대체 뭘 만들어낸 거지?'

혼원의 마수만 해도 전략 병기 취급 받기에 충분한 존재다. 단 한 번의 싸움에 한정되지만 그 힘은 그야말로 군단이나 다름없으니까.

그런데 지금 눈앞에 있는 존재는 그 이상이다. 그 자리에 있는 것만으로도 대지의 영맥이 오염되면서 막대한 마기가 누출되고 있었으니까.

무엇보다 그들의 시선에서는 기이한 느낌이 들었다. 분명히 눈에 보이는 지점에서 바라보고 있는데도 먼 곳에서 관측하는 듯한 느낌이 겹쳐져 있다니 이건 도대체 무슨 의미란 말인가?

'설마……'

형운은 언젠가 이런 느낌을 경험한 적이 있었다.

예전에 천두산의 요괴들이 힘을 합쳐 만들어낸 마수와 싸웠을 때.

그 마수는 천두산 대요괴들이 결계 너머에서 20리의 거리를 격해서 구현해 낸 분신체였다. 그리고 지금 눈앞의 존재가 자신을 보는 시선에서는 그때와 같은 느낌이 든다.

"너는 뭐냐?"

─여전히 먹음직스러운 놈이로군. 미쳐 버릴 것 같아. 보는 것만으로도 이 정도로 식욕이 솟구치다니, 신화가 막을 내린 이 시대에 어찌 이런 인간이 있을 수 있는가…….

괴물은 형운의 말에 대답하는 대신 탐욕을 드러냈다. 그 반응에서 형운은 확신을 얻었다.

"역시 천두산 요괴들의 분신체였나?"

―오, 그때를 기억하고 있는가. 하지만 인간이여, 나는 그때 네가 상대한 분신과는 격이 다른 존재이니라.

"그러시겠지. 흑영신교가 뭔가 손을 써서 그때보다 제약 없이 힘을 쓸 수 있게 만들어준 모양이지?"

―그렇다. 나는 천두산을 지배하는 대요괴들의 대행자. 하지만 지금은 마혈이라 부르면 되느니라.

불꽃이 흩어지면서 사방에서 괴물들이 몰려들기 시작했다.

무수한 환마들과 요괴들의 대군이다. 그들은 이 마계화 영역에서 발생한 덧없는 거품과도 같다.

마계화 현상이 심화되면서 점차 마계의 존재들이 나타나기 시작했지만 이 자리에는 없다. 그들은 이 안에서 발생한 존재들과 달리 지성과 경험이 있기에 앞뒤 가리지 않고 흑영신교의 유도대로 폭주하지 않기 때문이다.

하지만 개중에는 강력한 존재가 투영된 환마들이 있기에 위협적이었다. 강하지만 실존의 경험은 없기에 흑영신교가 유도하는 대로 따라가는 고위 환마들.

술심의 힘으로 서서히 낙하하던 형운은 마혈을 노려보며 말했다.

"자기소개는 잘 들었다. 그럼 그 면상 보기 역겨우니 끝내자."

―오만이 지나치구나. 인간, 그때와는…….

―운화(雲化) 광풍노격!

순간 형운의 손 위에서 터질 듯이 꿈틀거리며 해방의 순간을 기다리던 빛의 구체가 사라졌다.

콰과과과과과광……!

그리고 대폭발이 마혈과 그 주변의 요괴들을 집어삼켰다.

마혈 입장에서는 상상도 못 한 기습이었다.

이것이 바로 백운지신으로부터 배워온 기의 운화의 무서움이다.

격공의 기와는 달리 위력을 최대치까지 끌어 올린 기공파까지도 한순간에 원하는 지점으로 이동시켜서 작렬시킬 수 있다. 귀혁이 평가하기를 상황에 따라서는 그 효용성이 무극 감극도에 필적한다고 하는 무시무시한 능력!

형운은 그것으로 그치지 않고 얼음검 두 자루를 형성해서 양손에 쥐고는 좌우 한 번씩 연속적으로 심검을 펼쳤다.

—폭령검(爆靈劍)!

두 줄기 섬광이 지상을 가르며 대폭발을 일으켰다. 광풍노격의 폭발과 폭령검의 폭발이 상승효과를 일으키면서 주변을 초토화시켰다.

—크아아아아아!

하지만 마혈은 죽지 않았다. 반쯤 부서진 몸으로 폭발을 뚫고 나오다

그리고 형운이 공격하기 전에 선공을 취한다. 술법의 힘이 형운을 덮쳤다.

—인간이여, 외경하라!

어둠이 솟구치면서 그로부터 퍼져 나간 저주의 파동이 형운

을 덮쳤다.

'어?'

형운이 경악했다.

적이 공격을 발하는 순간 뛰어들면서 주먹을 내질렀다. 만회할 기회를 주지 않고 끝장을 낼 생각이었다.

그런데 빗나갔다.

'국지적 공간왜곡장?'

형운이 경악했다.

분명 그의 주먹은 정확히 마혈의 몸통을 노리고 날아갔다. 그런데 중간 지점에서 공간이 구부러지면서 엉뚱한 곳을 때렸다.

쾅!

폭음이 울리며 형운이 튕겨 나갔다.

"큭……!"

형운이 신음했다.

과연 신화의 존재다운 술법이다. 그리고 그것으로 끝이 아니었다.

─건방진 인간이여, 공간을 갖고 노는 것은 네놈의 전유물이 아님을 보여주마!

다음 순간 천지가 뒤집혔다. 형운은 하늘로 떨어지기 시작했다.

'이건 중력 역전인가!'

형운은 곧바로 능공허도로 허공을 박차고 중력이 역전된 영역에서 탈출했다. 하지만 그 순간 허공에서 불쑥 검은 칼날이 솟구쳤다.

투학!

그것을 막고 튕겨 나가는 순간, 갑자기 아래쪽에서 폭염이 터졌다.

화아아아아악!

마혈은 공간왜곡장을 이용, 중간 과정을 뛰어넘어서 자유자재로 원하는 지점에 공세를 퍼붓고 있었다.

―네놈이 나를 깜짝 놀라게 할 정도로 대단하다는 것은 인정하지. 하지만 예전에는 인간의 모습을 한 괴물들이 넘쳐났다.

그 시절 인간의 무공과 술법은 원시적인 수준이었다.

하지만 신화적 존재들의 피를 잇거나 그들의 축복을 받은 특별한 존재들은 기술적인 잣대로 잴 수 있는 한계를 아득히 초월한 강함을 보였다. 백야문의 시조 백야나 중원삼국의 시조들처럼!

천두산의 대요괴들은 그 시절부터 살아온 괴물들이었다. 그리고 마혈은 그들 하나하나의 본신과 필적하는 수준으로 구현된 화신이다.

―인간들이여! 네놈들이 잊은 고대의 공포를 알려주마!

마혈이 미친 듯이 웃으며 공세를 퍼부었다. 폭염이 비처럼 쏟아지면서 숲을 불태운다. 호흡하는 것만으로도 체내로부터 불타 버릴 열기가 소용돌이쳤다.

그 상황을 보던 천유하가 마곡정에게 전음을 보냈다.

―곡정아! 나를 보호해 줘!

―어쩌려고?

―형운이 놈의 힘을 받아내는 동안 내가 측면을 찌르겠어. 네가 빙백무극지경의 힘으로 열기를 막아주면 충분히 할 수 있다.

열기가 너무 무시무시해서 극음과 극양의 힘을 동시에 다루는 일야신공으로도 전부 감당할 수가 없다. 하지만 마곡정이 빙백무극지경의 힘으로 보호해 준다면 충분히 돌파할 수 있었다.

―관두고 그냥 구경이나 해.

―뭐? 무슨 소리야?

마곡정의 대답에 천유하가 경악했다.

이미 주변은 폭염으로 가득한 상황이다. 숲은 물론이고 아직 살아남아 있던 괴물들까지 몰살당했다.

계속해서 불이 번질수록 마혈의 힘이 커져가고 있었다. 저 불의 확장을 막지 못하면 도저히 당해낼 도리가 없어질 텐데 그냥 보고만 있으란 말인가?

―형운 저놈, 지금 탐색하고 있는 거야. 정 안 되면 이 권역을 탈출해서 불이 없는 데서 다시 싸우면 되니까 일단 보고 있어봐.

여기가 마계화 영역이기에 선택할 수 있는 전술이다. 마계화 영역에서 산불이 번지든 말든 걱정할 필요가 없으니까.

하지만 천유하는 마곡정의 대답을 납득하기 어려웠다. 대요괴의 힘을 지닌 존재가 자신의 권능을 극대화할 수 있는 상황을 구축하고 있는데 이걸 보고만 있으란 말인가?

마곡정은 피식 웃기까지 했다.

—형운 저놈이 없었으면 네 판단대로 했겠지만… 저놈이 네가 안 보는 동안 완전히 저런 괴물들의 천적이 됐거든? 보면 알아.

천유하는 마곡정의 태도를 이해할 수가 없었다.

그들은 일야문에서 한 달 반이나 함께 무공을 수련했다. 하루하루를 충실하게 보냈기에 서로의 실력에 대해서 잘 알고 있었다. 그런데도 마곡정과 천유하의 인식이 이렇게나 어긋나는 이유는 무엇이란 말인가?

그때 형운이 일행에게 전음을 보내왔다.

—모두 대비해. 적이 가고 있어. 아무래도 마계의 병기수(兵器獸) 같은데 근처에서 대기하면서 우리가 떨어지기를 기다렸던 모양이군. 추가 전력은 없는 것 같지만 아무래도 놈들에게 공간을 뛰어넘는 능력이나 존재를 은폐하는 능력이 있는 것 같으니 확신하진 말고 경계해.

"어쩐지, 이래서 일부러 밀리는 척하고 계셨구만?"

마곡정은 불꽃을 뚫고 다가오는 존재들을 발견하고는 싸늘하게 웃었다.

'과연 대요괴라 이 말이지?'

공간왜곡장과 대규모로 불을 다루는 능력만 해도 놀라운데 마혈은 무극지경의 권능을 다루고 있었다.

저 불 전부에 무극지경의 권능이 작용되는 것은 아니지만, 자신이 아군으로 인식한 존재들에게는 해를 입히지 않도록 재주를 부린 것이다. 그 결과 사방을 뒤덮은 불길을 뚫고 괴물들이 몰려들고 있었고, 그들 중에는 조금 전까지만 해도 없었던 존재들이 추가되어 있었다.

"마계화가 진행될 대로 진행되어서 흑영신교가 마계에 있는 자기네 세력을 끌어오기가 정말 쉬워진 모양이군. 예전보다 심각한데 이거."

마곡정은 흑영신교가 예전, 백야문을 강습해서 빙령을 강탈해 갔을 때의 일을 떠올렸다.

그때 흑영신교는 어마어마한 술법을 펼쳐서 설산에 마기가 넘치도록 만들었다. 그러나 지금 이 마계화 현상은 그때보다 훨씬 심각하다.

'술법으로 직접 마계와 연결되는 통로를 여는 게 아니라 천두산의 결계 안쪽에 존재하는 마기를 누출시키고 있을 뿐이기 때문에 가능한 일이겠지.'

청류의 지식이 마곡정에게 사태의 본질을 추론할 수 있는 능력을 주었다.

사술로 마계와 통하는 문을 여는 것은 엄청난 영적 자원을 필요로 한다. 그러나 이 마계화 영역은 천두산이라는 특수한 장소와 마혈이라는 특수한 존재를 십분 활용해서 만들어낸 것이다.

이만큼 마계화 현상이 심화되어 버리면 마계의 존재들은 별 어려움 없이 이곳에 나타날 수 있다. 현계에서 마계의 대마수를 소환하려면 막대한 영적 자원과 대술법을 펼칠 수 있는 술사가 필요하지만 이곳에서는 그런 제약이 없는 것이다.

　'어떤 의미에서는 흑영신교가 자기들의 성지 이상으로 총력을 투입할 수 있는 장소일지도 몰라.'

　최대한 빨리 와해시키지 않으면 돌이킬 수 없는 사태가 벌어질 수도 있었다.

　'일단은 이놈들부터 해치워야겠지만.'

　이를 드러내며 웃는 마곡정 앞에서 불꽃을 뚫고 마계의 병기수들이 나타났다.

5

　형운은 해일처럼 밀려오는 불꽃 속에서 정신없이 공격을 막아내고 있었다.

　─잘도 버티는구나! 하지만 인간인 이상 지치게 되어 있지! 곧 먹기 좋은 상태가 될 것이다!

　마혈이 신이 나서 웃었다

　불꽃이 확산되면서 그가 다룰 수 있는 힘이 어마어마하게 커져가고 있었다. 자연재해에 필적하는 화력과 공간왜곡장을 활용한 공격으로 밀어붙이니 형운이 무너지는 것은 시간문제로 보았다.

"그렇군."

문득 형운이 중얼거렸다.

그리고 불쑥 겨드랑이 아래쪽에서 나타나서 솟구치는 검은 칼날을 쳐내고는 중얼거렸다.

"너희들, 이게 전부인 거지?"

―갑자기 무슨 소리를…….

"병력이 얼마나 되나 했더니만… 뭐, 대충 알았다. 이제 됐어."

형운이 싸늘하게 웃는 순간이었다.

후우우우우……!

갑자기 주변을 불태우던 불이 한 방향으로 빨려 들어가기 시작했다.

―아니?!

마혈이 경악했다.

불길이 형운에게로 수렴되어 갔기 때문이다. 그리고 형운의 몸에 닿는 순간 마치 세상에 존재하지도 않는 것처럼 사라지는 게 아닌가?

천공지체의 천공흡인(天空吸引)이었다.

형운은 지금까지도 마기와 화기를 지속적으로 흡수해 왔지만 그것은 눈에 보일 정도로 규모가 큰 현상은 아니었다. 그러나 화기를 대상으로 지정하고 전력으로 천공흡인을 펼치자 거대한 산불조차도 집어삼킬 흡인력이 발생하고 있었던 것이다.

―이놈! 무슨 수작이냐!

격노한 마혈이 공간왜곡장으로 공격을 퍼부었다.

하지만 형운이 정신없이 이동하면서 그 모든 것을 막아내는 데도 불이 그에게 빨려 들어가는 현상이 멈추지 않는다. 결국 마혈은 공격 빈도를 줄이고 대신 불을 통제하는 데 더 많은 집중력을 할애해야 했다.

그렇게 하자 천공흡인으로도 좀처럼 불꽃을 끌어올 수가 없었다. 하지만 형운의 미소는 더욱 짙어졌다.

"먹을 만큼 먹었으니 됐다. 잘 끌어안고 있어라."

일순간 형운의 몸이 빛으로 화했다.

─무극설원경(無極雪源境)!

그리고 주변이 새하얗게 물들었다.

쏴아아아아아!

주변을 가득 채우고 있던 불길이 일순간에 쓸려 나간다. 그리고 그 자리를 눈과 얼음이 채우면서 눈보라가 휘몰아치고 수십 마리의 얼음여우가 허공에서 춤을 추었다.

마혈이 경악했다.

─이건 말도 안 돼!

눈앞의 존재가 인간이 아니라 빙백무극지경의 권능을 지닌 대요괴나 대마수라도 이럴 수는 없다. 그런 능력을 지닌 이들이 자신의 권능이 극대화되는 영역이 아닌 곳에서 제대로 힘을 쓰기 위해서는 그만한 환경을 구축해야 하고, 그 과정에는 충분한 시간이 필요하다.

이런 식으로 완벽하게 구축된 불꽃의 전장을 한순간에 빙설의 전장으로 바꿔 버린다니, 이것은 신화시대를 살아온 천두산의 대요괴들조차 이해할 수 없는 사태였다!

'설마 공간 뒤바꾸기?'

이미 존재하는 영역을 공간을 다루는 권능으로 뒤바꾼다면 가능하다.

하지만 곧 마혈은 그 추측이 틀렸음을 깨달았다.

공간은 그대로다. 그냥 어디선가 갑자기 존재하지도 않던 어마어마한 양의 극음지기가 쏟아져 나와서 그가 구축한 불의 전장을 압살해 버렸을 뿐이다.

"여유가 넘치는군? 천 년이나 살아서 급박함이 뭔지 잊어버렸나?"

그때 불쑥 형운이 그의 눈앞에 나타났다. 운화로 공간을 뛰어넘어 온 것이다.

―이……!

그가 뭔가 내뱉으려고 했지만 형운은 들어주지 않았다.

쾅!

형운의 일권이 마혈의 머리통을 날려 버렸다.

하지만 마혈은 인간과 달리 머리가 날아가도 죽지 않았다. 몸의 어느 부위도 얼마든지 재생할 수 있는 부분에 불과하다.

형운은 이미 그 사실을 알고 있었기에 당황하지 않았다. 머리가 날아간 마혈이 공간왜곡장을 이용해 기괴한 궤도로 팔을 휘둘러 왔지만…….

콰콱!

허공에서 나타난 얼음검 두 자루가 그 팔에 꽂힌다.

퍼퍼퍼펑!

그리고 마혈이 반응하기도 전에 폭발하면서 팔을 찢어발기고 그 몸을 얼려 버렸다.

근거리에서 강맹한 한기파동이 터졌는데도 형운은 마치 그것이 존재하지도 않는 것처럼 자연스럽게 앞으로 나아간다. 그리고 튕겨 나가는 마혈을 지나쳐 뒤로 이동하고는 발로 차올렸다.

—크아악……!

비명을 지르는 마혈에게 형운이 따라붙으면서 공격을 가했다. 한 방, 두 방, 세 방… 폭음이 울려 퍼질 때마다 마혈이 공처럼 허공을 튀어 다닌다.

하지만 어느 순간, 형운의 공격이 빗나갔다.

마혈이 공간왜곡장을 펼쳐서 공격을 방어하고는 화염을 발했다.

콰아아앙!

주변이 한기에 지배당했다고는 하지만 마혈은 대요괴다. 일순간에 발한 힘이 수십 장을 불태울 파괴력을 갖고 있었다.

—아니?!

하지만 다음 순간, 형운이 한기의 광풍혼을 휘감은 채 불꽃을 뚫고 나왔다. 그리고 열 자루의 얼음검을 형성해서 마혈에게 날렸다.

—우둔한 것! 승기에 취했구나! 이런 수작이 통용될 것 같

은가!

마혈이 공간왜곡장을 펼치자 얼음검들이 모조리 엉뚱한 곳으로 방향을 틀어 날아가 버렸다.

콱!

그러나 한 자루만은 공간왜곡장이 존재하지도 않는 것처럼 직선 궤도로 날아와서 마혈의 몸통에 꽂히는 게 아닌가?

—어?

마혈이 얼빠진 소리를 냈다.

도대체 무슨 일이 일어났는지 제대로 인식하지 못해서 당황조차 못 한 반응이었다.

"역시 되는군."

그리고 형운이 미소 지었다. 머릿속에 세워졌던 가설이 증명되었음에 흐뭇해하는 미소였다.

—이, 이건 무슨……?

뒤늦게 경악한 마혈이 자신의 몸에 꽂힌 얼음검을 붙잡고 뽑으려고 했다.

그러나 얼음검은 꼼짝도 하지 않았다.

그의 손아귀 힘은 강철조차 찌부러뜨릴 수 있고 팔 힘만으로도 집채만 한 바위를 공깃돌처럼 집어 올릴 수 있다. 그런데 얼음검은 부서지지도, 뽑혀 나오지도 않았다.

허공에 고정된 얼음검을 중심으로 마혈의 몸만이 요동쳤고 그사이에 몸을 관통한 검으로부터 극음지기가 몸속으로 침투해 왔다.

―크윽, 이놈, 무슨 짓을 한 거냐!

마혈이 무극지경의 권능으로 폭염을 발해도 마찬가지다. 얼음검은 전혀 손상을 입지 않았다.

"불괴의 얼음이라고 하지."

―뭐라고……?

"모른다면 그냥 모르는 채로 죽어라."

성하와의 일전에서 백야의 신검의 사용자로 선택되면서 얻었던 신화의 권능, 불괴의 얼음.

그것은 시간 그 자체를 동결시켜 놓은 얼음이다. 열이나 충격을 가해도 부서지기는커녕 전혀 상태가 변화하지 않는다. 그리고 공간왜곡장조차 무시하고 정해진 궤도로 나아갈 수 있었다.

그야말로 이치를 초월하는 무극의 권능.

설산의 기나긴 역사에서도 오로지 백야만의 것이었던 그 힘은 500년의 시공을 초월하여 형운에게 계승되었다.

"자, 끝낼 시간이다."

―너, 너는 도대체……!

능공허도로 다가오는 형운을 보며 마혈은 낯선 감정을 느꼈다.

자신을 만든 천두산의 요괴들이 오랫동안 잊고 있었던 감정이었다. 그들 자신이 남에게 불러일으키는 일을 즐겼지만 정작 그들이 느껴본 적은 너무나 오래된 그 감정.

그것은 바로 공포였다.

어느새 형운의 주변이 새카맣게 물들었다.

지상에 가득했던 마기가 불을 보고 날아드는 부나방 떼처럼 하늘의 한 점으로 날아오르고 있었다. 극음지기는 자신의 자리를 지키며 자연스러운 흐름을 보일 뿐인데 오로지 마기만이 형운이라는 점으로 수렴되어 어디론가 흔적도 없이 사라져 버린다.

이것은 천 년을 살아온 천두산의 대요괴들조차 본 적 없는 경이였다.

"너희들은 알아야 해. 스스로가 우물 안 개구리라는 것을."

형운은 마기를 천공흡인으로 흡수하고, 그 힘을 다시 체내로 불러들여서 정화시키는 작업을 계속하고 있었다. 그릇을 가득 채우고 넘치는 힘은 다시금 천공기심으로 빨려 들어가 언제든지 불러내어 사용할 수 있는 비축 진기가 된다.

그렇게 비축한 진기는 이미 무진장에 가깝다. 이 마계화 영역은 형운에게 무한의 내공을 제공하는 최적의 전장이라고 해도 과언이 아니었다.

전율스러운 일이다.

농밀한 마기가 가득한 전장은 당연히 마(魔)에 뿌리를 둔 자들에게 절대적으로 유리했어야 했다. 신화의 존재들의 피를 이은 고대의 영웅들조차도 그 법칙에서 자유로울 수 없었다.

"그 우물은 깊고 두려운 곳이지. 하지만 세상은 넓다. 예전부터 넓었어. 너희들만 한 공포는 얼마든지 있었고 인간은 그 모든 것을 극복해 왔다."

형운은 그런 공포들을 만나왔다.

중원삼국의 시조들과 싸웠던 괴령을,
청해군도의 공포로 군림했던 암해의 신을,
천 년 이상의 장구한 세월 동안 마교로 불려왔던 광세천의
사도들을,
그리고 설산의 마지막 신화였던 성하를……

그 경험들은 천두산의 대요괴들을 보는 시각을 다른 인간들
의 그것과는 완전히 다르게 만들어주었다.

형운에게 있어서 천두산의 대요괴들은 아득한 신화로 기록
된 미지의 공포가 아니다. 인간에게 패해 천두산에 천 년 동안
갇혀 있던 대요괴들일 뿐이었다.

"한 가지만은 인정하지. 나보다 뛰어난 무인이라고 해도 이
곳에서 너희들을 쓰러뜨리기는 어려울 거야."

형운은 자신이 아직 무인으로서는 정점에 오르지 못했음을
안다. 그의 무공은 살아온 세월에 비하면 터무니없이 뛰어나
지만, 그럼에도 아직 정상까지 도달하기 위해서는 아득한 여
정을 겪어야 했다

하지만 형운은 별의 수호자가 쌓아 올린 학문의 정수를 성
운을 먹는 자 일맥이 다듬어 만들어낸 역작, 일월성신이었다.
그리고 전설로 남을 모험들 속에서 만난 기연으로 무인으로서
의 경지를 초월한 존재가 되었다.

그는 그 혼자만의 노력으로 이루어진 존재가 아니었다. 수많은 이들이 아득히 먼 과거부터 차곡차곡 쌓아 올린 업적이 그 몸에 집약되었고, 그에게 희망을 건 자들의 눈물과 의지가 그 속에서 살아 숨 쉬고 있었다.

그렇기에 그는 무인으로서의 실력을 초월하여 괴물들의 천적이 되었다.

"하지만 나는 할 수 있다."

일월성신이 되는 순간부터 정상적인 생명체에게는 독소로 작용하는 이 마기는 그에게 아무런 해를 입히지 못했다. 그리고 천공지체까지 이룬 지금은 오히려 그에게 복종하여 무한의 힘을 제공하는 영양분으로 전락했다.

최강의 무인들도 곤란해할 최악의 전장, 그리고 무공만으로는 상대하기 어려운 거대한 생명력과 기괴하고도 압도적인 규모의 권능을 다루는 난적.

이런 조건들은 형운에게는 자신을 위해 마련된 만찬이나 다름없는 것이다.

문득 형운이 허공을 올려다보며 말했다.

"그토록 보고 싶다면, 보여주마. 똑똑히 봐둬라."

지금 그를 관측하는 시선은 눈앞의 마혈뿐이다. 그러나 형운은 그 배후에 있는 존재들이 그를 통해 이 자리를 보고 있음을 알고 있었다.

천두산의 대요괴들, 눈앞의 마혈과 같은 그 화신들, 그리고 그들의 배후에 있는 암월령까지…….

전력 노출은 피할 수 없다.

'그렇다면 차라리 네놈들의 눈에 똑똑히 새겨주겠다!'

그들이 적으로 돌린 것이 어떤 존재인지!

퍼어어어엉!

고정되어 있던 불괴의 얼음검이 폭발하면서 마혈의 몸속을 파괴했다. 그의 몸속으로부터 자라난 얼음이 피부를 뚫고 삐죽삐죽하게 솟아났다.

콰직!

마혈이 공간왜곡장을 펼칠 틈도 없이 형운이 달려들어 그 목을 붙잡아 부러뜨렸다.

ㅡ크아, 아, 아아아아악……!

마혈이 끔찍한 비명을 지르며 몸부림쳤다.

형운이 그의 몸에 진기를 주입하기 시작했다. 한없이 원기에 가까운 일월성신의 진기를!

빙백무극지경의 힘이 내부로부터 자라나 마혈의 몸을 찢어발기고, 노도(怒濤)와 같은 기세로 주입된 일월성신의 진기가 찢어진 마혈의 몸을 녹여 버린다!

ㅡ아, 안 돼! 어떻게 이런 일이… 아아아아아악!

마혈은 재생조차 못 하고 일월성신의 기운에 녹아서 소멸하고 있었다.

말도 안 되는 일이다.

마기(魔氣)는 본래는 마계에만 존재하는 기운으로 현계에 나오는 순간 모든 기운을 잠식하여 혼돈을 창조하는 힘.

마기는 모든 기운을 잡아먹을 수 있었고, 또한 그 안에 모든 성향을 포용할 수 있는 특별한 성질을 지녔다. 그렇기에 마인들은 정공을 연마한 무인들과 달리 온갖 잡다한 기운을 취해 가면서 힘을 키우는 일이 가능한 것이다.

그런데 그 마기가 역으로 잡아먹힌다.

그것도 이 마계화 현상의 핵심으로 무한에 가까운 마기를 해방시키는 통로 역할을 하는 마혈이, 마기와 융합한 천두산 대요괴들의 요기까지도 한낱 인간의 진기에 잡아먹혀서 소멸하다니! 아무리 마혈이 중상을 입은 상태라도 불가해한 사태였다!

―아악……! 너는 도대체… 천 년 전에도 너 같은 인간은 없었……!

마혈은 의문과 경악으로 발버둥 치다가 빛으로 녹아 스러졌다.

6

암월령은 순간적으로 눈앞이 아찔해져서 비틀거렸다.

있을 수 없는 일이다. 그녀는 인간의 모습을 한 괴물이며, 따라서 병마에 걸리거나 신체 상태가 저하되어서 비틀거리는 상황이 있어서는 안 된다.

그런데도 그런 반응이 나온 것은… 그만큼 그녀가 받은 심리적 충격이 크기 때문이었다.

'내가 지금 뭘 본 거지?'

마혈이 형운과 마주했을 때, 그녀도 마혈과 시각을 공유해서 전투를 지켜보았다. 적절한 순간에 고위 병기수들을 필두로 한 정예 병력을 투입할 수 있었던 것은 그래서였다.

형운의 힘은 이전에 해룡성에서 뇌원권마가 혼원의 마수로 화했을 때의 일전으로 충분히 봤다고 생각했다. 흑영신교는 형운이 그때 내보이지 않은 전력을 감안해서 형운에 대한 평가를 극도로 상향 수정 한 상태였다.

하지만 암월령은 그들이 치명적인 착각을 하고 있었음을 깨달았다.

'전력이 흩어진 상태로는 막을 수가 없다.'

언뜻 마계화 영역은 흑영신교가 작은 영적 자원으로도 무한한 전력을 투입할 수 있는, 성지 이상으로 훌륭한 전장으로 보인다.

그러나 실은 그렇지가 않았다. 이곳에서 흑영신교가 크게 유리해지는 것은 사실이지만 투입할 수 있는 전력은 제한되어 있었다.

하운국 황실의 전력을 분산시키기 위해 다른 두 지역에서도 마계화 현상을 일으키느라 팔대호법 한 명과 그들을 보좌하는 교의 최정예 인력들이 투입되었다. 그리고 마혈은 혼원의 마수처럼 일단 만들고 나면 수명이 다할 때까지는 자율적으로 기능하는 존재가 아니다. 그 짧은 수명조차도 유지하기 위해서 계속 영적 자원을 투입해 가며 고위 술사들이 술법을 펼쳐야만 했다.

따라서 지금 이곳에 와 있는 팔대호법은 암월령 혼자만이 아니다. 그리고 다른 한 명은 의식에 집중하느라 움직일 수가 없었다.

물론 이런 상황에서도 그들이 지닌 전력은 막강하다. 하운국 황실이 최정예 군단을 투입한다 해도 막대한 출혈을 강요할 자신이 있었다.

하지만 운검위 일행과 형운 일행, 양쪽 모두가 건재한 상황에서는 핵심 전력이 분산될 수밖에 없다. 그리고 마혈은 핵심 전력인 동시에 최대한 오랫동안 지켜내야만 하는 보물이기도 한 모순적인 존재다.

'분명 놈은 알아차린 거다.'

암월령은 형운이 마혈에게 한 언동으로 이런 상황을 통찰했음을 확신할 수 있었다.

'부디 시간이 우리 편이기를 바라야겠군. 과연 두 제물 중 어느 쪽을 포기해야 하는가?'

암월령은 가면 속에서 입술을 깨물며 뒤를 돌아보았다.

천두산을 바깥세상과 격리해 두고 있는 거대한 결계가 서서히 어둠으로 물들어가고 있었다.

제178장
재앙

성운을 먹는 자

1

흑영신교주는 혼돈 속에서 피어나는 절망을 보았다.

그의 의식은 성지를 떠나 저 아득한 위쪽, 무한한 천외천을 유영한다. 그는 인간이 인지하는 세상 바깥쪽의 영역에서 기도를 듣고 있었다.

─괴로워, 구해줘…….

─싫어! 죽기 싫어! 살려줘!

─아파, 죽을 것만 같아…….

─왜 나만 이런 일을 겪어야 하지? 왜!

비탄과 절망, 분노로 가득 찬 기도가 들려오고 있었다.

그 기도는 세상 어디에나 있었다. 가련한 자들이 살아가는 세상은 고난과 고통으로 가득한 연옥이기에.

그들을 고통으로부터 구원하고 싶다.

안락하고, 평온하고, 조용한… 그래서 송곳처럼 돌출된 욕망에 짓밟히지 않는 세상을 만들어주고 싶었다.

'현생의 고통으로 공덕을 쌓은 자들이여.'

흑영신교주의 눈길이 현계로, 하운국으로 향한다.

세 곳에서 어둠이 일어 오르고 있었다. 흑영신교가 몇 년 동안이나 어둠 속에서 준비해 온 재해다. 광신으로부터 비롯된 오만을 버리고 연옥의 괴물들과 손잡고 차근차근 진행한 일이 오늘 결실을 맺는다.

흑영신교주는 그중 가장 거대한 규모로 일이 벌어지고 있는 곳, 하운국의 천두산으로 시선을 던졌다.

'그대들은 구원받을 것이다.'

그는 천두산에서 제물로 바쳐지는 자들을 본다.

공포와 절망 속에서 그들은 신을 위한 제물로 가공된다. 그 과정의 고통은 그들을 구원으로 이끄는 공덕이 될 것이다.

어둠이 일어 오르고 있었다.

인간의 목소리가 두 세계의 경계를 넘어서 신에게 닿는다.

모든 것은 이것을 위해서였다.

현계에서 공물을 바쳐봤자 신에게 제대로 전해지지 않는다. 성지처럼 신과 인간의 거리가 가까운 곳에서, 교주나 팔대호법처럼 신과 운명의 거리가 가까운 존재가 바쳐야만 하는 것이다.

그래서 막대한 희생과 노력으로 세계의 경계가 녹아내리는 백일몽을 만들었다.

그리고 그곳에 들어온 1,500명의 인간을 고통과 공포와 절망으로 세공하여 가치 있는 제물로 만들어냈다.

가치 있는 제물을 받은 신이 인간의 바람에 응한다.

신기(神氣)가 세계의 경계를 넘어 인간에게 내려지고 있다. 거기에는 충분한 명분과 인과가 존재하기에 천기의 수호자들도 막을 수 없었다.

'구원의 날은 멀지 않았노라.'

흑영신교주는 무한한 어둠 속에서 신성한 힘이 충만함을 느끼며 미소 지었다.

2

불꽃을 뚫고 나타난 적들은 기괴하고 강력한 존재들이었다.

마곡정과 천유하, 가려는 온갖 괴물과 싸운 경험이 풍부한 사람들이다. 그러나 그들에게도 이 적들은 생소하기 그지없었다.

마계의 병기수(兵器獸)는 현계에는 없는 존재다. 그들이 모습을 드러내는 것은 술사가 그들을 현계로 소환했을 때뿐이었다.

갑옷을 입은 인간처럼 보이는 병기수들은 딱히 신기할 것이 없었다. 그러나 자유자재로 그 형상이 늘어나고 일그러지며 눈코입이 달려 웃는 병기의 모습이란 마치 기분 나쁜 악몽 같았다.

그 병기수들은 하나하나가 고위 마수들이었다.

하지만 세 사람은 나이는 젊어도 산전수전 다 겪은 역전의 용사들이다. 그리고 어떤 변수에도 대응할 수 있는 실력이 있었다.

"확실히 인간 형태보다는 까다롭군."

천유하가 중얼거렸다.

그 순간, 순백의 풍경 속에서 천유하와 격돌하던 검수(劍獸)가 엿가락처럼 휘어지며 늘어나더니 인간의 관절 구조로는 도저히 어쩔 수 없는 사각지대를 노리고 칼날을 뻗어왔다.

투학!

그러나 천유하는 검수의 변형이 시작된 순간 동시에 두 발의 격공의 기를 발해서 궤도를 비틀어놓고는 팔꿈치로 검면을 찍었다.

—뇌격세(雷擊勢)!

그리고 천유하의 좌검(左劍)이 벼락처럼 가속하며 허공에 눈부신 궤적을 그려냈다.

격렬한 검기가 정확히 검수의 칼날을 가로지르면서 그 몸통을 동강내었다.

—키에에에엑!

검수가 비명을 질렀다. 천유하가 일격으로 만족하지 않고 쌍검을 질풍처럼 휘둘러 그를 산산조각 내버렸기 때문이다.

그러나 작정하고 하나를 끝장낸 탓에 허점이 드러났다. 옆쪽에서 녹슨 갑옷을 입은 창병처럼 보이는 창수(槍獸)가 그 순간을 놓치지 않고 찌르기를 날렸다.

서걱!

하지만 천유하는 창병을 돌아보지도 않고 몸을 돌리며 쌍검을 양쪽으로 펼치듯이 휘둘렀고, 서늘한 절삭음이 울려 퍼졌다.

―무영세(無影勢)!

찌르기를 날리던 창수의 몸통이 비스듬히 갈라져서 쓰러졌다.

일야신공으로 다의(多意)를 얻은 천유하의 의식에는 사각지대가 존재하지 않는다. 난전 속에서도 모든 상황을 계산하고 대비한 것처럼 자연스럽게 적을 베어 넘겼다.

―또 없어졌어!

환마들이 신경질을 냈다. 분명 조금 전까지만 해도 눈앞에서 그들과 싸우던 인간이 사라졌다.

아주 잠깐이었다. 그 인간이 휘두르는 변덕스러운 검, 나타났다 사라졌다 하는 그 검의 궤적에 눈길을 줬을 뿐인데 그 순간에 사라져 버렸다.

푹.

그리고 다음 순간, 무형(無形)의 검기가 환마의 머리통을 꿰뚫었다.

하지만 그 검기의 주인은 찾을 수가 없었다. 어디에서 뻗어
나온 건지조차 알 수 없는데 그 검기는 환마 하나를 즉사시켜
서 푸른 불꽃으로 흩어지게 만들었다.

—또야!

환마가 기겁하며 물러났다.

파학!

그리고 그 순간, 홀연히 뒤쪽에서 나타난 가려가 그의 등을
비스듬히 잘라 버리며 지나갔다.

—말도 안 돼……!

푸른 불꽃으로 화하는 환마가 믿을 수 없다는 듯 뒤를 돌아
보았지만 그곳에는 흩날리는 눈조각만이 있었을 뿐이다.

마곡정은 새하얀 숨결을 내뱉으며 도를 휘둘렀다.

콰하핫!

서리를 머금은 그 일격이 상대가 일으킨 광풍을 뚫고 그 본
체를 깊숙이 베었다.

—크아악……!

갑옷 같은 병기수의 몸이 갈라지면서 피 대신 어둠이 쏟아
져 나온다. 하지만 그것조차도 쏟아져 나오는 그 순간 하얗게
얼어서 부서져 갔다.

"불속에서 싸울 때는 신났지?"

마곡정이 쓰러진 병기수들의 시신을 짓밟으며 싸늘하게 웃

었다.

처음에는 병기수들과 환마들이 우세했다. 마계화 영역의 마기가 그들의 힘을 극대화시켰고, 사방에 마혈이 지배하는 불길이 가득했기 때문이었다.

일행은 마기와 불길로부터 자신을 지키는 것만으로도 큰 힘을 소모해야 했다. 특히 빙백무극지경의 권능을 지닌 마곡정이 가장 큰 부담을 지고 있었다.

그에 비해 마혈의 권능으로 보호받는 저들은 아무런 부담 없이 불 속을 누볐다. 전원이 고위 마수와 고위 환마인 데다 머릿수도 압도적이었으니 유리할 수밖에.

하지만 마곡정 일행은 불리한 상황에서도 담담하게 잘 싸워 나갔고, 형운이 무극설원경을 펼치는 순간 상황이 반전되었다.

휘몰아치는 눈보라 속에서 학살이 시작되었다. 특히 이 환경 속에서 권능이 극대화되는 마곡정의 활약은 독보적이었다.

―이놈! 인간도 영수도 아닌 반편이 주제에……!

"이런 때 아니면 마계에 처박혀 있어야 할 폐기물 주제에 뭐라는 거야?"

마곡정이 병기수를 비웃으며 목을 날려 버렸다.

후우우우우!

설풍이 휘몰아친다.

한기파동이 연달아 터지면서 적들을 덮친다. 주변의 공기가, 수분이, 그리고 흩날리는 눈송이 하나하나가 모조리 그들을 위협하는 흉기로 화했다.

그것이 바로 빙백무극지경의 권능.

인간의 한계를 초월한 내공과 대영수의 권능이 융합되면서 발생한 상승효과는 고위 마수들조차도 도살을 기다리는 가축 신세로 만들었다.

―크윽!

갑옷을 입은 검사의 모습을 한 병기수의 움직임이 멈칫했다. 휘몰아치는 눈송이가 몸에 달라붙더니 쑥쑥 자라나서 몸을 붙잡는 얼음이 되었기 때문이다.

콰광!

충격파를 일으켜 그 얼음을 떨쳐 버리고, 눈송이들마저 밀어내어 공백 지대를 만든다. 그리고 그 공백 지대가 다시금 눈보라에 침습당하기 전에 마곡정을 향해 벼락처럼 뛰어들었다.

하지만 그 앞에 불쑥 얼음가지들이 솟아나 겹겹이 얽힌다.

콰지직!

병기수의 검이 겹겹이 자라난 얼음가지들을 반쯤 부수다가 멈췄다.

바위조차 가를 만한 검격이었지만 타점을 멀리 잡고 휘두르다가 예상치 못한 장애물이 솟구쳤으니 힘이 분산될 수밖에 없다. 그리고 이 얼음가지들은 마곡정이 발하는 힘으로 강화되어 보통 얼음보다 몇 배는 더 단단하기도 했다.

―이런 잔재주 따위!

병기수가 신경질을 내면서 충격파를 발하려는 순간이었다.

서걱!

마곡정이 아무렇지도 않게 도를 휘둘러 그의 몸통을 갈라 버렸다.

─제기랄, 이렇게 허무하게……!

병기수가 원통한 듯 외치며 소멸해 갔다.

둘 사이를 가로막은 얼음가지는 일방통행이었다. 병기수에 게는 때려 부숴야 할 장벽이지만 빙백무극지경의 권능을 지닌 마곡정에게는 존재하지 않는 허상처럼 자유롭게 통과할 수 있는 대상이다.

장벽을 사이에 두고 다투는데 이런 격차가 발생하니 기술을 겨루는 것조차 허락되지 않는다. 마곡정은 이미 빙백무극지경 의 권능이 지닌 강점을 극대화하는 방법을 통달하고 있었다.

적들이 다 정리되자 천유하가 다가오며 말했다.

"네가 무슨 뜻으로 말한 건지 알겠군."

그들이 한발 앞서서 끝냈지만 형운과 마혈의 싸움도 종국에 접어들었다. 하늘에서 마혈이 내지르는 끔찍한 비명이 울려 퍼지고 있었다.

그 싸움을 본 천유하는 알 수 있었다. 형운의 힘은 무인으로 서의 기량만으로는 측량할 수 없다는 것을.

'영성님께서 말씀하셨던 꿈이… 그렇게나 아득하게 들렸던 이야기가 현실로 이루어졌구나.'

예전에 형운은 귀혁이 자신을 통해 이루고자 하는 것에 대해서 이야기한 적이 있었다.

사람의 몸으로, 사람의 한계를 초월하는 것을. 한낱 인간이 신수(神獸)와 필적하는 힘을 갖는 것을.

인간이 그들을 능가하는 것은 오로지 기예를 연마하는 것으로만 가능한 일이었다. 무공이나 기환술을 극한까지 연마한다면 각각의 분야에서는 그런 경지에 도달할 수 있다. 귀혁이나 나윤극이 증명한 것처럼.

하지만 형운은 무공 경지와는 별개로 그들과 필적하는 힘을 지닌 존재가 되었다.

'성운을 먹는 자라…….'

과연 그 사명의 가혹함이 얼마나 거대하기에 저렇게까지 해야 되는 것일까?

그런 그의 앞에 형운이 내려와서 말했다.

"예령공주 마마의 위치를 찾았어."

"뭐? 정말?"

천유하가 깜짝 놀랐다. 이곳에서는 형운도 방향을 잡을 수 없어서 기물의 인도에 의존하고 있지 않았던가?

"저 마혈이라는 놈을 통해 나를 보는 자들의 의식 속에 단서가 있었어. 여기서 그리 멀지 않은 곳에 있는 것 같아. 그리고……."

쿠구구구구궁……!

그때 먼 곳에서 폭발한 충격이 땅을 뒤흔들었다.

그리고 지상으로부터 산보다도 거대한 하얀 구름이 피어났다. 일어 오르는 것은 한순간이었지만 하늘로 흩어져 가는 것은 시간이 느려진 것처럼 천천히 이루어지고 있었다.

그리고 그 거대한 구름을 뚫고 한 줄기 빛이 하늘로 날아올랐다.

한참 동안 멍하니 그것을 보던 형운이 아연해하며 중얼거렸다.

"운검위가… 죽었어?"

3

온통 새하얀 운무가 주변을 가득 채우고 있었다.

폭출되는 기세는 그 안에 있는 모든 것을 산산조각 날 정도로 강했으나 기세가 다한 지금은 서서히 흩어져 갈 뿐이다.

그 속에서 긴 검은 머리칼을 휘날리는 남자가 말했다.

"훌륭하군."

아름다운 울림을 지닌 목소리였다. 그 말 속에 아무런 의미가 없어도 좋으니 눈을 감고 언제까지고 감상하고 싶어지는 그런 목소리.

하지만 그 목소리의 주인의 가슴팍에는 부러진 검이 박혀 있었다.

"이렇게까지 하고도 하나를 잡았을 뿐이라니."

대마수 암익신조는 자신의 가슴팍에 박힌 검의 자루를 붙잡고 뽑아냈다.

파지지지직!

검자루를 쥔 손에서 격렬한 뇌전이 일면서 그의 손을 불태웠다. 하지만 그는 고통을 느끼지 않는다는 듯 무심한 표정으로 그 검을 뽑아서 바닥에 던져두었다.

그것은 운룡검의 모조품이었다. 칼날이 토막 났으면서도 성채처럼 견고한 힘으로 보호받는 암익신조의 몸을 꿰뚫었던 것이다.

"이 또한 괜찮은 공물이 되겠지."

—네가 본신으로 싸웠다면 전부 잡을 수 있었을 것이다.

심안호창이 불만스럽게 말했다. 그의 몰골은 엉망이었다. 왼팔이 잘려 나갔고 검은 호랑이의 얼굴 형태를 띤 투구에도 갈라진 상처가 나서 그 틈새로 어둠이 꿈틀거리고 있었다.

암익신조가 무심한 눈으로 그를 바라보며 말했다.

"뒷일은 맡기지. 내가 본신으로 싸우는 것을 보고 싶다면 꼭 살아남아서 구원의 날에 참전하도록."

광령익조와 달리 흑영신의 사도로서의 역할에 묶여 본성을 거스르는 암익신조는 외부 활동에 제약이 많았다. 오늘 이곳에서의 활약도 오랫동안 잠을 자며 힘을 축적했기에 가능했다.

만약 이곳에서 본신으로 신위를 떨쳤다면 운검위를 쉽게 잡았을지도 모른다. 그러나 그 대가로 수십 년의 잠을 자야만 했으리라.

흑영신교가 꿈꾸는 구원의 날이 가까워오는 지금 그럴 수는 없었다.

암익신조가 어둠의 날개를 펼치고 날아가 버리자 심안호창이 투덜거렸다.

―흥, 여전히 오만방자하군. 하긴 그만한 자격이 있다는 건 인정하지만.

심안호창은 아주 천천히 흩어지는 운무 속에서 팔짱을 끼고 서 있는 흑암검수를 발견했다.

그 역시 성치 못했다. 수많은 흑검의 군집체라는 특성상 겉으로는 멀쩡해 보이지만 힘이 크게 쇠해 있음이 느껴졌다.

―나도 인정해 주마, 인간. 너희들은 300년 전의 선배들보다 강했다.

심안호창은 부러진 운룡검 모조품의 곁에 한 팔을 잃고 몸통에 큰 구멍이 뚫린 처참한 노인의 시신이 누워 있는 것을 발견하고 말했다.

암익신조와 흑암검수, 심안호창이라는 대마수들이 연수한 데다가 마혈 하나가 대군을 이끌고 합류했는데도 운검위 일행을 몰살시키는 데 실패했다. 그러기는커녕 뒤늦게 합류한 마혈이 격파당하고, 그를 따라온 괴물의 군세가 전멸해 버렸던 것이다.

물론 운검위 일행도 무사하지는 못했다.

황궁의 최정예 고수들 20명 중에 13명이 죽었다.

전세가 완전히 기운다 싶었을 때, 선배 운검위가 자신을 희생해서 대마수들을 몰아붙이지 않았다면 생존자들은 탈출할 수 없었을 것이다.

─죽은 육신은 제물이 되어도 영혼만은 구해 갔는가. 운룡, 염치가 없지는 않구나.

운검위의 주검과 부러진 운룡검이 어둠에 휩싸여 소멸해 간다. 흑영신에게 제물과 공물로 바쳐진다는 의미였다.

그러나 그리되기 전, 운검위의 영혼은 하얀빛이 되어 하늘로 날아올랐다. 필시 운룡이 거둔 것이리라.

한참 후, 구름이 어느 정도 걷히고 시야가 트이자 심안호창이 말했다.

─일단 암월령에게 돌아가지. 놈들이 어디로 도망쳤는지도 알 수 없으니.

흑암검수는 고개를 끄덕이고는 몸에서 흑검 여섯 자루를 분리했다. 그 검들이 육각형으로 이어지면서 공간을 넘는 통로를 만들어냈고, 두 대마수는 그 속으로 들어가 모습을 감추었다.

우웅…….

그런데 그들이 사라지고 나자 기묘한 변화가 일었다.

아직 주변에 자욱하던 운무가 맹렬한 기세로 한 지점으로 뭉치는 게 아닌가?

우우우웅……!

그곳에서 작고 하얀 돌처럼 보이는 형상이 나타났다. 그리고 어느 순간 꺼지듯이 자취를 감추었다.

4

형운 일행은 다시금 술심의 힘을 발동, 하늘을 날아서 괴물들을 피했다.

　하지만 이번에는 느긋하게 하늘에서 휴식을 취하지는 않았다. 형운의 판단 때문이었다.

　"시간을 끌어서는 안 돼. 놈들의 전력이 분산되어 있을 때 예령공주 마마를 구출해서 이탈해야 할 것 같아."

　흑영신교의 전력은 형운 일행과 운검위 일행, 양쪽을 상대하느라 분산되어 있었다.

　그런데 형운은 먼 곳에서 일어난 폭발에서 운검위의 죽음을 감지했다.

　두 눈으로 확인한 것이 아니니 사실 여부를 확신할 수는 없다. 하지만 자신의 생각이 맞았을 경우를 대비하지 않으면 안 된다.

　흑영신교가 운검위 일행을 처리하는 데 성공했다는 것은, 즉 형운 일행에게 모든 전력을 집중할 수 있다는 뜻이니까.

　천유하가 말했다.

　"하지만 예령공주 마마를 발견해도 곧바로 이탈하는 건 불가능일 거야. 거기에는 내명공주 마마 일고도 생존자들이 있을 텐데……."

　"어떻게든 그들을 인도해서 최대한 빠르게 빠져나가야지. 이 마계화 영역이 어디까지 이어져 있는지는 모르겠지만, 탈출구를 찾아내야만 해."

"힘든 싸움이 되겠군."

천유하는 다가올 고난을 상상하며 표정을 굳혔다.

피할 수 없는 싸움이었고, 피해서도 안 되는 싸움이었다.

그렇게 하늘을 날아서 위험을 피하던 그들은 곧 목적지에 도달했다.

"저건 뭐지?"

천유하가 떨리는 목소리로 중얼거렸다.

그것은 마치 거대한 나무 같았다.

대지에서 일어난 어둠이 하늘을 향해 수많은 가지를 뻗었다. 그 가지로부터 비스듬하게 뻗어나간 어둠 줄기가 하늘을 지배하는 보랏빛 혼돈 속으로 빨려 들어가고 있었다.

불길하고도 경이로운 광경이었다.

기감이 마비될 정도로 거대하고 농밀한 힘이 저 어둠의 나무를 이루고 있었다. 그리고…….

콰아아아아!

장막처럼 탐지 능력을 가리는 어둠의 나무 너머에서 쏟아진 섬광이 그들을 강타했다.

"크윽!"

아슬아슬하게 막긴 했지만 그 대가로 일행이 서로 다른 방향으로 흩어져서 튕겨 나갔다.

'아차!'

술심의 힘은 형운을 중심으로 발동되기에 그와 떨어진 이들은 각자 경공을 펼쳐서 땅에 내려설 수밖에 없었다.

순간 형운은 깨달았다.

'젠장! 갈라졌어!'

아까 전에 천유하가 우려했던 상황이 벌어졌다.

뿔뿔이 흩어져서 떨어지는 순간, 공간이 왜곡되면서 일행이 서로 다른 장소로 이동된 것이다.

―누나, 들려요?

형운은 곧바로 진조족의 장신구를 써서 가려에게 통신을 시도했다.

하지만 응답이 없다.

'10리보다 더 멀리 떨어진 건가.'

마계화 영역은 정말 이가 갈리는 곳이었다. 하지만 단지 마계화 영역이라는 이유로 이렇게 철저하게 일행이 격리되지는 않았을 것이다. 적이 미리 준비한 함정에 걸린 것이리라.

'침착하자.'

형운은 열불이 치솟는 것을 참아내며 빠르게 생각을 정리했다.

'누나는 살아 있어.'

그것만은 분명하다. 그리고 가려 또한 형운이 살아 있음을 확신하고 있을 것이다.

두 사람은 가연국의 대사 루안이 준 두 개의 영단을 복용했기 때문이다.

3천 리 이상의 거리에서도 서로의 생사를 알 수 있게 해준다는 루안의 말은 허풍이 아니었다. 지금 이 순간에도 가려가 살아 있다는 확신이 강하게 들었다.

'누나한테는 호부도 있고 풍혼족의 허리띠도 있으니 마기에 잠식당할 염려는 없다.'

풍령국에 갔을 때 풍혼족은 형운과 오량에게 주었던 천 허리띠를 주었다. 검기로도 끊을 수 없을 정도로 질기고, 독기를 막아주는 것은 물론이요, 물속에서도 숨을 쉴 수 있게 해주는 그 보물을 형운은 가려에게 주었다. 어차피 그에게는 크게 효용성이 없는 물건이었기 때문이다.

'곡정이도 문제없겠지만 유하가 걱정이군.'

마곡정은 대영수의 권능이 있으니 충분히 상황에 대응할 수 있으리라.

문제는 천유하다. 무공은 막강하지만 이런 상황에서의 대응력이 떨어진다. 호부도 주고 각종 비상약도 나눠 갖기는 했지만 이 마기 속에서 빠르게 기력이 소모되리라.

'일단은 주변을 모조리 뒤집으면서 찾아다니는 수밖에 없겠어. 그편이 서로 찾기도 쉽겠지.'

그만큼 적의 눈길도 끌겠지만 어차피 적은 자신들의 위치를 손바닥 보듯이 알고 있는 상황이니 조심해 봤자 의미 없다.

'잘도 우리를 함정에 빠뜨리다니, 후회하게 해주마.'

분노로 이를 갈면서 형운은 흑영신교도, 천두산의 대요괴들도 상상치 못한 짓을 시작했다.

―천공흡인(天空吸引)!

후우우우우우!

주변에 넘실거리는 마기가 무시무시한 기세로 형운에게로 수렴해 갔다.

형운을 중심으로 반경 30장(약 90미터) 정도가 천공흡인의 범위에 들어간다.

마음만 먹으면 그보다 몇 배 강하게 흡인력을 높일 수도 있었지만 형운은 그러지는 않았다. 천공흡인을 유지한 채로 움직일 생각이었기 때문이다.

'이 정도면 별 부담 없군. 흡인과 보충 양쪽을 동시에 할 수 있어.'

형운은 천공흡인을 지속하여 마기를 흡수하는 것과 동시에 천공기심에 비축된 마기를 기맥으로 불러들여서 진기를 보충했다. 오로지 형운만이 가능한 공포스러운 순환 구조였다.

―크아아아악!

―이, 이건 대체 뭐냐?

그 권역에 있던 환마들이 비명을 지르며 소멸하기 시작했다.

마치 태풍에 쓸려가는 듯한 광경이었다. 마수나 요괴와 달리 그들은 마기가 농밀한 곳에만 존재할 수 있었고, 따라서 형운이 천공흡인으로 휩쓸고 간 마기 공백 지대에 있다 보면 인간이 진공에 떨어진 것처럼 죽어갈 수밖에 없는 것이다.

그렇게 마기가 걷힌 곳에는 자연스럽게 주변의 마기가 몰려들지만 그러는 족족 형운에게 빨려 들어가 버린다. 그렇게 마기가 소멸한 곳은 형운의 눈도 깔끔하게 볼 수 있고 공간 왜곡

현상도 일어나지 않는다.

'어디 네놈들이 꾸역꾸역 퍼 올리는 마기가 무한한지 유한한지 그 바닥을 한번 봐주지. 이런 판을 짜놓고 나를 불러들인 것을 뼈저리게 후회하게 해주마.'

형운은 마계화 영역의 움직이는 재앙이 되어 동료들을 찾아다니기 시작했다.

5

암월령은 경악했다.

'이럴 수가, 시간이 없다.'

오늘 도대체 몇 번이나 공포와 전율에 휩싸이게 되는 것일까.

본래 계획한 대로라면 이 마계화 영역은 최소한 일주일 동안 유지되었을 것이다.

그 시간 동안 수많은 제물을 흑영신에게 바치고, 그리고 천두산의 결계를 무너뜨려서 하운국에 풍령국의 윤극성처럼 재난 지대를 만들어줄 수 있었을 것이다. 적어도 향후 수십 년 동안 하운국의 국력을 깎아먹을 재난 지대를!

그것을 위해 흑영신교는 막대한 자원을 투입했고 엄청난 수의 교도를 희생시켰다. 이 마계화 영역 전체가 흑영신교도들의 피와 살로 이루어진 제단(祭壇)이라고 해도 과언이 아니다.

혼원의 마수를 바탕으로 하여 만들어낸 그릇에 천두산의 대요괴들의 의식을 담아 마혈을 만들어내었다. 그것은 공간을 초월하여 천두산의 마기를 외부로 퍼 나르는 존재가 되었다.

그 수는 여덟이다.

치밀하게 공을 들여서 흑영신교도의 의식을 중심 인격으로 만들어낸 제사장과 나머지 일곱 개체.

지금까지 그중 넷이 격파당했다.

운검위들과 황실 정예 무인들에게 셋이 격파당한 것은 그들이 상정한 상황 내였다. 그 결과 운검위와 운룡검 모조품을 제물로 바칠 수 있었으니 손해가 아니었다.

하지만 형운의 존재가 모든 것을 뒤흔들었다.

천유하와 함께 온 그의 손으로 마혈이 파괴된 것까지는 충분히 이해할 수 있는 범위다. 애당초 시간을 끌고 형운 일행의 기력을 깎아낼 전략적 의도로 붙인 것이니까.

하지만 형운이 마혈을 소멸시킨 방법은 완전히 예상 밖이었다.

그들이 설계한 대로라면 본래 마혈은 파괴된다고 하더라도 마계화 영역을 강화하는 역할을 한다. 파괴될 때 치솟는 감정을 기폭제로 하여 저주의 힘을 흩뿌리고 그것이 술법을 더 견고하게 만들어주는 것이다.

그런데 형운에게 파괴된 마혈은 전혀 그런 역할을 하지 못했다.

형운이 일월성신의 진기를 퍼부어대자 마혈이 완벽하게 정화되어 버렸기 때문이다.

게다가 예측 밖의 사태는 그것으로 끝나지 않았다.

형운이 천공흡인으로 마기를 흡수하는 기세가 어마어마했다. 단위시간당 흡수량이 마혈 둘이 퍼 나르는 마기와 필적할 정도였다.

그런 짓을 해서 실시간으로 마계화 영역의 면적을 좁혀가면서도 멀쩡하게 경공을 펼쳐서 돌아다니기까지 한다. 암월령 입장에서 보면 걸어 다니는 태풍이나 다름없었다.

'어떻게 저럴 수가 있지?'

암월령은 무공과 술법 양쪽을 두루 높은 경지로 익혔다. 백마의 특성으로 수많은 존재가 한 몸에 모여 있는 데다 지속적으로 의식을 치러서 흑영신과 연결되어 자신의 것이 아닌 지식을 내려받아서 그런 경지를 만들어냈다.

하지만 그녀의 지식으로는 도저히 형운을 이해할 수가 없었다.

아무리 형운의 진기가 정순하다 해도 저렇게 엄청난 양의 마기를 빨아들였으면 벌써 오염되어서 괴물이 되었어야 정상이다. 그런데 형운은 전혀 그런 기색이 없지 않은가?

왜냐하면 천공기심으로 빨려 들어간 기운은 기맥을 통하지 않고 곧바로 심상계로 옮겨지기 때문이다.

그리고 아무리 형운의 내공이 깊고 그릇이 크다 해도 인간의 육신을 유지하고 있는 이상 담아낼 수 있는 양의 한계치는 명백하다. 그런데 형운은 그 한계를 훨씬 초월해서 수백, 아니, 수천 명의 인간을 모아봐도 다 담을 수 없는 양의 마기를 계속해서 빨아들이고 있다.

이것은 천공기심의 심상계가 사실상 무한이라고 할 수 있기 때문이지만 암월령 입장에서는 이해할 수 있을 리 없다. 그저 형운을 불가해한 존재로 여기고 두려워할 뿐.

그리고 미지는 공포를 부른다.

형운의 능력에 대해서 잘 안다면 냉정한 판단이 가능하겠지만 정보가 부족한 지금, 공포와 불안이 비탈을 구르는 눈덩이처럼 불어나면서 암월령을 흔들었다.

'안 돼. 빨리 일을 마무리 짓고 놈을 막아야 한다. 이대로 가다가는 의식 자체가 파탄 날지도 몰라.'

암월령은 그런 공포에 등을 떠밀려서 다급하게 움직이기 시작했다.

제179장
문 너머로

성운을 먹는 자

1

예령공주는 타고나길 존귀한 신분으로 태어났다. 아주 어린 시절부터 남녀노소를 가리지 않고 모두가 그녀에게 고개를 숙이는 것이 당연했다. 황족도 존중해야 할 정도로 높은 신분을 지닌 극히 일부의 예외를 제외하면 그녀의 심기가 불편해질 소리를 해주는 이조차 없었다.

어린 시절, 예령공주가 보는 세상은 단순했다.

세상 모든 것이 자신에게 무언가를 해주고 싶은 선의로 충만했으며 누구나 자신을 고귀한 존재로 떠받들었다.

그러니 당연히 그녀는 악의를 몰랐다. 누군가 자신을 미워하고 해하고 싶어 한다는 것을 상상조차 하지 못했다.

따라서 그녀는 무서움을 몰랐다. 주변에는 늘 시중드는 이들과 그녀의 안위를 지키는 이들이 있었다. 맹수도 요괴도 그들 앞에 나서면 순식간에 섬멸되니 두려움을 배울 기회가 없었다.

하지만 어느 날 그녀는 알게 된다.

세상에는 자신을 미워하는 인간도 있다는 것을.

사람은 때로 그 어떤 괴물보다도 무서운 존재가 될 수 있다는 사실을.

반쯤은 황실의 정치적 목적에 의해 지방으로 나들이를 나간 예령공주는 그곳에서 상상도 못 한 일을 만나게 된다. 황실에 반감을 품은 흉적들이 그녀를 습격한 것이다.

무예와 심계가 두루 뛰어난 그들은 함정을 이용해서 호위들의 발을 묶고 예령공주를 납치하는 데 성공한다. 그들은 예령공주가 지금껏 상상도 못 한 것을 알려주었다.

고통과 공포를.

그들에게 있어서 누군가를 구타하는 것은 별반 특별할 것도 없는 행위일 것이다. 그러나 예령공주는 그때까지 단 한 번도 누군가에게 맞아본 적이 없었다. 그녀에게 있어서 고통은 스스로의 실수로 인한 것이었지 타인의 악의에서 비롯되는 것이 아니었다.

예령공주는 더럽고 컴컴하고 냄새나는 곳에 갇힌 채 덜덜 떨었다.

그것은 그녀의 세계가 파괴되는 충격이었다. 그녀는 절망 속에서 흐느꼈다.

괜찮아. 기다리면 누군가 구해줄 거야.

마음속으로 수십 번도 더 그렇게 생각했다. 하지만 시간의 흐름조차 모호한 어둠 속에서 아무리 기다려도 구원의 손길은 오지 않았다. 항상 그녀를 지켜주었던 믿음직한 이들 중 누구도 거기까지 오지 못했다.

다시 문이 열리고 들어온 것도 그녀를 납치한 자들이었다. 어두운 밤, 그들은 황실에서 추적해 오기 전에 예령공주를 다른 곳으로 옮기려고 했다.

그리고 구원자는 전혀 생각지 못한 순간에 나타났다.

납치자들이 그녀를 지저분한 나무 상자에다 넣고 등에 짊어진 채로 헛간을 나서는 순간, 지붕 위에 엎드려 있던 한 소년이 비호처럼 그들을 덮쳤다.

납치자들이 미처 눈치채기도 전에 예령공주가 든 상자를 짊어진 자의 목이 떨어졌다.

그리고 사태를 파악하기도 전에 그 곁에 있던 두 명이 추가로 칼을 맞았다.

이때 땅에 떨어진 상자의 뚜껑이 열리면서 예령공주는 땅에 내던져졌다. 흙투성이가 된 그녀는 겁에 질린 채로 주변을 두리번거렸다.

그리고 흐린 달빛 아래서 살육의 잔치가 벌어지는 것을 보았다.

납치자들 또한 무공을 익힌 자들이기에 속수무책으로 당하지는 않았다. 세 명이 당한 시점에서 정신을 차리고 대응하기 시작했다.

하지만 소년은 어린 나이라고는 생각되지 않을 정도로 비정하고 철저한 습격자였다.

자신이 죽인 자들, 습격자의 동료들의 시체를 집어 던져서 그들의 움직임을 묶으면서 하나씩 하나씩 숨통을 끊어갔다.

마지막에 가서는 소년 역시 상처를 입고 피 흘리는 몸이 되었다. 하지만 소년은 일곱 명의 납치자를 모두 참살하고 승리하고야 말았다.

"예령공주 마마."

짙은 피 냄새를 풍기는 소년이 다가와 예령공주 앞에 한쪽 무릎을 꿇었다.

"소인은 조검문의 천유하라 합니다. 마마를 구하고자 이곳에 왔습니다."

그날 흐린 달빛 아래서 본 소년의 얼굴을, 예령공주는 꿈에서도 잊을 수 없었다.

2

거대한 어둠의 나무가 꿈틀거리고 있었다.

그로부터 뻗어 올라간 어둠 줄기가 하늘을 지배하는 보랏빛 혼돈 속으로 빨려 들어간다.

천유하는 그 광경 속에서 통곡과 절규를 들었다.

"으윽……."

저 안에서 울려 퍼지는 의념의 파동이 너무 짙어서 영감이 별로 강하지 않은 그에게까지 뚜렷하게 들렸다.

—죽고 싶지 않아!
—괴로워! 괴로워!
—뜯어 먹힌다! 내 살이 뜯어 먹히고 있어!
—엄마……!

콰직.

품속에서 뭔가가 부서지는 소리가 울렸다. 천유하가 그 소리를 낸 것을 꺼내어 보니 마기를 막아주는 호부가 조각나 있었다.

'마기가 대체 얼마나 강한 거지? 이대로는 얼마 못 버틴다.'

그는 식은땀을 흘렸다.

사명교의 유적에서 경험한 것과는 비교도 안 되게 강한 마기다. 평범한 인간이 들어오면 숨 쉬는 것만으로도 심신이 죽음을 맞이하고, 그 자리에서 괴물로 변해갈 것이다.

다행히 천유하에게는 아직 호부가 여러 개 남아 있다. 운희가 워낙 많이 챙겨준 덕부이었다

하지만 그래봤자 얼마나 버틸 수 있을까?

—키키키키킥!
—인간이다! 인간!

농밀한 마기 속에서 환마들이 모습을 드러내었다. 워낙 마

기가 강하고, 마계화 현상이 시작되고 시간이 좀 지나서 그런지 언어를 구사할 수 있는 고위 환마들이 다수 몰려들고 있었다.

―좋은 걸 갖고 있구나. 우리에게 줘!

―목숨을!

―삶을!

인간과 닮은, 하지만 푸르거나 붉거나 하얀 환마들이 천유하의 정신과 영육을 노리고 달려들었다.

―호풍세(呼風勢)!

천유하는 검기를 광풍의 형태로 변화시켜 그들을 튕겨내었다. 그리고 나가떨어진 그들이 자세를 바로잡기도 전에 쌍검이 각자 반대 방향으로 벼락처럼 뻗어나갔다.

―뇌격세(雷擊勢)!

강맹한 기운이 얇은 궤적으로 응축되어 뻗어나갔다.

―크아아아악!

―아악, 내 몸이 둘로……!

그 궤적에 걸려든 고위 환마들이 전부 두 동강 나서 푸른 불길로 화한다.

그만한 기운을 발했으면서도 천유하는 거의 부담을 느끼지 않는다. 그의 내공은 7심이지만 진기 운용 능력은 누구보다도 뛰어나기 때문이다. 한 줌의 진기만으로도, 마치 가볍게 어깨춤을 추듯이 근육을 탄력적으로 움직이는 것만으로도 벼락 같은 파괴력을 낼 수 있었다.

─성운의 기재.

어둠 속에서 불길한 목소리가 울려 퍼진다.

그리고 어둠의 가지가 춤추며 무수한 괴물들이 파도처럼 모여들었다.

'관병들이 괴물로 변한 건가? 시귀는 그렇다 치고 저 새카만 괴물들은 뭐지?'

그 괴물들을 본 천유하가 탄식했다.

환마들 사이로 관병들의 시귀들과 암흑귀들이 보였기 때문이었다.

선두에 선 것은 본능만 있는 시귀들과 성미 급한 환마들이었다. 그런데 이 시귀들의 움직임이 놀랍다. 이만큼이나 마기가 농밀한 공간이기 때문인지 속도가 인간일 때보다 더 빠른 것 같았다.

파앗!

선두에서 달려들던 시귀가 천유하의 정면 5장(약 15미터) 거리에 들어서는 순간 반 토막 났다.

파아아아앗!

그것만이 아니었다. 전방위에서 달려들던 괴물들이 모조리 베여 나갔다.

그래도 상황 판단 능력이 없는 시귀들은 꾸역꾸역 달려들었지만 환마들과 암흑귀들은 주춤했다. 시귀들이 두 동강 난 지점에 아무것도 보이지 않는데도 그 거리에 들어서는 족족 썰려 나가고 있는 것이 아닌가?

—무영세(無影勢) 천참결계(千斬結界)!

　그것은 천유하가 조검문의 검기(劍技) 무영세를 한 차원 높은 경지로 끌어 올린 절기였다.

　의기상인과 허공섭물을 융합한 의념의 검계(劍界)를 펼치고 적이 그 영역을 침범하는 순간 활성화되는 고도의 기술. 활성화되기 전까지는 거의 진기를 소모하지 않기에 다대일 전투에서 뛰어난 위력을 발휘했다.

　천유하는 자세를 잡은 채로 가만히 있는데 시귀들이 계속해서 달려들고 토막 난다.

　그 무참한 광경 너머에서 불길한 목소리가 비웃음을 날린다.

　—잔인한 놈이로군. 가엾은 병사들의 혼이 울부짖는 소리가 들리지도 않느냐?

　천유하는 대답하지 않았다. 가만히 정신을 집중하며 검계를 유지할 뿐이다.

　기이할 정도로 고요한 모습에 자극된 것일까? 결국 상대 쪽에서 먼저 움직였다.

　콰아아아아!

　꿈틀거리는 어둠의 가지 저편에서 섬광이 발사되었다. 아까 전, 술심을 타고 날던 일행을 노렸던 바로 그 섬광이었다.

　그 섬광이 천유하에게 도달하기까지의 시간은 그야말로 찰나. 주변을 초토화시킬 파괴력이 폭발한다.

　—반검세(反劍勢)!

그 순간 천유하가 움직였다. 자연체를 취하면서 뒤로 뛴다.

동시에 주변에 펼쳐져 있던 의념의 결계가 변화하며 섬광을 받아내었다.

—아니?!

불길한 목소리가 경악했다. 섬광이 폭발하지 않고 천유하에게 안겨드는 것처럼 휘어졌다. 그러더니 제자리에서 회전하는 천유하의 움직임을 따라 돌아서 다시 그에게로 돌아오는 게 아닌가?

쫘아아아앙!

섬광이 어둠을 찢으며 폭발했다.

이 또한 천유하가 조검문의 검기를 한 차원 높은 수준으로 개량한 절기다. 예전에 성운의 기재 가신우가 보여주었던 태극역반경을 연구한 결과물은 일격을 받아치는 데 있어서는 완벽함을 보여주고 있었다.

'일단은 물러난다.'

천유하는 냉정하게 판단했다.

마음 같아서는 이 기회를 틈타서 안쪽으로 파고들고 싶지만 상황이 너무 안 좋았다. 적의 수가 얼마나 되는지 알 수가 없고 어둠의 가지에서 느껴지는 마기가 너무나 강하다.

그리고 무엇보다 그 안에 생존자가 있다는 희망이 보이지 않았다.

생각이 거기까지 도달하자 문득 가슴이 욱신거렸다.

'공주님.'

예령공주의 얼굴이 떠올랐다.

그녀와 마지막으로 만난 것도 벌써 몇 년 전의 일이다. 직계 황손인 그녀와 강호의 야인인 천유하가 만날 일은 거의 없었다. 그리고 몇 번 안 되는 만남 속에서 함께 보낸 시간도 그리 많지 않았다.

그러니 두 사람의 관계가 깊을 리 없다. 예령공주야 자신을 구해준 은인인 천유하를 잊을 수 없겠지만 천유하에게 있어서 그녀는 살면서 수없이 구해낸 사람 중에 하나일 뿐이니까.

하지만 천유하는 자신을 바라보던 그녀의 눈을 잊을 수 없었다.

처음 그녀를 구했을 때는 아직 어린 나이여서 몰랐다. 하지만 그 후로 세월이 흐르면서 천유하는 자신을 바라보는 그녀의 감정이 무엇인지 알 수 있게 되었다.

예령공주가 천유하를 대하는 태도는 서툴렀다. 직계 황손이라는 더없이 고귀한 신분으로 태어난 그녀는 사람을 대하는 배려심이 부족했고, 그래서 천유하는 황실에 불려 갔을 때 그녀에게 끌려다니는 것이 달갑지 않았다.

그렇다고 그녀를 싫어했던 것은 아니다. 자신을 바라보는 시선에 가득 묻어나는 감정이 낯간지럽고 안타깝기도 해서 도저히 싫어할 수가 없었다.

하지만 모두에게 분명한 사실이 하나 있었다. 예령공주는 자신의 감정을 행동으로 옮길 수 없다는 것.

그녀가 천유하에 대해 품은 감정은 은인에 대한 감사와 호의, 그리고 동경으로 끝나야 했다. 그편이 그녀에게도 천유하에게도 좋았다.

예령공주도 그 사실을 잘 알았으리라. 어느 정도 자라고 나자 천유하에 대해 개인적인 접촉을 끊은 것을 보면 알 수 있었다.

천유하는 시간이 지나면서 그녀가 품었던 마음 또한 퇴색했으리라 여겼다. 어린 시절에 구함받은 경험은 강렬했지만 각자 살아가는 곳도, 방식도 다르고 서로 만나는 일도 없으니 그리될 수밖에 없지 않은가?

하지만 설마 이런 식으로 그녀를 찾아오게 될 줄은 몰랐다.

―오호, 과연 백전연마의 무인답구나. 물러나야 할 때를 아는군.

자기 공격을 되돌려 받아서 타격을 입었을 텐데도 불길한 목소리는 분노로 날뛰는 대신 조롱을 던졌다.

그가 뭐라고 떠들어대든 상관하지 않고 물러나려던 천유하의 발걸음이 멈춘 것은 어둠 속에서 모습을 드러낸 한 사람 때문이었다.

예령공주가 암흑귀들에게 붙들린 채로 축 늘어져 있었다.

'함정이다.'

천유하의 표정이 무섭게 굳었다.

정말 노골적인 함정이다. 저놈은 어떻게 해서든 이 자리에서 천유하를 처치할 의도로 저런 저급한 함정을 준비한 것이 틀림없다.

문제는 천유하 입장에서는 걸릴 수밖에 없는 함정이라는 것
이다.

'진짜다. 확실해.'

천유하는 나이는 젊어도 경험 면에서는 백전노장이나 다름
없다.

적이 예령공주의 모습을 드러내는 순간, 동요하는 감정을
다스리는 동시에 가장 필요한 작업을 수행했다.

저곳에 있는 예령공주가 진짜인지 판단하는 것.

외면은 조작할 수 있어도 운룡족의 가호를 받는 황손의 기
운은 조작할 수 없다. 천유하의 모든 감각이 그녀가 진짜임을
확신하고 있었다.

'살아계신다.'

예령공주는 의식을 잃었을 뿐 숨을 쉬고 있었다.

그것을 확인한 이상 천유하에게서 물러난다는 선택지는 없
어졌다. 이성적으로는 이것이 어리석은 일임을 잘 알고 있지
만 그의 성품은 이 상황에서 도주하는 것을 허락하지 않았다.

동시에 의문이 들었다.

'이놈이 이렇게까지 해서 나를 여기서 잡으려는 이유가 뭐
지?'

단순하게 생각하면 일행이 모여 있을 때는 당해내기 어려우
니 천유하가 혼자 떨어졌을 때 처치하려는 의도일 것이다.

하지만 그렇게 생각하기에는 뭔가가 걸린다. 애당초 다른
동료들은 멀리 떨어뜨려 놓고 천유하만 이 자리에 있게 한 것

부터가 의도적인 것 같은 의심이 든다.

─도망치지 않을 건가? 그렇다면 이곳이 네놈의 무덤이다.

"아까부터 시끄럽게 떠들어대는 너는 누구냐?"

천유하가 노기를 드러내며 물었다. 그러자 어둠의 가지 속에서 어둠 그 자체로 이루어진 인간의 형상이 나타나 말했다.

─제사장이라고 불러라, 제물.

"제물이라, 누구를 위한 제물이지?"

─이 연옥을 구원할 위대한 신께 바치는 제물이다.

"그러니까 너희들이 천 년도 넘게 마교라는 소리를 듣고 사는 거다, 쓰레기 광신도."

천유하의 눈이 칼날처럼 정제된 분노로 빛났다. 그의 자세가 도주를 위한 것이 아닌 정면 돌파를 위한 것으로 바뀌었다.

─마음대로 떠들어대는 것을 허락하마. 넌 가치 있는 제물이니 헛소리를 지껄이는 것 정도는 얼마든지 용서해 주지.

제사장이 천유하를 비웃었다. 그리고 넘실거리는 어둠 속에서 또다시 수십의 괴물들이 나타났다.

'시귀가 거의 없다. 환마들은 대충 수준이 가늠되지만 저 검은 괴물들의 전력은 미지수군. 자세나 기세가 천차만별이야. 설마 병사가 살아 있을 시절의 기량이 반영되는 건가?'

짐승보다도 멍청한 시귀와 달리 암흑귀들은 판단 능력이 있었다. 함부로 천유하에게 뛰어들지 않았기에 환마들보다도 쓰러진 개체가 적다.

스스스스스……

그리고 적들이 슬금슬금 움직여서 포위망을 구축하기 시작했다.

천유하는 기다려 주지 않았다.

펑!

폭음이 울리며 천유하의 우측에서 다가오던 암흑귀가 뒤통수를 맞고 쓰러졌다.

―음?

제사장이 놀라서 그쪽에 눈길을 주었다. 그만이 아니라 환마들과 암흑귀들의 시선도 자연스럽게 그곳으로 향했다.

당연한 반응이었다. 천유하를 에워싸서 포위망을 형성하고 있었는데 바깥쪽에서 기습이 들어온 것이었으니까.

파악!

순간 천유하가 벼락처럼 돌진하며 정면의 적들을 베어 넘겼다.

제사장이 잠깐 시선을 옮긴 사이에 검기를 전개하며 다섯 마리의 적을 쓰러뜨리더니 그대로 허공으로 날아오른다.

―호풍세!

광풍이 일면서 적들이 장난감처럼 튕겨 나갔다.

―속임수였나!

제사장이 신음했다.

처음 암흑귀의 뒤통수를 때린 공격이 천유하가 발한 격공의 기였음을 알아차렸기 때문이다. 설마 타점만이 아니라 타격의 방향까지 조작할 수 있었을 줄이야!

포위망이 완성되지 않은 시점에서 그 한순간의 틈은 치명적으로 작용했다. 천유하의 움직임이 물 흐르듯이 이어지면서 괴물들을 추풍낙엽처럼 베어 넘긴다.

'놀라운 무공!'

흑영신교도의 인격을 지닌 제사장은 천유하의 무공에 경탄할 수밖에 없었다.

벼락처럼 빠르면서도 장인의 손길처럼 정밀하다. 난전을 벌이는 상황에서도 기운을 헛되이 낭비하는 법 없이 모든 국면에서 가장 적절한 힘을 써서 자신이 원하는 상황을 만들어 나가고 있는데 동작 하나하나가 마치 수십 수 앞까지 전부 결정해 두고 수백 번은 연습한 것처럼 막힘이 없다.

대부분의 무인은 즉석으로 연무(演武)를 하라고 해도 저럴 수 없을 것이다. 그런데 실전에서 저럴 수 있다니, 강호에서 무공의 달인이라고 불리는 자들에게도 불가능한 일이다.

'과연 하늘이 내린 재능인가.'

그렇게밖에 말할 수 없다.

괴물이 되기 전, 무인이었던 입장에서는 적의조차 잊고 멍하니 바라볼 수밖에 없었다. 그것은 무인만이 만들어낼 수 있는 극치의 예술이었다,

순식간에 포위망을 돌파한 천유하가 공주가 있는 곳으로 뛰어들었다. 그녀를 붙잡은 암흑귀들이 손을 쓰려고 했지만……

펑! 퍼퍼퍼펑!

천유하는 그것까지도 계산해 두고 있었다.

암흑귀들이 격공의 기에, 그리고 뒤따라오듯이 퍼져 나간 허공섭물에, 그리고 마지막으로 날아든 시퍼런 검기에 깔끔하게 제압되어서 날아가 버렸다.

"예령공주 마마!"

천유하는 진기를 실어 그녀를 부르면서 다가갔다.

"으, 으윽······."

그 목소리가 청각과 기감을 동시에 자극하자 그녀가 신음하며 눈을 떴다. 천유하가 그녀를 안아 드는 순간이었다.

팍!

천유하는 자신을 향해 단검을 찌르는 손을 붙잡았다.

공허한 눈을 한 예령공주가 단검으로 천유하의 몸통을 찔러 왔던 것이다.

"이런 수작을 부릴 줄 알았다."

하지만 천유하는 이런 사태조차도 대비하고 있었다. 사람 마음을 농락하길 즐기는 놈들이 부리는 수작은 거기서 거기다. 천유하는 지금까지 그런 수작을 너무 많이 봐왔다.

푹!

하지만 다음 순간 새카만 칼날이 예령공주와 천유하를 한꺼번에 관통했다.

"컥······!"

ㅡ이것까지는 예상하지 못한 모양이군.

제사장이 조소했다.

천유하는 방심하지 않았다. 예령공주의 주변에서 뭔가 수작이 일어날 경우를 대비하고 있었다.

그러나 어둠 저편에서 찌른 칼날이 공간왜곡장으로 예령공주의 등을 꿰뚫는 상황은 예상하지 못했다.

"이, 이런……."

천유하가 주춤거리며 물러났다.

콰직, 콰지직…….

품속에서 뭔가 부서지는 소리가 연달아 울렸다. 마기를 막아주는 호부들이 힘을 다하고 부서지는 소리였다.

두 사람을 찌른 칼날은 강력한 사술의 산물이었다. 칼날은 빠져나갔지만 상처를 통해서 마기가 침습하고 있었다.

"크윽!"

천유하는 이를 악물고 고통을 버텨내면서 진기를 운용, 상처를 지혈하고 기맥에 침투한 마기를 몰아내기 시작했다.

"예령공주 마마……!"

천유하는 자신의 앞에 쓰러진 예령공주를 붙잡았다. 자신과 달리 의식을 잃은 그녀는 마기의 침습을 막을 수가 없다. 자신이 어떻게든 하지 않으면 그녀가 괴물로 변하는 것을 보게 되리라.

―여유가 넘치는군.

제사장의 조소와 함께 예령공주가 몸부림쳤다. 엄청난 괴력에 천유하의 몸이 내던져졌다.

사뿐히 내려선 천유하 앞에서 예령공주가 검을 뽑아 들고 전투태세를 취했다.

—자, 이제부터 격렬하게 춤을 추게 만들어주마. 네가 훌륭한 제물로 가공될 때까지.

"악독한 놈······!"

천유하가 이를 갈았다.

흐으으으······.

그리고 예령공주 옆에서 암흑귀들이 모습을 드러냈다. 지금까지 천유하와 쓰러뜨린 암흑귀들과는 달리 지휘관의 복장을 하고 있었다.

'이 순간을 위해 아껴두고 있었던 건가!'

암흑귀들은 소재가 된 인간의 기량에 따라서 얼마나 강한지가 결정된다.

즉, 생전에 뛰어난 무공을 지녔던 자들이 암흑귀가 되면 그만큼 더 무섭다. 천유하는 그들과 대치하는 순간 그들이 예령공주가 지휘하던 군대에서는 손꼽히는 실력자들이었음을 짐작할 수 있었다.

—퇴로는 없다. 자, 어디 힘이 다할 때까지 그 무공을 뽐내보아라.

천유하의 뒤쪽에 나타난 제사장이 비웃었다.

3

'안 돼! 그러지 마!'

예령공주는 절규하고 있었다.

몸은 꼭두각시처럼 조종당하고 있었지만 의식은 멀쩡했다. 다른 감각은 없었지만 시각만은 살아 있었다.

그것이 더 고통스러웠다.

차라리 완전히 의식이 끊겨졌다면 좋았을 것이다. 아무것도 할 수 없는데 눈앞에서 보이는 끔찍한 일들을 계속 보고만 있어야 한다는 것은 지옥 같은 고통이었다.

'유하! 제발 그러지 마라! 나 같은 건 내버려 두고 그냥 도망쳐!'

처절하게 싸우는 천유하를 보며 예령공주가 울부짖었다.

당장에라도 목숨을 끊어버리고 싶다. 이 비루한 목숨만 아니라면 그가 위험에 처할 일도 없었을 텐데!

하지만 아무것도 할 수가 없다. 자신의 몸이 천유하를 향해 검을 휘둘러 대는데도 무력하게 지켜보기만 할뿐이다.

'아……'

눈물이 흘러내릴 것만 같은데 눈물조차 흘릴 수가 없다.

'아아아아아……'

몸의 움직임은 엉망진창이다. 마르고 닳도록 연마한 무공 따위는 전부 무시한 채로 마구 달려들고 있다.

그런데 그것이 천유하를 상대로는 너무나 효과적이다.

천유하가 위협적인 적들을 베어 넘기려는 순간, 예령공주의 몸이 그 앞으로 몸을 던진다. 어디 벨 테면 베어보라는 듯한 움직임이다.

만약 천유하가 비정했다면 아무 효과도 없었을 수작이었다. 아마 그녀와 암흑귀를 함께 베어버렸을 터.

하지만 천유하는 그러지 못했다. 제사장이 예령공주의 몸을 던질 때마다 움직임이 가로막히고 만다.

그것이 예술처럼 정밀하고 아름다운 천유하의 움직임에 흐트러짐을 만들어낸다. 그 틈을 파고드는 공격에 그의 몸에 작은 상처가 하나둘 늘어가고 숨결이 흐트러지기 시작했다.

'유하, 제발… 제발 내 목소리를 들어다오. 도망쳐라! 도망치란 말이다!'

하지만 그녀의 절규는 천유하에게 닿지 않는다.

천유하는 전신에서 피를 흘리면서도 싸움을 계속한다.

4

천유하는 한없이 고요한 세계 속으로 빠져들었다.

집중력이 극한까지 올라갔을 때 찾아오는 현상이다. 마치 현계의 시간축과는 별개의 시간축이 지배하는 영역에 발을 들인 것처럼 주변의 모든 것이 느릿하고 선명하게 인지된다.

그 속에서 그는 고통을 잊었다. 비통함도, 절망도, 분노조차도 잊었다.

그저 실낱같은 승산을 좇아 몸부림칠 뿐이다. 무언가에 눈길을 주는 것도, 표정을 바꾸는 것도, 숨 쉬는 것조차도 목적을 위한 수단으로 이용한다.

그러면서 천유하는 마치 의식이 몸에서 빠져나와서 위에서 세상을 내려다보는 듯한 감각에 사로잡혔다. 아무리 시야가 넓은 자라도 부딪칠 수밖에 없는 한계를 뛰어넘은 인지의 확장이다.

'그렇군.'

절대적인 열세 속에서 싸움을 이어나가는 자신의 모습을 이상하리만치 객관적으로 바라보면서 그는 한 가지 결론에 도달했다.

'나는 여기서 죽는구나.'

천유하는 담담하게 그 사실을 인정했다.

과거와 현재와 미래가 연결되어 보인다. 당연히 현재에 묶여 있어야 할 인식이 시공간의 제약을 초월한 것처럼.

때로 그는 과거에 있다. 때로 그는 미래에도 있다.

원인과 과정과 결과가 동시에 인식된다. 행동이 시작되는 순간 이미 답은 나와 있다. 예측을 벗어나는 일 따위는 없다. 모든 것이 그가 아는 대로 이루어진다.

정신이 그 어느 때보다도 드높은 영역에 도달했지만 그럼에도 살길이 보이지 않는다.

천유하의 의식은 과거의 한 지점을 보고 답을 얻는다. 그가 살고자 했다면 적이 예령공주를 미끼로 보인 순간에 무시하고 빠져나갔어야 했다.

문득 천유하의 감각이 무언가를 포착했다.

어디에도 아닌 곳, 하지만 언제든지 이곳이 될 수 있는 곳에 무언가가 있었다. 인간의 인식을 초월한 시공간의 틈새에 자리 잡은 그것은 천유하가 자신을 알아보았다는 사실에 놀란 듯했다.

한 마디 대화도 없었지만 천유하는 그것이 무엇인지 알아보았다. 그리고 그것으로 무엇을 할 수 있는지도.

'그렇다면……'

죽음을 받아들인 천유하의 마음에 망설임은 없었다.

이 자리에서 죽는 것이 결정되었다면, 그 목숨을 가장 가치 있게 쓸 방법을 선택할 뿐이다.

결단을 내리고 나자 스스로도 신기한 기분이 들었다. 이 담담함은 그의 성품으로부터 비롯된 것일까, 아니면 지금 이 기묘하기까지 한 집중 상태이기에 가능한 것일까.

'사부님.'

가장 먼저 떠오르는 것은 스승인 진규의 얼굴이었다. 그가 선택하고 이끌어주었기에 지금의 자신이 있다. 그러니 마지막까지 부끄럽지 않은 제자이고 싶었다.

'은수야, 은우야.'

두 제자에게는 미안한 마음뿐이다. 더 많은 것을 가르쳐 주고 싶었다. 두 사람이 한 사람의 무인으로서 우뚝 설 때까지 그들을 이끌어주고 싶었다.

'미안하다. 뒤를 부탁하마, 형운.'

자신에게는 과분할 정도로 좋은 친구들이 있다. 형운이라면 분명 은수와 은우를 외면하지 않고 뒤를 봐줄 것이다.

─괴물 같은 놈!

제사장이 반쯤은 경탄을 담아 외쳤다.

분명 천유하는 중상을 입었다. 그 상처를 통해서 기맥을 침습하려고 하는 마기를 막아내는 것만으로도 버거워야 정상일 것이다.

그런데도 그는 신들린 듯이 검술을 펼친다.

시간이 지날수록 그의 몸에 상처가 하나둘씩 늘어가고 움직임이 느려졌지만, 그는 적들에게 그만한 대가를 치르게 만들었다. 관군의 고수로 이루어진 암흑귀들이 몰살당했고 다른 암흑귀들도 절반 이상 줄어든 상황에 제사장은 전율을 금할 수 없었다.

차라리 형운처럼 무시무시한 힘으로 압살했다면 납득하기 쉬웠을 것이다. 하지만 천유하에게는 그런 힘이 없었고, 중상을 입고 약해지기까지 한 몸이었다.

그런데도 그는 두 자루의 검만으로 이런 결과를 만들어내었다.

"예령공주 마마."

문득 천유하가 자신을 덮쳐오는 예령공주를 향해 말했다.

"부디 여기서 죽어간 사람들을 잊지 말아주십시오."

그리고 천유하의 몸이 빛으로 화했다.

─절혼세(切靈勢)!

신검합일이 펼쳐지면서 빛의 궤적이 예령공주를 베고 지나갔다.

―아니?!

제사장이 경악했다.

빛으로 화했다가 원래대로 돌아온 천유하가 비틀거리며 무릎을 꿇었다.

심상경의 절예는 대가 없이 펼칠 수 있는 기술이 아니다. 중상을 입고 지칠 대로 지친 그는 일검을 펼치는 것만으로도 진기가 거의 바닥나 버렸다.

그리고 충만한 내공이 없이는 기맥을 침습하는 마기를 막아낼 수 없었다.

"아직 두 번 정도는 더 할 수 있겠군."

천유하는 공허하게 웃으며 일어났다.

―왜 그런 쓸데없는 짓을 한 거냐?

제사장이 이해할 수 없다는 듯 그를 바라보았다.

천유하가 신검합일에 담은 심상은 예령공주의 몸을 지배하고 있는 사술의 힘을 끊어놓았다.

하지만 지금 상황에서 그게 무슨 의미란 말인가?

천유하의 힘이 충분히 남아 있는 상태라면 모를까, 그 일을 해낸 대가로 이 자리에서 죽을 운명이지 않은가? 그가 죽는다면 예령공주 혼자서 이 자리에서 빠져나갈 수 있을 리가 없었다.

천유하는 대답하지 않았다. 대신 좌검(左劍)을 휘둘렀다.

콰과과과광!

빛으로 화해 제사장을 벤 좌검은 다시 돌아오는 일 없이 사라져 버렸다.

그리고 그 궤적을 따라서 대폭발이 일어나면서 제사장을 날려 버렸다.

—크윽!

제사장도 타격을 입을 수밖에 없는 공격이었다. 왼팔이 찢겨 나간 제사장이 천유하를 노려보았고……

천유하는 담담하게 남은 우검(右劍)을 휘둘렀다.

또다시 폭음이 울리며 이번에는 제사장의 오른팔이 날아갔다.

천유하는 심검의 궤적으로부터 물리적인 파괴력을 발생시키고, 그것을 일점에 집중시켰다. 그리고 그렇게 집중된 힘은 제사장의 육체조차도 버텨낼 수 없을 정도로 강력했다.

—이런 게 의미가 있을 것 같으냐!

하지만 제사장에게 있어서 양팔의 상실은 얼마든지 재생할 수 있는 상태에 지나지 않았다. 천유하가 보는 앞에서 양팔이 급속도로 자라나고 있었다.

"의미는 있지."

천유하가 속삭이는 순간이었다.

우우우우우……!

공간이 격렬하게 진동하면서 작고 하얀 돌이 나타났다.

그것이 쓰러진 예령공주의 몸에 닿자 순백의 구름 같은 기운이 폭발적으로 퍼져 나가 순식간에 주변을 집어삼켰다.

—운룡기(雲龍氣)?

제사장은 그 기운의 정체를 알아보고 경악했다. 잘못 알아볼 수가 없는 기운이었다. 왜냐하면 천두산 일대에 마계화 영역이 형성된 이후 운검위들이 이 기운을 뿜어내며 날뛰어왔으니까.

운룡기에 휩싸인 예령공주의 몸이 빛을 발하면서 허공으로 떠오르는 것을 보며 천유하는 미소 지었다. 그리고 실 끊어진 인형처럼 그 자리에 무너져 내렸다.

5

예령공주는 무한한 하늘 속에 있었다.

위도 아래도 없고 대지조차 보이지 않는 하늘 속에서 흰 구름이 춤춘다. 그리고 그 너머에…….

'신수 운룡!'

거대한 용이 있었다.

몸에 구름을 휘감고 있으며 비늘은 새하얗고 투명해서 어렴풋이 하늘의 빛깔을 띠고 있는 거대한 용이.

그 용이 너무나도 커서 항상 유지하고 있던 거리에 대한 감각, 공간의 크기를 가늠하는 감각이 무참하게 무너져 내린다.

멀리 있다는 것은 알겠다. 손을 뻗어서 닿기는커녕 전력으로 몇 날 며칠을 달려간다 해도 닿을까 의심스러울 정도로 멀다.

그런데도 시야에 전체 모습이 다 들어오지 않는다. 뱀처럼 긴 몸통이 꾸불거리는 것을 따라 눈을 돌려보면 아무리 멀리 바라봐도 끝없이 이어져 있다. 심지어 용의 머리조차도 한눈에 담을 수 없다.

저편에서 이쪽을 향하는 눈동자는 수십 개의 호수가 들어갈 정도로 거대해 보였으며, 얼음으로 만든 것 같은 반쯤 투명한 우윳빛 뿔은 그 어떤 산악보다도 높게 뻗어 있었다.

겨울날에 내린 눈처럼 옅은 청백색을 띤, 동공조차도 검지 않은 눈동자는 운룡족의 그것과 흡사하다. 하지만 너무나도 커서 그 속에 세상 전체가 담겨 있는 것 같았으며 마주하는 것만으로도 그 속으로 빨려 들어가는 기분이 들었다.

―자운의 후손이여.

보통 인간이라면 운룡의 신위를 접하는 것만으로도 죽을 수도 있다. 그러나 영웅 자운의 후손이며 현 황제의 직계 황손인 예령공주는 그 거대함에 압도되었을 뿐, 어떤 위협도 느끼지 않고 신위를 배알할 수 있었다.

―그 목숨으로 무엇을 이루고자 하는가?

앞뒤를 자르고 날아든 질문이었다. 그러나 예령공주는 그 질문을 듣는 순간 모든 것을 깨달았다.

흑영신교이 수하마수들에게 죽음을 검익가 남긴 최후이 힘이 직계 황손인 자신을 찾아왔다. 그리고 그 힘을 매개로 인간의 운명과 신의 운명이 만난 것이다.

지금 이 순간 예령공주는 운룡에게 대가를 바치고 소원을 빌 수 있게 되었다.

그러나 과연 무엇을 이룰 수 있을까?

하운국의 황손들은 그 누구보다도 운룡족과 운명의 거리가 가까운 인간들이다. 하지만 그래봤자 한 사람의 목숨으로 할 수 있는 일에는 한계가 있다. 성혼철처럼 가치 있는 제물을 바치지 않는 한, 그 목숨을 희생하더라도 이룰 수 있는 일에는 한계가 명백하다.

예령공주는 자신에게 찾아온 기회에 환호하는 동시에 그 한계에 절망했다.

"운룡이시여."

그러나 그녀는 주저앉지 않았다. 아무리 작더라도 기적을 바랄 수 있다면, 그렇다면…….

"바라옵건대 제게 그를 구원할 힘을 주시옵소서."

그녀는 기꺼이 한 사람을 위해 목숨을 바칠 것이다.

6

새하얀 구름이 신화 속 괴물처럼 덩치를 불려가면서 모든 것을 집어삼킨다.

그리고 혼돈이 지배하는 하늘에 균열이 발생하며 그로부터 빛이 쏟아져 내리기 시작했다.

―말도 안 돼! 어떻게 운룡의 힘이 여기에……!

제사장이 경악했다.

이곳은 흑영신에게 제물을 바치기 위한 혼돈의 제단이다.

그런데 그 일각에 균열이 발생하면서 신수 운룡의 힘이 나타나고 있었다.

기둥처럼 하늘과 땅을 잇는 빛줄기의 뿌리에서 예령공주가 눈을 떴다.

후우우우우!

전신에서 빛을 발하는 그녀의 손에 한 자루 검이 나타난다.

새하얗고 투명한 그 검은 운검위들이 쓰는 운룡검과 똑같은 생김새를 하고 있었다. 예령공주가 한 걸음 내디디자 제사장이 주춤거리며 물러났다.

─예령공주! 운룡에게 수명을 제물로 바쳤느냐? 의식을 치르지도 않고 어떻게……?

믿을 수가 없었다.

아무리 하운국의 황족이라고 해도 신에게 무언가를 바라기 위해서는 그만한 절차를 거쳐야 했다. 인간과 신을 잇는 창구라고 할 수 있는 운룡족에게 직접적으로 행동을 부탁한다면 모를까, 그 몸에 기적을 임하게 하기 위해서는 대술법이나 다름없는 제례를 통해 가치 있는 제물을 바치지 않으면 안 된다.

그런데 흑영신의 제단이나 다름없는 이곳에서 아무런 절차도 없이 갑자기 자신의 수명을 제물로 바치고 기적을 얻다니 어떻게 이럴 수가 있단 말인가?

'운검위여, 그대의 충절은 아름다웠노라. 내 모든 것을 다해 보답할 것이다.'

그것은 운검위가 죽음의 순간, 마지막 힘을 쥐어짜 내어 남긴 신기(神氣)의 응집체가 있었기 때문이다.

'유하, 그대는 언제나 내게 기회를 주는구나. 너는 언제나 나의 기적이었다. 처음부터 지금까지 한순간도 그렇지 않은 적이 없었다.'

그리고 천유하가 인간의 한계를 초월한 인지 영역에서 그 존재를 알아차리고 예령공주에게 깃들 기회를 열어주었던 덕분이다.

"제사장이라고 했더냐."

예령공주가 정광을 발하는 눈으로 그를 쏘아보며 검을 휘둘렀다.

아무런 힘도 실리지 않은 동작이었다. 그러나…….

—크아아아악!

검의 궤적을 따라서 공간이 둘로 쪼개진다.

그 앞쪽 300장에 이르는 거리에 있는 모든 것이 둘로 쪼개져서 쓰러졌고 제사장 역시 예외가 아니었다.

전율스러운 파괴력이다. 제사장은 예령공주가 수명을 대가로 어마어마한 신기를 불러들였음을 깨달았다. 직계 황손이며 뛰어난 무인이기도 한 그녀는 지금 이 순간만큼은 운룡족에 필적하는 괴물이 되어 있었다.

—크윽!

제사장은 너무나 깔끔하게 잘린 몸을 다시 붙이며 물러나려고 했다.

그러나 그 순간 예령공주가 검을 휘둘렀다.

파악!

운룡기가 검기의 형태로 뻗어 나오면서 막 재생되던 제사장의 왼팔이 잘려 나갔다.

쫘아아앙!

그리고 그녀가 운룡기를 뭉쳐 날린 일장이 제사장의 몸통에 적중하여 폭발했다.

콰드득!

제사장이 공간왜곡장으로 칼날을 날렸지만 예령공주는 마치 사전에 다 알고 있었던 것처럼 맨손으로 붙잡아 버린다. 천유하의 경기공조차 뚫어버린 칼날인데 운룡기를 휘감은 손에 잡히는 순간 수수깡처럼 부러져 버렸다.

후우우우우우!

예령공주를 중심으로 운룡기가 소용돌이치면서 주변의 어둠을 찢어발긴다.

혼돈으로 제물을 바치던 거대한 어둠의 나무가 태풍에 휩쓸린 듯 부서져서 흩어지기 시작했다.

─가증스러운 것! 이미 늦었다!

"알고 있다."

제사장을 누려보는 예령공주의 목소리에는 괴로움이 묻어나고 있었다.

어둠의 나무는 괴물들의 사냥터와도 같았다. 예령공주가 이끄는 관군 생존자들은 그 속에 갇힌 채로 제사장과 괴물들에게 차례차례 부상을 입고 암흑귀라는 제물의 형태로 가공되어

갔다.

그 와중에 예령공주는 암흑귀들에게 붙잡혀 제사장에게 끌려갔다. 살아남은 자들은 지금 이 순간까지도 지옥 같은 시간을 보내고 있었으리라.

'내 목숨으로 할 수 있는 일이 너무나 적구나.'

예령공주의 눈에서 눈물이 흘러내렸다.

콰콰콰콰콰콰!

굉음이 울리며 어둠의 나무가 부서지고 그 속에서 관군을 공격하던 괴물들이 쓸려 나간다. 한때는 그녀의 병사였던 자들, 고통과 절망으로 흑영신에게 바치는 제물로 가공되어 버린 자들의 육신이 정화되었다.

그리고 지금까지 끈질기게 살아남은 30명의 병사들이 어안이 벙벙한 듯 주변을 두리번거렸다.

"마마!"

생존자들을 이끌던 거인 위사, 가염이 예령공주를 발견하고 외친다.

절망 속에서 구원받았지만 그는 기뻐하지 않았다. 예령공주를 보는 순간 그녀가 무슨 일을 했는지 직감했기 때문이었으리라.

그런 그의 손에 무언가가 쥐어진다. 그가 놀라서 바라보니 새하얀 창 한 자루가 빛을 발하고 있었다. 예령공주가 운룡기로 빚어낸 그 창은 생존자들을 바깥으로 이끌어줄 것이다.

"마마! 안 됩니다!"

가염은 놀라서 예령공주에게 다가오려고 했다.

그러나 예령공주는 슬프게 웃으며 고개를 저었다.

"늘 고마웠어, 가염. 내 자랑스러운 위사."

철없던 어린 시절부터 한결같은 충심으로 그녀를 지켜준 사람.

예령공주는 그를 살려 보낼 수 있다는 사실에 감사했다.

"마마……!"

필사적으로 손을 뻗어오던 가염이 하얀 구름에 묻혀서 사라져 갔다.

멀리, 이 저주받은 땅에서 나갈 수 있는 곳으로.

그리고 홀로 남은 예령공주가 운룡기를 휘감은 채 앞으로 걸었다. 그녀가 걸음을 내디딜 때마다 그곳으로부터 새하얀 기운이 꽃처럼 피어난다. 홀릴 듯이 아름다운 광경이었지만 예령공주는 그것이 마치 신이 자신에게 보내는 경고인 것만 같았다.

'얼마 남지 않았구나.'

이 기적이 불꽃이라면 그녀의 수명은 장작과도 같다. 지금까지의 기적을 위해 얼마나 되는 수명을 썼을까?

"너희들 뜻대로 되지는 않을 것이다."

예령공주가 운룡기를 휘감은 채로 제사장에게 뛰어들었다. 제사장은 공간왜곡장으로 칼날을 찔렀지만 소용없다. 예령공주가 두른 운룡기는 마치 신의 갑옷처럼 단단하게 그 칼날을 막아낸다.

콰아아앙!

그리고 예령공주가 일검을 휘두르자 천둥소리가 울려 퍼지며 충격으로 지면이 뒤집어진다.

제사장은 공간왜곡장으로 충격을 흘려보내고자 했지만 무의미하다. 형운이 불괴의 얼음으로 만들어낸 검이 그랬던 것처럼, 예령공주가 휘두르는 검도 공간왜곡장 그 자체를 절단하면서 그의 몸을 갈라놓았다.

─크큭, 크크크크큭! 과연! 과연 운룡의 총애를 받는 혈손이로군! 그 혈통만으로 천 년의 세월을 버텨올 만도 했던 것인가……!

제사장은 미친 듯이 웃었다. 비통함과 절망으로 가득한 웃음이었다.

도대체 어떻게 이런 일이 가능했는지 아직도 모르겠다. 예령공주의 존재는 그가 이해할 수 없는 기적의 교차점이었다.

예령공주는 인세에 강림한 투신처럼 압도적인 폭력으로 제사장을 소멸시켰다. 제사장은 대요괴의 힘으로 필사적으로 발버둥 쳤지만 그것은 예령공주를 위협하는 것이 아니라 조금 더 귀찮게 만들었을 뿐이다.

"유하……."

제사장을 소멸시킨 예령공주는 쓰러진 천유하에게로 다가갔다.

천유하는 이미 숨이 끊어져 있었다.

힘이 다해서 죽은 것이 아니다. 스스로 기맥을 끊어서 자결

했다.

그리고 그의 몸이 서서히 빛으로 화해간다. 그저 생명 활동을 정지하는 것에 그치지 않고 주검을 기화해서 완전히 없애버리고 있는 것이다.

이토록 철저하게 죽음을 선택한 이유는 인간으로 죽기 위해서다. 이 마계화 영역은 힘이 다해 쓰러져 죽는 것으로 끝날 수 없는 잔혹한 장소다. 마기에 잠식된 괴물로 변하지 않기 위해서는 이럴 수밖에 없었다.

예령공주는 눈물을 흘리며 그를 끌어안았다. 그리고 그의 귓가에 대고 속삭였다.

"이렇게 보내지 않을 것이다. 네가 없는 세상에는 아무런 의미도 없느니라."

예령공주가 하늘을 올려다보았다. 혼돈의 하늘을 찢어발긴 빛의 균열을 우러르며 말한다.

"위대한 신수 운룡이여, 영웅 자운의 말예가 바라나이다."

운룡기가 소용돌이친다. 흑단처럼 새카맣던 예령공주의 머리칼이 하얗게 물들고 눈동자가 푸르게 변해가는데 그것은 운룡족을 연상케 하는 변화였다.

"지금 이 자리에서 죽는다 하더라도 원망하지 않겠습니다. 그를 살려주시옵소서."

하늘을 우러르는 그녀의 볼을 따라서 흘러내린 눈물이 천유하의 얼굴에 떨어졌다.

그리고 빛이 두 사람을 감싸 안았다.

천유하는 어딘지 모를 곳에 있었다. 모든 것이 아스라하고 불분명한 세계. 세상을 이루는 온갖 것이 존재하지만, 동시에 그 모든 것이 그가 아는 무언가가 되기 전의 상태에 불과한 곳.

'유하.'

누군가 말을 걸어왔다. 천유하는 기억 속에서 그 목소리의 주인을 찾아냈다.

'예령공주 마마.'

그가 구하러 왔던 사람이 그를 바라보고 있었다. 하지만 그녀의 모습은 천유하가 기억하는 예전과는 너무나 달랐다.

백은의 비늘들이 신묘한 광택을 흘리는 장군의 갑옷을 입었기 때문만은 아닐 것이다. 그녀는 예전보다 키가 훌쩍 자랐고 얼굴에서는 젖살이 빠지면서 앳된 구석이 사라졌다.

하지만 천유하를 놀라게 한 것은 그런 성숙함이 아니었다. 그가 놀란 것은 그녀의 머리칼과 눈의 색 때문이었다. 하얗고 투명한 머리칼과 은은한 청회색 눈동자는 흡사 운룡족을 연상케 하지 않는가?

'혹시 여긴 저승입니까?'

'아닐 것이다.'

예령공주가 고개를 저었다.

'여기는 아마도 경계 너머일 것 같구나.'

'경계 너머?'

'그게 무슨 경계인지는 나도 모르겠다. 다만 너를 붙잡는 과정에서 무언가의 경계를 넘었다는 느낌이 들었다.'

예령공주는 운룡으로부터 받은 기적의 힘으로 기화하던 천유하의 존재를 붙잡았다. 시간을 되돌려 기화하던 육체를 다시 육화하는 과정에서 그녀의 의식이 경계 너머에 도달했다.

그녀의 대답을 들은 천유하는 한 가지 사실을 깨닫고 아연해졌다.

'마마.'

'유하, 내 한 가지 부탁이 있는데 들어주지 않겠느냐?'

'예?'

'예령이라고 불러다오. 공주 마마 같은 거창한 칭호는 집어치우고 말이다.'

'……'

황족을 상대로는 용서받을 수 없는 불경이었다. 예령공주는 생긋 웃으며 말했다.

'듣는 귀가 없는 곳에서만이라도 좋다. 그것만으로도 나는 남은 시간을 행복하게 보낼 수 있을 것 같구나.'

'알겠습니다.'

'불러보겠느냐?'

'예령.'

'듣기 좋구나. 비로소 내 소원이 하나 이루어졌다.'

예령공주는 격식 없이 자신을 부르는 천유하의 목소리를 음미하듯 눈을 감고 고개를 끄덕거렸다.

잠시 후 그녀가 말했다.

'행여나 왜 이런 대가를 치르고 너를 구했냐고 묻지는 말아다오. 이미 답을 알고 있는 질문이지 않느냐?'

'……'

'오히려 내가 묻고 싶구나. 유하, 너는 왜 귀중한 목숨을 버려가며 나를 구했느냐? 그저 내가 황손이라서, 누군가에게 꼭 구해달라고 부탁받아서였더냐?'

천유하는 대답할 수 없었다.

자신은 왜 목숨을 버려가며 그녀를 구했을까?

그에게 있어서 그녀가 특별한 존재여서는 아니다. 그녀가 아닌 다른 누군가가 대상이었더라도 천유하는 똑같이 행동하지 않았을까. 그 순간에는 그것이 최선이라고 여겼기 때문에 천유하는 존엄한 희생을 선택했다.

'유하, 너는 그런 사람이지. 그런데 나는 그 사실 때문에 가슴이 아프구나. 이 얼마나 이기적이고 속 좁은 마음이란 말이더냐.'

예령공주는 자조적으로 웃었다. 그리고 위를 우러러보며 말했다.

'나는 자유로워지고 싶었다. 하지만 자유를 갈망한 이유는 그저 울타리 바깥으로 나가기 위함이 아니었지.'

천유하는 신기한 감각에 사로잡혔다. 마치 스스로가 예령공주와 겹쳐지는 것 같은 감각이었다.

죽음 직전에 빠져들었던 극한의 집중 상태에서 과거 현재 미래를 한순간에 보았던 것처럼, 이번에는 예령공주의 바깥에서 그녀를 보는 자신과 그녀의 안에서 내면을 보는 자신이 동시에 존재했다.

'나는 네 옆에 서고 싶었다. 너와 같은 눈높이로 세상을 보고, 너와 같은 방향으로 걸어가고 싶었다. 자유에 대한 갈망은 그것을 위한 핑계에 지나지 않았지.'

그녀가 오랫동안 품고 있던 마음이 느껴졌다. 그 마음이 향하는 곳이 자신이라는 것만으로도 얼굴이 뜨거워지고 가슴이 뛰는, 그런 마음이었다. 애틋하고 안타까운 그 마음이 지금 강물처럼 천유하에게로 흘러들어 오고 있었다.

'그날, 너를 처음 만났던 그 순간부터 죽 너를 연모해 왔다. 단 한순간도 그 마음이 변했던 적이 없었지.'

예령공주가 사람의 악의를, 그리고 고통과 두려움을 알게 되었던 그날.

천유하는 절망의 구렁텅이에서 그녀를 끌어 올려준 구원의 빛이었다.

'사랑한다, 천유하. 그때부터 지금까지 계속. 이 목숨이 다할 때까지.'

예령공주의 눈에서 투명한 눈물이 흘러내렸다.

'예령, 나는……'

'바라건대 부디 동정하지 말아다오. 없는 감정을 있다고 거짓말하지 말아다오. 내가 바라는 것은 그저 네 앞에 서서 같은

사람으로서 이 마음을 전하는 것이었으니.'

'……'

'나는 괜찮다. 네가 나를 봐주지 않아도… 나는 괜찮다.'

'거짓말.'

그녀의 마음을 느끼는 천유하가 반사적으로 그렇게 말하고 말았다.

그리고 예령공주가 무어라 대답하기 전에 두 사람의 의식이 빛으로 화했다.

8

후우우우우……!

백색의 구름이 넘실거리면서 춤을 추었다.

천유하는 따스한 햇살을 받으며 졸았던 것처럼 나른함을 느끼며 눈을 떴다.

그의 앞에는 경계 너머에서 보았던 것과 똑같은 모습의 예령공주가 있었다. 투명한 눈물을 흘리며 미소 짓고 있던 그녀는 천유하와 눈을 마주하는 순간 휘청거리며 쓰러졌다.

"예령!"

천유하는 깜짝 놀라서 그녀를 붙잡았다. 그의 품에 안긴 예령공주가 지친 목소리로 말했다.

"좋구나."

"뭐라고 하신 겁니까?"

"벌써 입에 붙은 듯 자연스럽게 내 이름을 불러주니 좋지 않더냐."

"……."

"내게 주어진 기적은 아직 남았지만 내 몸과 정신이 한계로구나. 미안하지만 뒷일은 유하, 네 당돌한 친구에게 맡겨야겠다."

예령공주가 손을 들어 하늘의 한 지점을 가리켰다. 그러자 주변에 소용돌이치던 운룡기가 거대한 용의 형상을 빚어내더니 쏜살같이 날아서 천두산 쪽으로 향했다.

예령공주는 주먹으로 천유하의 가슴을 툭 치더니 말했다.

"유하, 아까 내가 한 말은 거짓이 아니었느니라."

"믿어드리길 바라십니까?"

"정말로 거짓말이 아니다. 네가 동정심이나 부채감 때문에 내 마음에 응해줘야겠다고 생각한다면 나는 기뻐하지 못할 것이다. 슬프고 비참하겠지."

"……."

"나는 이제야 문밖으로 나선 기분이 드는구나."

"문이라고요?"

"그래. 평생 동안 먼 길을 떠나고 싶다고만 생각했지 문밖으로 한 걸음조차 내딛지 못했다. 하지만 이제야 문을 열고 밖으로 나온 것이다."

예령공주는 눈을 감고 상상했다. 황손이라는 고귀한 신분의 굴레를 벗어던지고 홀가분하게 여행을 떠나는 자신의 모습을.

그녀는 손을 들어 천유하의 얼굴을 어루만지며 말했다.

"평생 동안 연모해 온 사람에게 마음을 전했다. 그리고 그 사람에게 격식을 차리지 않고 이름을 불리고 그 사람의 품에 안겨서 그 사람의 얼굴을 어루만진다. 이 얼마나 멋진 출발이더냐."

언제나 황손으로서 지켜야 할 격식을 요구받던 예령공주에게는 그것조차도 배덕감이 느껴질 정도의 파격이었다.

"너는 죄책감과 의무감으로 나를 봐서는 안 된다. 하지만 만약 네가 내게 고마운 마음이 있다면… 기다려 다오."

"무엇을 기다리란 말씀입니까?"

"내 반드시 너를 찾아갈 것이다. 그리고 남은 삶을 다해 네 마음을 손에 넣고야 말 것이니 그날을 기대하고 기다리거라. 반드시……."

거기까지가 한계였다. 필사적으로 미소 지으며 말하던 예령공주는 힘이 다해서 축 늘어지고 말았다.

혼절한 그녀의 얼굴을 바라보던 천유하는 울컥 치솟는 울음을 참으며 말했다.

"…기다리고말고요. 누구의 부탁인데 감히 거절하겠습니까."

천유하가 그녀를 안아 들고 주변을 살필 때였다.

쿠구구구궁……!

혼돈의 하늘을 가로지른 순백의 용이 땅에 내려가면서 천지가 경동하기 시작했다.

제180장
욕망이 패배하는 세계

성운을 먹는자

1

천두산의 결계 앞에서 격렬한 힘이 부딪치고 있었다.

콰콰콰콰콰……!

천두산 대요괴들과 흑영신교 비술의 합작으로 탄생한 괴물, 마혈이 폭주하는 해일처럼 일어 오르는 어둠을 등지고 웃는다.

─과연 운룡의 가호를 받는 인간답군! 아직도 힘이 남았느냐?

"크윽!"

그 앞에서 하운국 황실의 비밀 병기, 운검위가 신음한다.

운검위의 정체를 감춰주는 새하얀 가면은 금이 가 있었다. 선배 운검위가 희생한 일전에서 입은 손상이었다.

'다른 놈들보다 훨씬 강하다.'

천두산 결계 앞에 죽치고 있던 마혈은 운검위 일행이 격파한 다른 마혈들보다 훨씬 강했다.

아무리 운검위가 지친 상태라고는 하지만 도무지 승기를 잡을 수가 없다. 그러기는커녕 후퇴할 틈도 찾아내지 못할 정도로 수세에 몰려 있다.

'물러나는 것이 옳았는가.'

선배 운검위가 희생했을 때, 그들에게는 두 가지 선택지가 있었다.

하나는 일단 퇴각해서 다음 기회를 노리는 것이고 다른 하나는 당장 마계화 영역의 중심부로 돌격해서 가장 큰 위험을 제거하는 것이다.

운검위는 후자를 택했다. 그것은 공명심 때문이 아니라 여기서 포기하고 물러나면 돌이킬 수 없는 재해가 일어난다는 확신이 있었기 때문이다.

하지만 지금은 그 선택에 회의가 든다. 천두산 결계 앞에서 그들을 기다리던 마혈은 너무나 강력한 적이었다.

우우우웅……!

주변 공간이 진동하면서 사방에서 새카만 칼날들이 날아들었다.

공간왜곡장이다. 다른 마혈들이 사용하는 것과 같은 술법이지만 동시에 여러 공격을 한다는 점이 다르다.

다각도에서 한꺼번에 찔러 들어오는 공격을 운검위는 운룡기로 쳐내면서 뒤로 빠지려고 했지만…….

쾅!

갑자기 뒤쪽에서 솟구친 마혈이 손을 휘둘러서 그를 후려갈
겼다.

변형시킨 신체 일부를 공간왜곡장을 이용해서 이동시키는
공격을 하는 데다가 그 자신도 공간 이동 하거나 분화해 가면
서 시공간의 연속성을 완전히 무시하는 공격을 해댄다.

운룡검의 힘이 성벽처럼 몸을 지켜주지 않았다면 운검위는
벌써 죽은 목숨이었다.

"크윽……!"

튕겨 나가던 운검위의 모습이 흐릿한 안개가 되어서 사라졌
다가 10장 정도 떨어진 곳에 나타났다.

운화였다.

형운이 운화를 손에 넣은 것이 하운국의 시조 자운이 남긴
신기 때문이었음을 감안하면 운검위가 운화를 쓰는 것은 당연
한 일이라고 할 수 있다.

괴령은 운화가 시조 자운도 다루기 어려워했다고 했지만 그
건 괴령이 봉인당한 것이 자운이 젊고 미숙하던 시절이었기
때문이다.

좀 더 시간이 지난 시기에는 자운은 걸음을 옮기듯 자유자
재로 운화를 쓸 수 있었으며 그렇게 연마한 경험과 기술은 초
대 운검위들에게 고스란히 전수되었다. 그리고 운검위들은 천
년 이상의 시간 동안 대를 이어가면서 그 기술을 전수해 왔기

에 온갖 기기묘묘한 일들을 해낼 수 있었다.

"하아!"

운검위가 운룡검을 휘두르자 검날이 운화하더니 공간을 뛰어넘어서 마혈의 머리를 둘로 쪼개놓았다.

—몇 번을 봐도 가증스러운 재주군.

하지만 마혈은 쪼개진 머리를 다시 붙이더니 덩치를 키운다. 한 걸음, 두 걸음 내디디는 동안 자연스럽게 덩치가 세 배로 커지고 팔 길이가 두 배로 늘어나는데 보고 있자면 공간 감각이 엉망진창이 되는 흉악한 변화였다.

쾅!

크고 길어진 팔을 휘두르자 운검위가 앞쪽으로 튕겨 날아갔다.

보이는 궤도대로 막으려는 순간, 공간왜곡장에 의해서 타점이 바뀌면서 등판을 때린 것이다. 그리고 앞쪽에서 날아드는 피할 길 없는 공격을 회피하기 위해 운화했다가 육화하는 순간……

짜르르릉!

시퍼런 뇌전이 그 몸을 관통했다.

"커억!"

마혈은 곧바로 결정타를 가하려고 했지만 그 순간 측면에서 날아든 황금빛 섬광이 그 팔을 잘라 버렸다.

황궁 위사의 갑옷을 입은 노인, 황실 위사부장 사군후였다. 살아남은 황궁 정예 무인들과 함께 몰려드는 요괴와 환마들을 상대하던 그가 운검위를 구한 것이다.

하지만 마혈은 아프기는커녕 가렵지도 않다는 듯 잘린 팔을 주워 붙이면서 말했다.

—정말 지긋지긋할 정도로 단단하구나. 그런데 이거 입장이 바뀐 것 아닌가? 천 년 전에는 보통 인간들이 우리를 보면서 이런 소리를 했었지.

압도적으로 우위를 점하고 계속 두들겨 댔는데도 운검위가 쓰러지지 않는다. 마혈의 말대로 괴물과 인간의 입장이 뒤바뀐 것 같은 광경이었다.

"헉, 헉……."

운검위는 초인이지만 그 힘은 무한하지 않다. 그리고 젊은 운검위는 죽은 선배 운검위보다 운룡검의 힘을 다루는 기량이 미숙했다.

'선배라면 막을 수 있었을 것이다. 내가 그 자리에서 죽었어야 했던 것을…….'

부질없는 후회였다. 왜냐하면 목숨을 희생해서 그 자리의 위기를 피한 것은 선배 운검위이기에 가능한 일이었으니까. 젊은 운검위는 아직 목숨을 희생해서 기적을 일으키는 기술을 터득하지 못했다

—하지만 얼마나 버틸 수 있을까? 너도 저들도 슬슬 지치는 것 같다만?

운검위도 지쳤지만 황실 정예 무인들은 그 이상으로 지쳤다. 벌써 수십수백의 괴물들을 학살했지만 그럼에도 괴물들은

끝없이 몰려왔다.

─그리고 슬슬 이쪽의 원군이 도착한 것 같군.

그 말에 운검위가 깜짝 놀라서 주변을 탐지해 보았다.

'저놈들이 벌써!'

흑영신교의 대마수 심안호창과 흑암검수가 나타났다.

운검위 일행은 그들을 피해 달아난 직후 벼락처럼 이곳을 기습했다.

그 또한 선배 운검위가 목숨을 희생하면서 그들에게 공간을 뛰어넘는 기적을 부여했기에 가능한 일이었다. 마계화 영역을 탈출할 수도 있었던 기회를, 그들은 마계화 영역의 중심부를 치는 데 사용했던 것이다.

하지만 예상보다 훨씬 강한 마혈에게 고전하는 동안 심안호창과 흑암검수가 와버렸다.

─도망치려면 안전한 곳으로 갈 것이지 왜 무덤이 될 곳을 찾아온 거지?

심안호창은 운검위를 비웃었다.

흑암검수의 몸을 이루던 흑검들이 분리되어 허공을 날기 시작한다. 수백 개의 검이 재앙의 격류처럼 운검위를 덮쳤다.

콰콰콰콰콰!

사방팔방에서 날아드는 흑검을 운검위가 받아치자 그 충격으로 대지가 뒤집어졌다.

그 폭음을 배경으로 심안호창이 느긋하게 걸었다. 그는 운검위에게 관심을 두지 않고 황실 정예 고수들에게 향했다.

―자, 영감! 그 아름다운 창술을 다시 보여봐라!

심안호창이 이쪽을 택한 이유는 황실 정예 무인들 중 최고의 고수인 황실 위사부장 사군후가 창수이기 때문이기도 했다.

병기수, 그것도 창수인 심안호창 입장에서 창을 수족처럼 다루는 고수는 그냥 지나칠 수 없는 존재다. 인간의 몸으로 펼쳐지는 창술의 극한을 보는 것이야말로 그가 스스로의 영격을 상승시킬 기회였으니까.

―기왕이면 멀쩡하게 회복시켜 놓고 죽을 때까지 치고받고 싶지만 임무를 수행하는 몸이라 그럴 수는 없고. 대신 나와 일대일로 싸울 기회를 주지. 좋지?

"뭘 선심 쓰는 척 지껄이는 거냐, 사악한 괴물 주제에."

사군후는 지친 몸으로 그 앞에 섰다.

여전히 괴물들이 끝없이 밀려드는 상황에서 심안호창과 난전을 벌이는 것보다는 그가 일대일로 싸우는 것이 낫다. 그렇게 판단한 것이다.

'최악이군. 과연 빠져나갈 기회를 잡을 수 있겠는가?'

사군후가 속으로 탄식했다.

이까 전의 일전으로 심안호창 역시 부상을 입었다. 그랬었다.

하지만 농밀한 마기로 가득한 이 마계화 영역에서 심안호창의 회복력은 인간인 사군후의 그것과는 비교도 되지 않는다. 서로 만전의 상태에서 싸워도 승산을 장담할 수 없는데 지금은 명백히 전력 차가 크게 나는 상태로 싸워야 했다.

투타타타타타!

하지만 사군후에게 유리한 조건도 있었다.

그것은 심안호창이 사군후의 기술을 보는 데 집착한다는 점이다.

심안호창은 대마수이니 영능을 쓸 때 진짜 힘이 나온다. 그런데 지금은 영능은 무공의 특성에 대응하기 위한 수단으로만 쓰고 순수한 창술로 겨루는 데 집착하고 있었다.

"음……!"

그래도 사군후가 불리한 것은 변함이 없었다.

일단 심안호창은 창술에서 결코 사군후의 아래가 아니다. 신체 능력을 제외하고 순수하게 기술만을 봐도 사군후보다 더 위였다.

그럼에도 사군후가 압도적으로 밀리지 않는 것은 심안호창이 그의 기술을 보고자 하기 때문이다.

철저하게 숨통을 끊는 데 집착했다면 사군후가 제대로 기술을 발휘할 기회를 주지 말아야 한다. 하지만 그는 일부러 압박을 느슨하게 하면서 사군후의 창술이 극대화되는 순간을 기다린다.

'이렇게 불리한 상황을 자처하는데도 밀린다니. 그것도 인간도 아니고 마수에게!'

자존심이 상하다 못해 좌절감이 들었다.

시간이 지나자 사군후의 몸에 하나둘씩 상처가 늘어가면서 숨이 흐트러지기 시작했다.

심안호창과 싸우기 전에 사군후는 이미 진기의 3분의 2 이상을 소모했고 육신도 지칠 대로 지친 상태였다. 허를 찔러서 단기전으로 승부를 본다면 모를까 장기전에서는 승산이 없었다.

―정말로 유감이군. 여기까지인가?

푹!

결국 심안호창의 검은 창끝이 사군후의 어깨를 꿰뚫었다.

"으윽……!"

사군후도 그냥 어깨를 내주지는 않았다. 격공의 기로 심안호창의 머리를 쳐서 반쯤 우그러뜨렸다.

하지만 부질없는 짓이었다. 심안호창의 본체는 창이었으니까. 머리가 깨져도 그에게는 별 타격이 없다.

'끝장인가.'

사군후는 상처로 마기가 스며드는 것을 느끼며 비틀거렸다.

심안호창이 진심으로 애석해하며 끝장을 내려고 했을 때였다.

우우우우우!

거대한 배흠이 흐든이 하는을 기교기르며 요부깃었다.

그리고 이 자리에 있는 자들이 놀라기도 전에 그대로 지상을 덮쳤다.

화아아아아악!

하얀 구름 같은 기운이 폭발적으로 퍼져 나갔다.

―운룡기?

심안호창이 경악했다.

아까 전, 선배 운검위가 목숨을 희생했을 때를 연상시키는 상황이었다. 하지만 그 속에서 벌어지는 일은 그때와는 달랐다.

그의 앞에 불쑥 한 사람이 나타났다.

카아앙!

심안호창이 급히 뒤로 물러나며 찌른 창극이 시퍼런 한기를 휘감은 도와 충돌했다.

그 너머, 백발을 휘날리는 마곡정이 푸른 눈으로 그를 노려보고 있었다.

2

심안호창과 무기를 맞부딪친 채 대치하던 마곡정이 피식 웃었다.

"느닷없이 대마수와 부딪치는 상황이라니, 이런 일을 전에 겪어본 적이 있다는 게 웃기기는 하는데……."

동시에 마곡정이 급격히 무게중심을 바꾸었다.

투학!

하지만 심안호창은 기습적인 상황에도 훌륭하게 대응했다. 창극을 비틀면서 충격을 발해 마곡정의 도를 튕겨내고는 그대로 찌르기를 가한다.

"훌륭한데!"

아슬아슬하게 피한 마곡정이 순수하게 감탄했다. 병기수로서 장구한 세월 동안 자신의 본질을 탐구한 심안호창의 창술은 실로 고절한 경지였다.

파파파파파!

마곡정이 밀리기 시작했다. 빙백무극지경의 권능을 쓰기 시작했는데도 그랬다.

병기수이기 때문인지 심안호창의 영능은 대마수라고 생각할 수 없을 정도로 규모가 작았다. 그런데 강하다. 화력은 약한 대신 집중력이 무서웠다.

그는 자신의 몸 주변에 상대의 영능에 저항하는 힘을 두를 수 있었는데, 이 힘은 좁은 영역에 한정되기는 해도 빙백무극지경의 힘조차 무력화하고 있었다.

즉, 그는 강력한 화력을 자랑하는 적을 상대하는 데 특화된 존재다.

그것은 마치 인간이 괴물을 상대하는 방식과 같다. 뛰어난 기술을 지닌 인간이 강한 권능을 지닌 괴물을 쓰러뜨릴 때의 전형적인 수법을 대마수인 그가 특기로 활용하는 것이다.

'이놈 대체 뭐야? 마수 주제에 뭐 이렇게 창을 잘 써? 혼자서는 못 당하겠어!'

마곡정은 기겁했다. 도저히 심안호창의 창술을 당해낼 수가 없었다.

─나타날 때의 기세는 어디로 갔냐, 인간인지 영수인지 모

를 애송이! 벌써 밑천이 다 떨어진 거냐?

심안호창이 마곡정을 비웃으며 가속했다. 동시에 창극이 마곡정의 방어를 뚫고 몸에 상처를 냈다.

"윽, 이 자식이⋯⋯!"

—지금까지는 인간의 창술이었다. 이제부터는 대마수의 창술, 그 진수를 보여주지!

마곡정은 곧바로 그 의미를 이해하고 등골이 서늘해졌다.

'이놈, 관절의 가동 범위가 인간하고는 다르잖아?'

인간보다 빠르고 강해서 무서운 것이 아니다. 인간처럼 싸우는데 인간은 할 수 없는 일을 하는 것이 무섭다.

아무리 유연한 인간이라고 해도 할 수 없는, 팔다리 관절이 다 자유자재로 회전할 수 있다는 점을 십분 활용한 창술이 펼쳐진다. 완급 조절과 궤도 조절의 폭이 예측할 수 없는 수준으로 폭주하기 시작했다.

그럼에도 마곡정은 잘 따라갔다. 정신없이 밀려나면서도 초인적인 신체 능력과 감각적인 도법, 그리고 빙백무극지경의 권능을 연계하여 어떻게든 방어해 낸다.

—재밌군! 정말 재미있어! 좀 더 힘내봐라!

"아주 기고만장했군, 제기랄!"

—하하하하⋯ 컥?

광소하던 심안호창이 비명을 질렀다.

아무런 조짐도 없이 날카로운 검기가 등 뒤를 가르고 지나갔기 때문이었다.

—아, 암습이라고?

믿을 수 없다는 듯 말하는 그에게 마곡정이 기다렸다는 듯 도격을 날렸다.

투학!

심안호창은 그 와중에도 창대로 그 공격을 막았지만…….

콰직!

등뒤에서 형태조차 없이 투명한 검기가 그의 몸을 꿰뚫었다.

—크악!

비명을 지르는 그의 몸에 마곡정이 기어이 한 칼을 먹이자 상처로 한기가 스며들면서 얼음이 자라난다.

"와, 진짜 우리 편이지만 완전 반칙하는 기분인데."

마곡정이 혀를 내둘렀다.

암습을 가한 것은 가려였다. 예령공주가 날려 보낸 백룡의 힘이 뿔뿔이 흩어져 있던 형운과 가려, 마곡정을 이 자리에 집결시킨 것이다.

—아무리 운룡의 가호를 받는다 해도 지척까지 내 이목을 속이다니, 이런 은신술이 존재한다고?

심안호창은 경악을 금치 못했다. 그의 이목을 속이고 다가와서 암습을 가한 것만으로도 놀라운데 또 그 직후, 잠깐 마곡정의 공격을 막느라 신경이 분산된 틈을 타서 사라져 버리다니 어떻게 이럴 수가 있단 말인가?

파파파파파!

마곡정의 공격이 거침없이 쏟아진다. 심안호창은 인간의 관절 기동 범위를 초월한 대마수의 창술로 그의 공세를 받아내고 오히려 역공을 가하지만, 막 기회를 잡는다 싶을 때마다 가려의 암습이 날아든다.

—흑암검수! 들리나? 조력이 필요하다!

상처가 계속 늘어가자 심안호창은 결국 견디지 못하고 흑암검수에게 조력을 청했다.

그러나 대답이 돌아오지 않는다. 흑암검수가 원래 과묵한 존재라고는 하지만 이토록 적나라하게 요청했으면 뭔가 반응이 있어야 하는데 아무런 응답도 없다니?

'운룡기가 주변을 차단해서인가? 아니, 아니다. 우리끼리의 교신은 막히지 않았어!'

백룡을 이루고 있던 운룡기가 주변 상황을 차단하고 있기는 하다. 분명 마혈과 합류한 흑암검수가 운검위와 격전을 벌이고 있을 텐데 소리조차 들려오지 않는다.

하지만 흑영신의 가호로부터 비롯되는 그들끼리의 교신 능력에는 이상이 없었다. 당장 먼 곳으로부터 달려오고 있는 암월령의 목소리가 들려오지 않는가?

—심안호창 님! 조금만 기다려 주십시오! 제가 곧 도착합니다!

심안호창은 불길함을 느꼈다.

저 운룡기 너머에서는 대체 무슨 일이 벌어지고 있단 말인가?

3

닥치는 대로 마기를 빨아들이면서 주변을 탐색하던 형운은 문득 누군가 자신을 보고 있다는 사실을 깨달았다.

시간의 흐름을 초월하여 형운과 그 관측자의 의식이 교차했다.

"예령공주 마마?"

형운의 의식과 마주한 것은 예령공주였다.

순간 형운은 그녀를 알아보지 못할 뻔했다.

"선풍권룡 형운. 그대가 나를 구하러 와줄 줄은 몰랐구나."

그녀의 외모가 너무 달라져 있었기 때문이다. 투명한 광택을 흘리는 백발과 청백색 눈동자가 주는 인상이 너무 강렬해서 마치 운룡족을 보는 것 같았다.

"기왕 목숨을 내놓았으니 내 손으로 이 사태를 해결하고 싶었다. 그러나 유감스럽게도 나의 역량이 부족하였다."

한탄한 예령공주가 말했다.

신수 운룡에게 수명을 대가로 바치고 받은 기적의 힘으로 그녀는 위기를 타파하고 사랑하는 사람들을 구해낼 수 있었다.

그러나 기적의 시간은 짧았다. 몸도 정신도 한계까지 혹사당한 그녀는 자신에게 내려진 기적의 힘조차 다 써낼 수가 없었다.

"그러니 뒷일을 맡겨도 되겠느냐? 내 목숨으로 받아낸 기적의 힘을."

"예."

긴 설명은 필요 없었다. 서로의 의식이 교차하는 상태 속에서 형운은 그녀의 진심을 이해했다.

예령공주가 웃었다.

"부탁하마, 유하의 친우여. 내 목숨으로 받아낸 기적을 헛되이 하지 말아다오."

그리고 형운의 손에 또다시 신기(神氣)가 쥐어졌다.

4

주변은 온통 새하얀 운무로 감싸였다.

마혈은 광풍을 일으켜 보기도 하고 화염을 폭발시켜 보기도 했지만 이 운무를 밀어낼 수가 없었다. 아주 약간 흐트러지게 만드는 것이 전부였다.

─환경이 좀 좋아졌다고 아주 기고만장했구나.

그리고 다 죽어가던 운검위의 움직임이 살아나기 시작했다.

물론 그것만으로는 전세를 뒤집을 수 없었다. 지금도 흑암검수의 흑검 무리를 피해서 달아나는 데 급급했으니까.

하지만 다 잡은 사냥감이 팔팔하게 살아나서 저항하니 불쾌했다.

─어차피 시간문제…….

마혈이 공간왜곡장을 사용하려는 순간이었다.

그 앞에 불쑥 한 사람이 나타났다.

―뭐야?!

마혈이 경악하는 순간, 푸른 옷자락을 펄럭이는 형운이 날린 일권이 그 머리통을 날려 버렸다.

쾅!

폭음이 울렸을 때는 이미 형운의 모습이 사라진 뒤였다.

다음 순간 마혈의 뒤쪽에서 나타난 형운이 발차기로 마혈의 다리를 걷어찬다.

꽈아아앙!

마혈의 다리 하나가 박살 나면서 자세가 크게 기울었다.

그리고 이어지는 일권이 몸통이 커다란 구멍을 뚫어놓는다.

전광석화 같은 공격이었다. 그리고 천두산 대요괴들조차도 전율할 정도로 압도적인 폭력이었다.

운룡기의 가호를 받은 형운의 기습은 경천동지할 위력을 발휘했다. 공간을 뛰어넘어 온 형운이 공격을 가하기 전까지 마혈은 그 조짐조차 눈치채지 못한 것이다.

기습자가 형운이 아닌 다른 인물이었다면 공격을 받은 후에도 어떻게든 막아하면서 태세를 바로잡을 수 있었을 것이다. 그러나 형운의 공격은 마혈에게도 치명적일 정도로 위력이 높았다.

한순간에 마혈의 육신을 반쯤 파괴한 형운이 그 목을 붙잡는 순간이었다.

쉬쉬쉬쉬쉭!

흑암검수의 흑검들이 날아들었다.

형운은 운무 속에 녹아들듯 운화로 그 공격을 피했다. 그리고 마혈의 앞쪽에 나타나 뒤차기로 몸통을 한 대 더 후려갈기고는 그 반동으로 흑암검수에게 돌진해 갔다.

형운이 내뻗은 쌍장이 흑암검수가 급히 형성해서 휘두른 양수검과 충돌했다.

콰아아아아아앙!

섬광과 어둠이 뒤엉켜 폭발하면서 수십 장의 대지가 원형으로 터져 나갔다.

"음……!"

형운도 곧바로 행동을 잇지 못하고 잠시 충격을 다스려야 했다.

수천 자루의 검으로 이루어져 있다고 하는 흑암검수의 여력은 상상을 초월했다. 권능의 규모에 있어서는 도저히 인간이 따라갈 수 없는 수준이리라.

그럼에도 이득을 본 것은 형운 쪽이었다.

콰지직……!

형운의 쌍장을 받아친 흑암검수의 양수검이 산산조각 났다.

흑암검수는 놀란 듯 주춤하더니 마치 물고기 떼처럼 질서정연하게 춤추는 수십의 흑검을 날렸다. 마치 하나하나가 잘 훈련된 정병처럼 완벽하게 연계되는 흑검의 무리가 좌우에서 형운을 합공해 간다.

파파파파파!

형운은 정신없이 흑검 떼의 합공을 받아냈다.

'까다로운 놈이군!'

흑암검수의 권능은 그 몸을 이루는 무수한 흑검의 형상을 자유자재로 조종하는 것.

권능의 규모가 큰데도 천공흡인에 영향을 받지 않는다. 형운 입장에서는 낙성산에서 한번 상대해 본 경험이 있는데도 쉬운 상대가 아니었다.

'그러나……'

형운은 물고기 떼처럼 날아드는 흑검들을 막아내면서 눈을 빛냈다.

꽈르르릉!

그리고 수백 자루의 흑검으로 형운과 운검위를 동시에 상대하던 흑암검수를 폭발하는 뇌광이 집어삼켰다.

뇌령의 팔로 일으킨 뇌전을 기의 운화로 공간을 뛰어넘어 작렬시킨 것이다.

그리고 형운의 몸이 한 줄기 빛으로 화했다.

—무극천풍인(無極天風印)!

천풍인은 깅풍흔을 휘감은 채 낙하하면서 두박차기로 표적을 강타하는 기술이다.

그 기술의 묘는 낙하하면서 얻은 가속의 힘이 표적에 닿는 순간 온전히 충격으로 전환된다는 데 있다. 관통하는 것이 아니라 충격을 전달함으로써 더 큰 파괴력을 발휘한다.

무극천풍인은 그 기술을 무극의 경지로 승화시킨 심상경의 절예.

준비를 끝마치고 기화함으로써 가속 과정을 생략하면서, 가속 과정을 거쳐도 얻을 수 없는 궁극의 위력을 얻는다!

퐈아아아아앙!

공간을 뛰어넘어 작렬하는 뇌격으로 움직임을 차단하고, 날아가는 과정을 초월하여 파괴력이 극대화된 위력을 먹인다!

시공간의 연속성을 초월하는 반칙적인 공격의 연계는 대마수조차 대응할 수 없었다.

재차 수십 장의 대지가 터져 나갔다.

그리고 그 중심부에 있던 흑암검수의 몸도 터져 나갔다.

—……!

흑암검수에게는 목소리가 없다.

그러나 이 순간, 그에게서 뿜어져 나오는 고통의 의념이 비명처럼 울려 퍼졌다.

흑암검수의 몸이 반파되면서 수천 자루의 흑검이 사방으로 흩어졌다.

무수한 검의 군집체, 흑암검수는 상처를 입자 피를 흘리는 대신 그 몸을 이루는 검을 흩뿌린 것이다.

콰콰콰콰콰콰!

그것은 흡사 검은 해일이 퍼져가는 것 같은 광경이었다. 흑검은 흑암검수의 몸을 떠나는 순간부터 원래의 크기로 돌아가는데 수천 자루의 검이란 쌓아두기만 해도 산처럼 부피가 커지는 것이기 때문이다.

'이런 감각도 벌써 네 번째로군.'

형운은 미친 듯이 폭주하는 흑검의 해일에 밀려나면서 생각했다.

무엇이든 할 수 있을 것 같은 전능감이 솟구친다.

그것은 활력과는 다르다. 세상을 이루는 섭리의 본질을 보고 거기에 영향력을 행사할 수 있는, 본래는 인간에게 허락되지 않은 힘을 손에 넣은 자만이 느끼는 감각이다.

'신기(神氣)는 네 번째, 그리고 운룡기는 두 번째. 확실히 나는 신화의 존재들과 인연이 깊은가.'

과거에 형운은 세 번 신기를 다루어보았다.

괴령과의 전투에서 하운국의 시조 자운이 남겼던 운룡기를,
청해군도의 결전에서 암해의 신의 신통력을,
성하와의 일전에서 백야가 남긴 신검의 힘을!

그리고 이제 다시 운룡기가 형운의 손에 쥐어져 있었다. 형운은 과거 미숙했던 때와는 달리 그 기운의 본질을 알고 활용법을 찾아내었다.

'이 공기의 무게조차도 나의 뜻대로.'

경공과 천근추를 연마하는 무인에게 있어서 육신과 사물의 무게를 조종하는 것은 익숙한 일이다.

하지만 운룡기로 할 수 있는 일은 조금 다르다.

무공과 같은 일도 할 수 있지만 무공으로는 할 수 없는 일도 할 수 있었다.

후우우우우!

운무가 소용돌이치더니 형운의 손에서 지름이 2장(약 6미터)에 달하는 구체의 형상으로 빚어진다. 그리고 꺼지듯이 사라지더니 막 육체의 손실을 재생하던 마혈의 몸통 위에 나타났다.

꽈아아아아앙!

보통 기의 덩어리를 응축시켜서 던지면 목표에 닿는 순간 흩어진다. 그 기세가 얼마나 강한가가 폭발력을 결정하는 것이다.

그러나 형운이 빚어낸 운룡기는 폭발하지 않았다.

—크악! 이, 이건 대체 뭐냐!

마혈의 몸통이 으깨어지면서 대지에 처박혔다.

그럴 수밖에 없다. 저 운무 덩어리의 무게는 10만 관이 넘었으니까!

비탈에서 굴리기만 해도 성벽을 부숴 버릴 수 있는 어마어마한 무게가 몸 위에 떨어졌으니 제아무리 마혈이라고 하더라도 버틸 수가 없다.

육신과 사물만이 아니라 기의 무게조차도 자유자재로 조종한다. 그것이 바로 운룡기의 활용법이다.

암해의 신의 신통력을 훔쳐 썼을 때는 눈에 보이는 모든 것을 뒤집어엎을 파괴력이 발생했고, 백야의 신검을 썼을 때는 저 멀리 떨어진 산조차 두부를 가르듯 조각내 버릴 수 있었다. 신기라는 것은 그 본질을 이해하고 활용할 수 있다면 이토록 터무니없는 결과를 낼 수 있는 것이다.

―으으으윽!

몸이 으깨진 마혈이 공간왜곡장을 일으켰다.

파직!

그러나 공간왜곡장이 도중에 와해되었다.

―아니?!

"그 재주는 이미 지겹도록 봤다."

형운이 싸늘하게 말했다.

운룡기를 다루는 지금, 형운의 인식은 인간의 한계를 뛰어넘었다. 공간의 구부러짐을 인지하고 거기에 간섭하는 것으로 공간왜곡장을 봉쇄할 수 있었다.

스스로 해놓고도 어이가 없을 정도다.

네 번에 걸쳐서 세 가지 신기를 다뤄본 형운은 이제 신기의 본질을 이해하고 그 효과를 극대화시켜 다루고 있었다.

"저럴 수가!"

젊은 운검위는 방금 일어난 일을 이해하고 경악했다.

목숨을 희생하여 기회를 준 선배보다는 미숙하다고 하나 그 역시 운검위였다. 신기를 다뤄본 경험이 지상에서 가장 많은 인간이라고 해도 과언이 아니다.

그런 그가 봐도 형운이 운룡기를 다루는 기술이 너무나 놀라웠다. 구현하는 권능도 놀랍지만 힘을 쓰는 효율이 거의 운룡족에 근접해 있는 게 아닐까 의심스러울 정도였다.

하지만 사실 그것은 너무나 당연한 것이다.

형운은 무공만 고절한 것이 아니다. 빙백무극지경과 뇌령무극지경이라는, 대영수나 다룰 수 있는 힘을 두 가지나 가진 존재다.

자신의 몸으로 신기의 기적조차 재현할 수 있는 그가 운룡기의 본질을 이해하고 진정한 쓰임새를 찾아낼 수 있는 것은 당연한 귀결이다.

그에 비하면 예령공주가 운룡기를 쓴 방식은 원시적이고 비효율적이다.

그녀는 신기의 본질을 이해하지 못했다. 그저 '부디 이런 일이 이루어지게 해달라'고 기원함으로써 원하는 결과를 냈다.

신기는 그저 바라는 것만으로 자연의 섭리를 복종시킬 수 있는 힘이기에 그래도 원하는 결과가 나온다. 하지만 이것은 엄청난 낭비였다.

운룡족이라면 한 줌의 힘만으로도 할 수 있는 일을, 그 수십 배의 힘을 써가면서 이루는 것이다.

운검위는 예령공주보다는 훨씬 낫다. 그들은 대대로 미량의 운룡기만으로도 경천동지할 힘을 발휘하는 기술을 전수하고 연마해 왔으니까.

그런데도 형운을 보니 놀람만 가득할 뿐이다.

—이 괴물 같은 놈!

"요즘 괴물 놈들한테 자주 그런 소리를 듣는군. 아주 기분이

더러워."

쏴아아아아아!

그런 형운 앞에서 수천 자루의 검이 일제히 날아올랐다. 그 중 일부는 반쯤 파괴되었던 흑암검수의 몸으로 빨려 들어가 그 형상을 복원하고 나머지는 일제히 형운을 덮친다.

그것은 그야말로 검의 해일이었다.

전후좌우 어디를 봐도 피할 길이 보이지 않는다. 게다가 이 검은 단순한 검이 아니라 하나하나가 바위조차 두부처럼 썰어버리는 검기를 발하니 그야말로 항거 불가능한 재앙이나 다름없었다.

'확실히 무서운 적이다. 전투만을 기준으로 삼는다면 설경이상일지도 몰라.'

대요괴, 대마수, 대영수… 그런 식으로 영격을 평가하는 것조차 무의미했던 성하를 제외하면 형운이 본 가장 강대한 권능의 소유자는 설경이었다. 성하와 백야가 없었다면 설경은 설산의 지배자가 되고도 남았을 것이다.

흑암검수는 순수하게 영격만을 보면 설경만 못하다. 그러나 대신 병기수이기에 존재 자체가 극단적으로 전투에 특화되어 있었다.

형운으로서도 상대하기 어려운 난적이다. 무엇보다 이토록 어마어마한 규모의 힘을 다루면서도 형운과 싸울 때 상성상의 불리함이 없다는 점이 가장 그렇다.

하지만 오늘 이 자리에서는 다르다.

꽈앙! 꽈과과광!

폭음이 연거푸 울려 퍼지며 놀라운 일이 일어났다.

흑검의 해일이 갈라진다.

형운은 운화나 무극의 권으로 빠져나가는 길을 선택하지 않았다. 몸에 운룡기를 두른 채로 정면 돌파를 시작했다.

괴령을 두 주먹으로 때려죽였을 때처럼, 새하얀 운무를 두른 주먹을 내지를 때마다 날아들던 흑검들이 산산조각 나면서 흩어져 갔다.

강도와 무게, 양쪽에서 말도 안 되는 격차가 존재한다.

본래 형운은 용린공으로 몸을 금강석보다 단단하게 만들고 천근추로 체중을 수십 배 늘릴 수 있다. 하지만 운룡기를 두르면 그런 무공을 지닌 그로서도 비현실적으로 느껴지는 상태를 실현할 수 있었다.

형운에게는 존재하지 않는 듯 가볍게 느껴지지만 타격당하는 표적에게는 수백 배의 무게로 후려치는 것과 같은 충격이 발생한다. 지금의 형운이라면 기공파에 의존하지 않고 순수하게 주먹을 내지르는 것만으로도 산을 부술 수 있었다.

"흑암검수, 네 불운을 원망해라."

형운은 검의 해일을 뚫고 흑암검수를 후려갈겼다.

꽈아아아앙!

천둥소리 같은 폭음이 울려 퍼지며 또다시 무수한 흑검이 폭발하듯 흩어져 갔다.

흑암검수는 비명처럼 의념의 파동을 뿜어내면서 반격했다.

꽝!

하지만 그 순간 형운이 운화감극도로 자세를 바꾸면서 운룡기를 휘감은 주먹으로 그를 후려쳤다.

"다른 곳에서 너를 다시 만난다면 이렇게 쉽게 이길 수는 없겠지. 그러니 여기서 끝장을 보겠다."

동시에 형운이 빛으로 화했다.

―무극설원경(無極雪源境)!

어마어마한 한기의 해일이 주변을 뒤덮었다.

형운에게 연거푸 큰 타격을 받은 흑암검수에게는 치명적이었다.

춤추던 검이 모조리 얼어붙어서 멈춰 버린다. 이미 천 자루가 넘는 흑검을 파괴당한 데다 형운에게 본신이 두 번이나 파괴당하면서 통제력이 약화된 흑암검수는 이 지독한 한기의 해일에서 자유롭게 움직일 수 없었다.

쉬쉬쉬쉬쉬!

얼어붙은 흑검들을 투명한 빛을 발하는 수백의 빙백검들이 덮친다.

마치 검이 검을 잡아먹는 듯한 광경이었다.

빙백검과 흑검이 부딪쳐 부서지면서 흑암검수의 힘이 격감해 갔다.

―……!

흑암검수에게서 고통의 의념이 쏟아져 나왔다.

그에게 있어서 흑검 하나가 파괴당하는 것은 피부에 약간

베인 상처가 나는 정도에 불과하다. 하지만 그런 손상이 천 개도 넘는다면 죽음을 떠올리지 않을 수 없다.

콰콰콰콰콰콰!

형운은 결코 방심하지 않았다.

빙백설야공으로 한기를 계속해서 확산시키면서 소나기처럼 빙백검을 퍼부어 흑검들을 파괴해 갔다.

동시에 쉬지 않고 흑암검수의 본신을 계속해서 두들겨 대어 타격을 누적시켰다.

운룡기에 포위당한 채, 운검위보다도 운룡기를 능숙하게 다루는 형운을 적으로 만난 흑암검수에게 활로는 없었다.

마침내 형운이 그 본신을 파괴하고 가장 근본이 되는 흑검의 칼날을 움켜쥐었을 때였다.

―암야정적(暗夜靜寂)!

허공에 커다란 붓으로 그어놓은 먹선처럼, 새카만 궤적이 형운을 가르고 지나갔다.

5

암월령은 계획이 완벽하게 파탄 났다는 사실을 인정할 수밖에 없었다.

물론 기본적인 목표는 달성했다.

천 명이 넘는 인간을 제물로 바쳤고 그중에는 하운극 황실의 비밀 병기인 운검위도 있었다. 신에게 공물을 바치기 위해 만들어낸 완벽한 환경 속에서 그만한 제물을 바쳤으니 충분히 원하는 것을 얻어낸 셈이다.

하지만 거기서 만족해서는 안 되었다.

이 상황은 너무나 많은 것을 희생해서 만들어낸 것이다. 그러니 최대한 많은 것을 이루어야 했다.

성운의 기재인 천유하를 죽여 그를 제물로 바치고 그가 지닌 별의 조각을 교주에게 전한다.

천두산의 결계를 부수어 이 일대를 거대한 재난 지대로 만들어 하운국의 국력을 지속적으로 소모시키게 한다.

그러나 이제는 욕심을 내려놓아야 할 때였다.

'예령공주, 황손이 언제든지 운룡의 도구가 될 수 있음을 간과했다. 나의 오만이 부른 실수다.'

암월령은 탄식했다.

예령공주를 제압했을 때 신속히 제물로 바쳐 버렸어야 했다. 천유하를 확실하게 죽이기 위한 미끼로 쓰기 위해 그 시기를 늦춘 것이 이런 결과를 부를 줄 상상이나 할 수 있었겠는가?

결국 예령공주도, 천유하도 제물로 바치지 못했다.

그리고 그 연쇄 작용으로 천두산을 재난 지대로 만드는 것도 실패로 끝나게 생겼다.

'내 불찰이다.'

암월령은 실패를 받아들였다. 그렇다면 실패로 인한 피해는 최소한으로 끝내야 했다.

그녀는 마곡정과 가려의 합공에 침몰해 가던 심안호창을 구해냈다. 그리고 삼중심상을 구현한 무극의 권으로 형운을 급습했다.

—물러 터졌어.

하지만 무극의 권의 궤적이 형운을 가로지르는 순간, 시공간을 초월한 심상경의 영역에서 싸늘한 목소리가 들려왔다.

—똑같은 기습으로 두 번이나 재미를 보려고 하다니, 그 안일함의 대가를 치러주지.

순간 암월령은 보았다.

그녀가 발한 삼중심상이 모조리 운룡기에 가로막혀서 무력화되는 것을!

'아무리 신기를 다룬다 해도 이렇게 쉽게?'

그리고 육화한 그녀에게 형운의 발차기가 작렬했다.

쫘아아아앙!

몸통에 발차기가 꽂혔는데 천둥소리 같은 폭음이 울려 퍼졌다.

하지만 놀랍게도 암월령은 조금 주춤했을 뿐, 큰 타격을 입은 모습이 아니었다.

"신의 가호를 받는 게 너뿐만이라고 생각하지 마라, 선풍권룡!"

새카만 어둠이 그녀의 몸을 두르고 일렁이고 있었다.

그것을 본 형운의 얼굴에 놀람이 떠올랐다.

"신기를 다루고 있는 건가."

동시에 형운은 손아귀에 힘을 주었다.

콰작!

—……!

흑암검수의 근원이 되는 흑검이 파괴되면서 소리 없는 의념의 단말마가 울려 퍼졌다.

장구한 세월 동안 전설로 기록되었던 대마수의 최후였다.

"선풍권룡! 감히! 감히 그분을 죽이다니! 네놈만은 절대 용서하지 않겠다!"

암월령이 격노했다.

긴 세월 동안 흑영신교에 헌신해 온 수호마수들을 죽게 내버려 둘 수 없다는 일념으로 여기까지 달려왔다. 그런데 형운이 마치 그녀를 조롱하듯 흑암검수의 숨통을 끊어버린 것이다.

하지만 그녀는 격정적으로 달려드는 대신 제자리에서 양손을 합장했다. 양손이 만난 지점으로부터 어둠이 해일처럼 쏟아져 나왔다.

동시에 형운은 전율스러운, 하지만 낯설지만은 않은 감각에 사로잡혔다.

'강신(降神)!'

전신의 털이 곤두서는 느낌이었다.

과거에 형운은 이 감각을 두 번이나 맛본 적이 있었다.

낙성산에서 신의 주검을 두고 두 마교와 싸웠을 때.

그리고 윤극성에서 광세천교와 결전을 치렀을 때.

두 마교의 교주들이 행했던 이적을 암월령이 펼치고 있었다.

흑영신이라는 거대한 신위(神威)의 일부가 그 몸에 강림한다.

천계의 높은 곳에서 천기를 다투는 흑영신의 신위는 인간의 상상을 초월할 정도로 거대한 것이다.

천계의 낮은 곳, 혹은 현계에 속한 신들이라면 강신은 곧 그 육신이 신격화한다는 의미다. 하지만 흑영신 정도로 거대한 존재의 신격이 이 세상에 온전히 강림한다면 그것만으로도 세상이 격변한다. 설령 아주 찰나에 불과할지라도 세상에는 돌이킬 수 없는 상흔이 새겨지리라.

그렇기에 지금 암월령이 강림시킨 것은 흑영신의 신위의 극히 일부에 불과하다. 하지만 그러기 위해서 어떤 대가를 치러야 했을지 상상하기는 어렵지 않았다.

"…처음부터 이곳에서 죽을 생각이었군."

신의 힘으로 기적을 일으키는 대가가 목숨이라면 오히려 정말 값싸다고 할 수 있다.

그것도 팔대호법인 암월령이기에 가능한 일이었다. 신과 운명의 거리가 가까운 자가 아니면 애당초 그런 거래를 할 권한 자체가 없으니까.

"영광으로 알아라, 선풍권룡."

초승달이 그려진 새카만 가면 너머에서 흉흉한 기운이 뿜어져 나왔다. 그리고 그녀의 모습이 퍼져가는 어둠과 동화하며 형체를 짐작할 수 없는 무언가로 화한다.

"본래 나는 흉왕을 찌를 검으로 만들어진 자. 그런데 내 마지막 상대가 흉왕이 아닌 그 제자가 될 줄이야."

어차피 최초의 목표는 이루어질 수 없는 것이었다.

흑영신교의 대계가 진행되는 동안 상황이 변했기 때문이다. 암월령은 귀혁과의 일전을 포기하고 대신 천두산에서 역할을 다할 예정이었다.

하지만 설마 그녀가 목숨을 버리는 이유가 형운과 일전을 치르기 위해서가 될 줄이야.

'우리 교의 대적, 너를 여기서 쓰러뜨린다면 내 죽음은 충분한 가치가 있으리라.'

그것을 위해 암월령은 많은 것을 포기했다.

천두산의 결계를 파괴하여 재난 지대를 만드는 것도, 자신을 중심으로 마계화 영역의 모든 존재를 흑영신에게 제물로 바쳐 거대한 의식을 마무리하는 것도.

하지만 형운을 이 자리에서 쓰러뜨릴 수 있다면 그런 손해를 역전하고도 남는 공적이 될 것이다.

형운이 싸늘하게 웃었다.

"신기 사용자끼리의 싸움이라니, 이거 또 처음이로구. 좋은 연습이 되겠어."

"연습?"

"너희들의 교주와 결판을 낼 때를 위한."

형운의 도발에 암월영의 살기가 짙어졌다. 하지만 그녀는 격정을 다스리며 얼음장처럼 싸늘한 목소리로 말했다.

"운룡이 내려준 힘은 얼마나 남았느냐? 그 힘이 다하는 순간이 네 숨통이 끊어지는 순간이 될 것이니 마음껏 음미해 두어라."

"제법 잘 지껄이는구나."

피식 웃는 순간이었다.

콰아아앙!

어느새 운화로 공간을 뛰어넘은 형운이 내지른 주먹을 거대한 어둠과 동화한 암월령이 막아냈다.

우우우우우우!

그리고 거대한 어둠 속에서 온갖 형상들이 일어나기 시작했다. 암월령에게 임한 신위가 그 영혼을 불태우면서 막대한 권능을 이끌어낸다.

무수한 뱀들이 달려들면서 형운에게 독니를 들이댄다.

거대한 눈알괴물이 나타나 닿는 것을 돌로 만들어 버리는 파동을 발한다.

그림자로 이루어진 괴물들이 혼백을 뽑아내는 노래를 토해내고, 하늘에서 천 마리의 새 떼가 날개를 펼치고 강습해 온다.

그야말로 권능의 축제였다. 백 가지 독과 백 가지 저주, 그리고 불과 얼음과 뇌전과 바람과 지진이 연달아 형운을 덮쳐온다.

백마(百魔)를 넘은 만마(萬魔).

세상에 존재하는 모든 마(魔)가 집결한 괴물!

'어처구니가 없군!'

암월령은 일인이면서도 군단이었다. 괴물의 군세가 해일처럼 형운을 몰아쳤다.

전후좌우, 심지어 발밑과 하늘 위조차도 적이 없는 곳이 없다.

콰콰콰콰콰콰!

그것은 사악한 경이(驚異)였다.

하지만 그 너머에서는 더욱 놀라운 광경이 펼쳐지고 있다. 운무 같은 기운을 휘감은 형운이 한 걸음도 물러나지 않은 채 모든 괴물을 격퇴하고 있는 것이다.

'이게 고작 시간 벌기라니!'

형운은 전율하고 있었다.

강신한 암월령은 자신이 품은 괴물들을 일거에 쏟아내었다. 아무리 형운이라고 하더라도 운룡기가 없었다면 막대한 기력 소모를 강요받았을 공세였다.

그러나 진정 놀라운 것은 이것이 암월령이 진정한 힘을 발휘하기 위한 시간 벌기에 불과하다는 것이다. 형운은 괴물의 군세 너머에서 암월령의 기운이 계속해서 부풀어 오르는 것을 감지하고 있었다.

그녀의 의도가 완성되기 전에 저지하고 싶지만 괴물의 군세가 그것을 가로막는다. 이 괴물의 해일이 혼탁한 기운의 격류를 발생시켜서 운화나 심상경의 절예로도 돌파할 수가 없었다.

'뭘 하려는 거지? 백마를 기반으로 만들어졌다면 이렇게 괴물을 격파하는 것 자체가 타격일 텐데?'

괴물의 수가 무시무시한 만큼 형운이 격파하는 수도 무시무시하다. 숨 한 번 쉴 시간이 지날 때마다 수십 마리씩 죽어나가고 있다.

암월령이 백마의 강화판 같은 존재라면 이것은 막대한 출혈일 것이다. 생명과 힘 양쪽이 실시간으로 깎여 나가는 것이나 다름없다.

차라리 이 힘을 적절하게 활용해서 형운과 격투전을 벌이는 게 나을 텐데, 이런 식으로 내던지듯이 희생시키면서 대체 무엇을 노리는 것인가?

우우우우우우!

그 답은 곧 알게 되었다.

형운은 거대한 괴물처럼 번졌던 어둠이 한 점으로 수렴되는 것을 보았다. 그리고 그곳에서 어둠 그 자체로 빚어낸 여성의 형상이 걸어 나왔다.

마혈과 비슷하지만 여성형이라는 점과 얼굴에는 여전히 암월령의 가면을 쓰고 있다는 점이 다르다.

"나는 신성한 의식을 주관하는 제사장이며 또한 의식을 마무리하는 제물로 준비된 자."

암월령이 가면 너머에서 조금 전까지의 격정이 온데간데없이 사라진 평온한 목소리가 흘러나왔다.

"과연 운룡의 가호가 만마를 제물로 바치고 얻어낸 힘을 능가하는지 시험해 보아라."

6

암천령과 암월령은 현세대 팔대호법의 쌍두마차라고 할 수 있다.

하지만 둘의 쓰임새는 서로 달랐다.

암천령은 장기적인 목표를 위해 탄생했다. 쌍둥이라는 특성을 이용, 무공과 술법 양쪽을 극한까지 연마하고 융합함으로써 인간의 한계를 넘는 초인이 된 그는 교주를 보좌하고 때로는 그 역할을 대신할 수 있었다.

그에 비해 암월령은 단 한순간을 위해 만들어졌다.

처음에 그녀의 설계 의도는 귀혁을 쓰러뜨릴 비밀 병기였다.

그러나 대계가 진행되는 동안 흑영신교는 귀혁을 쓰러뜨려야 한다는 강박에서 벗어났다. 그만 쓰러뜨린다고 모든 게 해결되지 않는다는 사실을 깨달았기 때문이다.

그래도 암월령이 단 한순간을 위한 존재라는 사실이 변하지 않았다.

그녀는 신에게 바치는 가장 거대한 의식을 주관하는 제사장이었으며 동시에 그 의식을 완성하는 제물이었다.

흑영신교가 총력을 기울여서 세상 곳곳에서 온갖 요괴, 영수, 마수 등을 수집하여 그녀에게 융합시킨 것은 단순히 전투

능력을 향상시킬 목적이 아니었다. 거대 시설 없이도 인간에게는 불가능할 정도로 거대한 의식을 치를 수 있도록, 그리고 그 의식 속에서 수백의 인간보다도 더 가치 있는 제물이 될 수 있도록 하기 위해서.

실로 잔인한 운명이었다.

하지만 암월령은 그 운명을 자랑스러워했다.

흑영신교도가 되기 전, 암월령의 삶은 벌레처럼 비참했다.

그녀는 태어나길 노리개로 태어났다.

지방의 권력자이면서 뒤로는 사술을 연구하는 기환술사가 인간과 요괴 사이에서 태어난 반인반요에 대해서 알고 싶어 하는 욕망을 품었다. 그는 사람을 부려 아이를 잉태할 수 있을 것 같은 요괴를 잡아 오게 했으며 결국 자신의 욕망을 성취하는 데 성공했다.

기억이 시작된 이후로 그녀의 삶은 고통이었다. 온갖 비인륜적인 실험의 대상이 되었다.

그런 지옥 같은 나날들은 어느 날 갑자기 끝나 버렸는데, 권력자가 집안싸움으로 실각해 버렸기 때문이었다. 권력자는 자신이 사술을 연구했다는 사실이 들킬까 봐 빠르게 뒤처리를 했고, 암월령은 인신매매로 팔려 갔다. 그리고 범죄자들이 모여드는 암흑가에서 인간 대접을 받지 못하고 가축처럼 살아가고 있었다.

그곳에서 그녀는 인간의 욕망이 어디까지 추악해질 수 있는지를 보고 겪었다. 사회의 제도와 법도의 보호를 받지 못하는 곳에서 인간의 욕망은 절제를 몰랐다.

지금 와서 생각하면 우습다. 인간은 세상의 온갖 괴물들을 가리켜 만마(萬魔)라 하지만 어디 그게 가당키나 한 말인가?

이 드넓은 세상에서 오로지 인간만이 그렇게 불릴 자격이 있다.

인간을 혐오하고, 증오하고, 두려워하며 하루하루를 살아가면서 그녀는 생각했다.

인간은 왜 존재하는 것일까?

그녀가 살아 있는 이유는 분명했다. 죽지 못해서였다. 자신들이 욕망을 풀 대상이 자결하는 것조차 허락하지 않는 자들이 그녀의 목줄을 쥐고 있었으니.

하지만 죽음을 선택할 권리를 가진 인간들은 왜 살아가는 것일까?

한없이 추악하고 혐오스럽기만 한 삶이 지속될 가치가 있는 것인가?

그런 의문에 시달리던 그녀를 구원한 것은 신의 목소리였다.

부서진 마음을 어루만지듯 편안한 어둠이 찾아왔다. 항상 그녀를 괴롭히던 추악한 열기와 갈음이 사라져 버린, 더없이 상냥한 어둠.

신의 목소리는 그녀에게 죽어서 편안해질 권리를 주었다.

하지만 동시에 그녀를 괴롭혀 온 죄인들조차 가련하게 여기고 그들을 구원하는 신의 위업에 동참할 기회를 주었다.

'인간이 품은 욕망이야말로 마(魔).'

그러니 욕망의 만 가지 얼굴이야말로 만마(萬魔)인 것이다.

이 세상이 연옥인 이유는 인간의 욕망이 끝을 모르기 때문이다. 적자생존의 섭리 속에서 늘 욕망이 승리해 왔기에 죄업의 굴레가 끊이지 않았다.

모든 욕망이 패배하는 세상을 만들어야 한다.

그 세상 속에서 승리하는 것은 오직 신의 정의뿐. 그로써 세상은 비로소 평안을 얻으리라.

암월령은 오직 그 목적을 이루기 위해 살아왔다. 그것을 위해서라면 무엇이든 할 수 있었다.

무엇이든지.

                                    7

그것은 마치 물에 떨어진 먹물이 번져가는 과정을 거꾸로 되돌려 놓는 것 같은 광경이었다.

그렇게 농축된 어둠으로 이루어진 암월령의 기세는 조금 전까지와는 완전히 달랐다. 마치 거대한 짐승의 무리처럼 압도적인 존재감을 과시하던 그녀는 바람 없는 날의 수면처럼 고요해져 있었다.

형운은 그 사실이 섬뜩했다. 아무런 절제 없이 자신의 존재감을 과시할 때보다 훨씬 더.

숨 막히는 대치 상황 속에서 그녀가 평온한 목소리로 말했다.

"흉왕은 실로 안타까운 인물이다."

"뭐?"

"그리고 너 또한 그러하다, 선풍권룡."

그녀는 방금 전까지의 증오와 분노를 깡그리 잊어버린 것만 같았다.

형운을 향한 시선에서 더 이상 격정이 보이지 않는다. 진심으로 안타까워하고 있었다.

"너희들처럼 뛰어난 인물들이 욕망에 미혹되지 않았더라면 우리는 진즉 대업을 이루었을 터. 그로써 연옥의 가련한 자들이 구원받았을 것이다. 하지만 이 또한 운명이겠지. 욕망이 승리하는 세상 속에서는 선의를 이루는 과정조차도 유혈을 피할 수 없으니."

"…너, 조금 전까지 나와 싸우던 녀석이 아니지?"

형운이 매서운 눈으로 그녀를 보며 말했다. 하지만 그녀는 여전히 평온한 목소리로 물을 뿐이다.

"왜 그렇게 생각하느냐? 단지 내 격정이 가라앉았다는 이유만으로 그런 판단을 내린 것은 아니겠지?"

"솔직히 놀랐다. 내가 보아온 강신과는 다르군. 인간이 한 심의 망설임도 없이 자신을 버리고 신위를 받치는 그릇이 될 수 있다니……."

"재미있군. 너는 아는구나. 정말로 알아. 신의 피를 갖고 태어난 것도 아닌 인간의 몸으로 신이 내려준 힘의 본질을 알고 올바른 쓰임새대로 다루다니, 그런 인간은 좀처럼 없었지."

"너를 흑영신이라고 불러야 할까?"

"그 명칭은 옳지 않다. 나는 여전히 암월령이니라."

"하지만 너는 조금 전까지 나와 싸우던 그녀가 아니야."

"본질은 같다. 팔대호법은 흑영신의 뜻을 펼치기 위한 수족이며 그 힘과 지혜를 담아낼 그릇이니. 하지만 굳이 지금의 나를 다르게 설명하길 바라는 네 욕망에 응해주마. 나는 흑영신의 신위를 담아 화신으로 거듭난 자, 화신 암월령이니라."

암월령은 대업을 이루기 위해서라면 무엇이든 할 수 있었다.

죽음은 이미 예정된 것이었다. 그녀의 삶은 죽음의 순간을 가치 있게 쓰기 위한 고행의 여정이었다.

거기에 '나'는 중요하지 않았다.

사명을 이루는 것이 반드시 '내'가 되어야 할 이유는 없었다. 자신보다 더 뛰어난 존재가 자신을 써서 목적을 이룬다면 그 또한 그녀의 기쁨일 것이다.

욕망이 패배하고 오로지 신의 정의만이 승리하는 세계를 이루기 위해 그녀는 모든 것을 버렸다. 감정을, 욕망을, 그리고 자기 자신마저도 버리고 신의 도구가 되었다.

그것은 광세천교주마저도 할 수 없었던 일이다. 아니, 그의 경우는 광세천교의 교리상 하지 않았다는 쪽이 옳겠지만.

형운이 말했다.

"이러면 안 되는데… 좀 서글퍼지는군."

"무엇이 말이냐?"

"방금 전까지만 해도 나를 죽여 버리겠다고 살의를 불사르고 있던 녀석이, 다른 누군가에게 자신을 내주고 죽어버렸다는 것이."

"그 말은 틀렸다. 나는 암월령이니까. 죽음은……."

"화신 암월령."

형운의 눈매가 날카로워졌다.

"나는 이해했다. 네가 스스로 생각하기를 포기하고 신에게 머리를 맡기는 것밖에 모르는 놈들에게 신이 돌려준 화답이라는 것을."

"대화를 나눌 생각이 없구나."

"피차 마찬가지 아닌가?"

그 말의 울림이 끝나기도 전에 형운이 사라졌다.

쾅!

폭음이 울렸을 때는 운화로 공간을 뛰어넘은 형운의 주먹이 암월령의 손에 잡혀 있었다.

'잡아?'

막아내거나 흘려냈다면 놀라지 않았을 것이다. 하지만 잡아내다니?

'충격을 버텨낸 게 아니야. 접촉 수가 추격이 사라져 버렸어.'

이것이 흑영신이 내려준 힘, 흑영기(黑靈氣)가 지닌 힘이란 말인가?

놀라면서도 형운은 멍하니 있는 대신 행동을 선택했다. 잡

힌 주먹으로 침투경을 발하면서 발차기로 암월령을 후려갈긴
다.

투학!

하지만 그 순간 암월령의 주먹이 형운의 몸통을 때렸다.

"커억!"

거의 동시에 형운의 발차기도 암월령의 다리를 때렸지만 먼
저 맞아서 위력이 죽어버린 채였다.

그리고 밀려나는 형운을 암월령이 몰아치기 시작했다.

투콰콰콰콰!

형운이 정신없이 밀려나기 시작했다.

'빨라!'

기술적인 수준은 큰 차이가 없다. 감각적인 부분에서는 암
월령이 앞서지만 기술 하나하나의 절도 면에서는 형운이 앞선
다.

하지만 신체 능력은 암월령이 훨씬 더 위다. 힘과 속도 모
두!

그 사실을 깨닫자 전율이 몰려왔다.

무인으로서 완성된 후로 처음 만나보는 적이었다.

순간적인 속도 면에서 앞서는 적은 있었다. 완력만으로 앞
서는 적도 있었다.

하지만 종합적인 신체 능력에서 자신을 앞서는 적은 처음이
었다.

'이거였군.'

형운은 흑영신교가 어떻게 귀혁을 쓰러뜨릴 생각이었는지 알아차렸다.

지금까지 흑영신교는 귀혁을 상대할 때 한 전장에서 압도적인 물량과 화력을 구현하는 것에 치중했다. 하지만 그런 한편 암월령을 통해서는 다른 방식을 고민하고 있었다.

바로 압도적인 힘과 속도를 구현하여 격투전에서 귀혁을 쓰러뜨리는 것이다.

화신 암월령은 그 의도가 극대화된 결과물이었다.

고수라 불리기에 부족함이 없는 기술과 형운조차 능가하는 힘과 속도, 그리고…….

꽉!

타격 지점의 충격을 완벽하게 무효화하는 흑영기의 권능까지.

암월령의 신체 능력은 형운보다 확실히 우위를 점한다. 형운이 먼저 주먹을 뻗어도 암월령의 주먹이 먼저 닿을 정도의 차이가 있다.

그런데 형운에게 정타를 먹인 횟수가 거의 없다. 처음에 한 방 크게 먹인 다음 몰아치면서 몇 대를 더 때렸지만 그건 그리 큰 타격을 주지는 못했다.

기술적인 격차 때문만은 아니었다. 신체 능력만을 기준으로 놓고 봐도 딱 한 가지 부분에서만큼은 형운이 암월령을 앞서기 때문이었다.

감극도의 본질, 즉 반응 속도였다.

암월령이 아무리 빠르게 몰아쳐도 형운의 방어가 무너지지 않는다. 흑영기의 힘을 이용해서 형운의 움직임을 흐트러뜨리는데도 무심반사경과 운화 감극도가 그 허점을 메꾼다.

꽈광!

터져 나가는 충격파 속에서 둘이 서로를 노려보며 거리를 벌렸다.

"과연 감극도. 교주님조차 훔쳐 배울 수 없었던 흉왕의 절기답군."

"서로 신기가 없는 상황이었다면 넌 이미 시체가 되어 있지 않았을까?"

"그럼 네가 만마의 군세를 상대하고도 이토록 멀쩡했을 것 같은가?"

소강상태 속에서 비아냥이 오갔다.

형운이 피식 웃었다.

"화신이라, 이제야 이해하겠군. 어쨌거나 암월령의 인격이 바탕이 되긴 했다 이거지."

"그걸 그렇게나 알아내고 싶었나? 무의미한 호기심을 위해 기력을 소모하는군."

"확실히 알겠어. 너는 신이 아니야."

형운의 입꼬리가 치켜 올라갔다.

"그저 신의 힘을 받았을 뿐인 인간이다. 그 한계가 너무 적나라하게 보이는군."

"슬슬 말로 도발하는 재주도 바닥이 보이나 보구나."

"나는 이래 봬도 이 몸에 신도 담아봤고 신도 여럿 만나봤거든. 그러니까 알아. 너는 신이 아니야. 그 진실을 깨닫게 해주지."

"허풍인지 착각인지 확인해 보마. 어느 쪽이든 대가는 뼈저릴 것이다."

암월령이 재차 달려들었다. 경이로운 신체 능력에서 비롯되는 폭풍 같은 공격이 쏟아졌다.

그야말로 전광석화였다.

인식이 빠르다. 판단이 빠르다. 행동도 빠르다.

눈으로 따라갈 수도 없는 속도의 공격이 쉬지 않고 이어진다. 육탄전만이 아니라 기공전까지도 한계를 모르고 가속해 간다.

속도가 빠르다는 것은 상황의 우선권을 쥔다는 것이다. 모든 국면에서 선택권을 쥐고 상대를 뜻대로 흔들어댄다.

상대가 아무리 뛰어난 통찰과 기술로 한 발을 막는다고 하더라도 끊임없이 변화하며 이어지는 공격을 다 받아낼 수는 없다. 순식간에 한계에 달하고 말 것이다.

그랬어야 했다.

"이제 봇 마큼 봤어."

형운이 싸늘하게 말하는 순간이었다.

콱!

암월령의 주먹이 반쯤 뻗어나가다가 가로막혔다. 허공에 출현한 얼음덩어리를 뚫지 못했던 것이다.

꽝!

그리고 운화 감극도로 자세를 바꾼 형운의 주먹이 그녀의 몸통을 강타했다.

"이, 이건……!"

"흑영기, 확실히 대단해. 무서운 능력이다."

형운은 순순히 인정했다.

흑영기의 권능은 정말 무서웠다. 충격 그 자체를 무효화해 버리는 것만이 아니라 특정한 지점의 기의 순환을 아무런 저항 없이 끊어버릴 수 있었다.

그 결과 형운은 기공전을 제대로 수행할 수 없었다. 허공섭물도, 의기상인은 물론이고 광풍혼까지도 가속하기 전에 흐름이 끊어져 버렸으니까.

심지어 흑영기는 무극지경의 영능마저도 무력화했다. 빙백무극지경으로 만든 얼음을 아무렇지도 않게 통과하고 뇌령무극지경으로 자아낸 뇌전을 끊어버리면서 형운에게 불리한 격투전을 강요했던 것이다.

형운이 버텨낼 수 있었던 것은 운룡기 덕분이었다. 어쩔 수 없는 허점을 운룡기로 메꾸지 않았다면 무너지고 말았으리라.

"하지만 그게 흑영기로만 가능한 일은 아니거든. 조금이나마 공정한 조건을 갖추고 해보자고."

형운이 불괴의 얼음을 쓰기 시작했다.

시간 그 자체를 동결한 얼음이 손발의 동선을 불쑥불쑥 가로막자 암월령이 수세에 몰렸다. 흑영기로 형운에게 하던 일을 되돌려 받는 것만으로 걷잡을 수 없이 무너져 내린다.

'어떻게 이럴 수가.'

형운은 이런 불리함을 강요받고도 무너지지 않았다. 그런데 암월령은 손발이 어지러워지면서 거듭 정타를 허용하기 시작했다.

'나와 선풍권룡 사이에 이 정도로 큰 기술의 차이가 존재한단 말인가?'

믿을 수가 없었다.

공방으로 확인한 기술 수준은 큰 차이가 없었다. 그런데 어째서 이런 차이가 발생한단 말인가?

'역시 경험해 보지 못했군.'

형운은 자신의 추측이 들어맞은 것을 보며 회심의 미소를 지었다.

'여전히 오만하고 게으른 놈들이다.'

같은 궁지에 몰렸는데 형운은 버텨내고 암월령은 버텨내지 못한 이유는 무엇일까?

답은 간단하다.

형운은 수도 없이 궁지에 처하는 것을 상정한 훈련을 해온 경험이 있다. 자신보다 더 강한 저들과 불리한 상황에서 싸워 이겨낸 과거가 있다.

귀혁은 형운에게 늘 상상력을 요구했다. 하던 훈련을 관성적으로 계속하기만 해서는 안 된다. 자신이 하는 노력이 정말 의미가 있는지 그 본질조차 의심하는 것이 기본이었다.

암월령에게는 그런 경험이 없다.

물론 그녀는 고통으로 스스로를 채찍질하며 무공을 연마했을 것이다. 목적을 위해서라면 얼마든지 목숨을 버릴 수 있는 의지도 있다.

그러나 아무리 가혹한 고통으로 만들어졌다 한들 그녀의 본질은 흑영신교가 정성을 들여 길러낸 온실 속의 화초였다.

만들어진 목적이 너무나 분명하며, 귀하디귀한 병기이기 때문이다.

압도적인 힘을 키우는 훈련을, 그리고 그 힘으로 적을 찍어 누르는 방법을 훈련했지 궁지를 극복하는 훈련을 하지 않았다. 또한 단 한 번의 쓰임을 위해 아껴두었기에 위험한 전장에 투입되는 일도 없었다.

그러니 궁지를 극복하는 경험을 할 일이 있었겠는가?

투학!

한번 무너진 균형은 걷잡을 수 없었다. 흑영기의 방어를 절묘하게 피한 일권이 암월령의 가슴팍을 강타했다.

주도권이 넘어갔다. 선택을 강요하는 것은 그녀가 아니라 형운이었다.

그렇게 되자 섬전처럼 빠른 인식과 판단이 오히려 족쇄가 되었다. 공방이 이루어지는 찰나마다 형운이 고를 무수한 선택지들을 떠올리고 그중 어느 것이 옳지 망설이게 되었던 것이다.

"이제 알겠나? 네가 인간이라는 것을."

화신 암월령은 암월령의 인격을 바탕으로 한 존재다. 그 강점이 극대화되었지만 그렇다고 해서 단점이 사라져 버린 것은 아니다.

인간은 경험함으로써 완성되지만, 동시에 경험함으로써 한계에 갇히는 존재다. 그리고 화신 암월령은 인간 암월령의 경험적 한계를 초월하지 못했다.

"으윽……."

"안다. 교주는 너처럼 만만하지 않겠지. 하지만 덕분에 많은 걸 알 수 있었다. 연습 상대가 되어준 것에 감사하도록 하지."

"다 이긴 것처럼 지껄이지 마라!"

"맞는 말이야. 이기는 중이지 이기지는 않았지."

형운은 그녀의 신경을 긁으면서 맹공을 퍼부었다.

꽝!

발차기가 암월령의 다리를 부숴놓았다.

콰콰콰콰쾅!

폭풍 같은 연타가 암월령의 상반신 전역을 타격했다.

'어떻게 이럴 수가…….'

암월령은 도저히 믿을 수가 없었다.

공방의 주도권을 잡은 형운의 움직임이 한차례 더 달라졌다.

운화 감극도는 대단한 기술이지만 어디까지나 동작만을 바꿀 뿐이라는 한계가 있었다. 그런데 어느 순간 형운이 운화 감극도로 자세를 바꿀 때마다 생략된 과정을 통해야만 발생할 수 있는 변화가 따라오고 있었다.

정말로 시간을 건너뛰는 것만 같다. 방어 자세에서 아무런 조짐도 없이 중간 과정이 생략되면서 주먹이 눈앞에 다가와 있는데, 그 주먹에 산도 부술 파괴력이 담겨 있었다.

암월령은 그런 기술을 알고 있었다.

'무극 감극도!'

귀혁의 무극 감극도였다.

흑영신교는 아직까지 형운이 백야의 신검을 다루는 경험을 통해 무극 감극도를 터득했음을 모른다. 그리고 지금 형운이 쓰고 있는 기술은 무극 감극도가 아니었다.

'신기의 힘으로 무극 감극도를 재현하다니, 운룡기를 이런 식으로 쓴단 말인가!'

형운은 운룡기의 힘으로 운화 감극도를 무극 감극도의 영역으로 끌어 올린 것이다.

신기를 사용하는 효율이 너무나 뛰어나다. 화신이 된 암월령이 아연해질 지경이었다.

꽈광!

형운의 주먹이 작렬하며 암월령의 가면이 깨져 나갔다.

"얼굴도 잃었군."

부서진 가면 너머에는 이미 어둠만이 있을 뿐 사람의 얼굴 따위는 없었다.

푹!

암월령이 뒤로 물러나려는 순간, 한 자루의 얼음검이 그녀의 가슴을 꿰뚫었다.

"아악!"

불괴의 얼음으로 만들어진 검이 그녀를 허공에 고정시켰다.

아무리 불괴의 얼음이라고 해도 신기라면 파괴할 수 있다. 왜냐하면 신기를 다루던 백야와 달리 형운은 불괴의 얼음의 현상을 재현했을 뿐이기 때문이다.

하지만 암월령은 그럴 수 없었다. 형운이 운룡기를 불괴의 얼음 위에 둘러놓았기에.

"이만 끝내자."

형운은 그리 말하며 암월령을 꿰뚫은 얼음검의 자루를 잡았다.

화아아아아악!

그러자 운룡기의 힘이 폭발하면서 암월령을 집어삼켰다.

'아……!'

어둠이 갈가리 찢기면서 모든 것이 백색의 운무로 덧칠되었다.

순간 암월령은 다시 자신이 인간으로 돌아왔음을 깨달았다. 그릇을 잃은 신위가 풀려나고 죽음이 그녀를 찾아오고 있었다.

"원통하구나."

모든 욕망이 패배하는 세계를 갈구했던 인간은, 그 세계를 이루길 바라는 욕망을 이루지 못하고 죽어감을 슬퍼했다.

"…그러나 선풍권룡, 너도 결국은 알게 될 것이다. 하잘것없는 인간이 옳고 그름을 결정할 수 있다고 생각하는 것이 오만이라는 것을……."

"……."

"인간이 믿는 올바름은 그 작은 머리에서 나온 욕망일 뿐. 그리고 나는 결국 그 욕망에 패하였구나……."

슬퍼하는 암월령의 몸이 무너져 내리기 시작했다.

그리고…….

"하지만 내 패배조차도 대업을 위한 밑거름이 되리라."

그녀에게서 어둠이 폭포수처럼 쏟아져 나와 주변을 뒤덮었다.

8

천두산 결계 앞에서 거대한 운무의 소용돌이와 어둠의 소용돌이가 다투었다. 마치 산처럼 거대한 짐승 둘이 서로를 물어뜯으며 다투는 것 같은 광경이었다.

쿠구구구궁……!

그 진동이 10리 너머까지도 약한 지진처럼 전달되고 있었다.

"맙소사, 형운 이 자식 뭘 한 거야?"

마곡정이 신음했다.

가려와 합공해서 거의 끝장낼 뻔했던 심안호창은 암월령이 난입해서 구출했다.

마곡정과 가려는 곧바로 형운을 돕고자 했지만 형운이 만류했다.

마혈과 흑암검수만이 적이었다면 기꺼이 둘을 불러들여 합공했을 것이다. 그러나 암월령이 강신을 행했기에 둘을 떨어뜨려 놓았다. 신기 사용자끼리의 싸움이 얼마나 큰 여파를 발생시킬지 알 수 없었기 때문이다.

그래서 두 사람은 살아남은 황궁의 정예 무인들과 함께 그 자리에서 이탈했다. 그리고 그들의 부상을 치료하고 주변을 지키면서 진기를 회복하고 있었다.

그때 가려가 진조족의 장신구, 은귀걸이를 만지작거렸다.

"공자님께서 좀 더 멀리 떨어지라고 하십니다."

그녀는 형운과 암월령의 전장에서 이탈할 때 한 가지 원칙을 세워놓고 있었다. 진조족의 장신구로 통신할 수 있는 거리 안쪽에 있어야 한다고 주장한 것이다.

"무슨 일이래요?"

"설명할 시간이 없답니다. 운룡기로 천 공자와 예령공주 마마의 위치를 알려줄 테니 그쪽으로 가서 합류한 다음 탈출하려고 ＿＿＿."

"공주 마마의 위치를 안다고? 당장 앞장서게!"

두 사람 덕분에 상처를 응급처치하고 한차례 운기행공도 한 황실 위사부장, 사군후가 벌떡 일어나며 외쳤다.

가려가 말했다.

"하지만……."

"가 무사, 형운을 믿어요. 무사히 돌아올 겁니다."

"……."

"…표정이 왜 그러세요?"

마곡정이 당황했다. 가려는 무슨 말도 안 되는 소리를 하느냐는 표정으로 그를 바라보았던 것이다.

"마 공자님, 생각해 보시지요. 공자님이 자기 목숨과 대의를 같은 저울 위에 올린 상황에서 공자님을 신뢰할 수 있습니까?"

"……."

마곡정은 말문이 막혀 버렸다.

'못 믿지.'

그런 기준으로 보면 형운만큼 못 믿을 놈 찾기도 쉽지 않다. 신뢰도가 아주 시궁창이다.

"으음, 하지만 그놈은 매번 바보짓을 해도 잘 살아 돌아오지 않았습니까? 인간됨을 믿지 말고 전적을 믿어주시죠."

"후우."

옹호하는 건지 아니면 비난하는 건지 알 수 없는 마곡정의 말에 가려가 한숨을 쉬었다.

'또 저를 내버려 두고 목숨이 오락가락하는 상황이면… 정말 화를 낼 겁니다.'

가려는 애써서 우려의 마음을 억눌렀다.

9

신화 속의 짐승처럼 다투는 운무와 어둠의 정체는 운룡기와 흑영기였다.

　암월령은 패했지만 그것으로 끝나지 않았다. 그녀에게 강신했던 흑영신의 신위는 이미 파멸 이후를 예비해 두고 있었다. 모든 작업이 사전에 입력된 기환진처럼, 흑영기가 폭주하면서 마계화 영역이 격변하기 시작했다.

　'싸움에 임할 때는 인간의 한계에 갇혔지만 죽음 이후에는 안 그렇다 이건가.'

　형운이 이를 악물었다.

　쿠구구구구궁!

　대지가 진동한다.

　불길처럼 솟구치는 흑영기로부터 하늘로 어둠이 일어 올랐다.

　'제사장이자 제물이라. 굳이 강신한 것이 설령 본인이 죽어도 의식은 완료하기 위함이었다니.'

　암월령은 형운과 전투하는 과정조차 의식의 과정으로 만들었다.

　제 신이 품었던 만마(萬魔)를 형운에게 희생시킴으로써 신에게 공물로 바쳤고, 그리고 자신의 파멸로 의식을 완성했다.

　처음부터 의식을 완전히 막을 방법 따위는 없었다. 이 마계화 영역은 완벽하게 설계된 흑영신의 제단이었으니까. 그저 의식의 효과를 얼마나 깎아낼 수 있느냐의 싸움이었을 뿐이다.

혼돈 너머에서 거대한 존재가 현계를 굽어본다. 형운은 그 존재의 실체를 느끼고 전율했다.

'흑영신!'

운룡궁에서 보았던 운룡만큼이나 거대한 존재감이었다. 온 세상을 뒤덮는 밤의 어둠을 한데 모아 존재로 빚어낸다면 저렇지 않을까?

저 거대함에 비하면 암월령에게 임했던 신위는 그야말로 티끌이나 다름없었다. 그것을 두고 흑영신의 신위 일부라고 말하는 것조차 지나치게 과장되었다는 느낌이 들 정도였다.

'이 영역 전체가 흑영신에게 바쳐질 제물이었던 거야.'

마계화 현상에 휘말린 인간들뿐만이 아니다. 마혈은 처음부터 철저하게 준비된 공물이었으며, 요괴나 마수들조차도 의식의 끝에서 흑영신에게 바쳐질 운명이었다.

'천두산 대요괴들이 해방되었다면 정말 거대한 제물이 되었겠군.'

마계화 영역이 한 점으로 수렴하면서 그 속에 있던 모든 존재가 영적으로 압축되어 흑영신에게 제물로 바쳐진다. 아마 천두산 대요괴들조차도 거기서 탈출하지 못했을 가능성이 컸다.

그렇게 마계화 영역이 사라진다고 해서 사태가 수습되는 것도 아니다. 천두산의 결계는 파괴된 채로 남을 테니 윤극성이 개척 중인 환마들의 땅처럼 광활한 재해 지역이 형성되었으리라.

거기까지 읽어낸 형운은 소름이 끼쳤다.

'과연 놈들이 막대한 희생을 감수하면서 진행할 만한 계획이다.'

형운 일행의 활약과 예령공주의 희생으로 그 의도는 절반 이상 저지당했다. 하지만 그렇다고 암월령에게 강신했던 흑영신이 호락호락 물러난 것은 아니었다.

쏴아아아아아!

천두산의 결계 일부가 파괴되어서 마기가 맹렬하게 누출되고 있었다.

마치 둑에 구멍이 뚫려서 물이 뿜어져 나오는 것과 같았다. 이대로 두면 점점 구멍이 넓어지면서 결계를 파괴해 버릴 것이다.

"젠장! 내가 강신술만 터득했어도!"

욕설을 내뱉은 것은 형운이 아니라 운검위였다.

형운이 흑영기의 폭주를 막는 동안 그가 결계의 구멍을 막아보고자 했지만 어림도 없었다. 그에게 허락된 신기를 전부 쥐어짜 내도 누출의 기세를 죽이는 것이 고작이었다.

운검위는 목숨을 희생하더라도 이 사태를 막고 싶었다. 하지만 앞서 희생한 선배 운검위와 달리 그에게는 목숨을 대가로 더 큰 힘을 부르는 기술이 없었다.

'부족해.'

형운이 이를 악물었다.

예령공주가 넘겨준 운룡기는 이제 얼마 남지 않았다. 최대한 효율적으로 쓰고 있었지만 그래봤자 얼마 못 갈 것이다.

'흑영기의 폭주는 진정 단계지만 남은 힘으로는 결계를 못 막아.'

단지 남은 운룡기의 양 때문만이 아니다. 그가 예령공주보다 훨씬 운룡기를 효율적으로 다룬다 하나 그럴 수 있는 일의 범주가 한정되어 있기 때문이다.

전투적인 측면에서야 자신이 하는 일의 본질을 알고 있으니 얼마든지 효율적으로 쓸 수 있다. 하지만 결계를 수복하는 것에 있어서는 예령공주가 하는 것처럼 '이렇게 되어달라'고 기원하는 수밖에 없는 것이다.

운검위가 다급하게 외쳤다.

"선풍권룡 대협! 내 손을 잡으시오!"

"무엇을 하려고 그러십니까?"

"이만 탈출합시다. 분하고 원통하지만 더 이상 우리가 할 수 있는 일은 없소. 헛된 노력을 하다가 대협 같은 분이 여기서 죽기라도 하면 나는 죽어서도 얼굴을 들 수 없을 것이오."

"……."

운검위의 포기 선언에 형운이 입술을 깨물었다.

확실히 대책 없는 상황이었다. 지금 이 사태를 해결하기 위해 필요한 것은 무인이 아니라 술사였다.

'정말 방법이 없나?'

형운은 결계의 구멍을 노려보며 필사적으로 머리를 굴렸다.

'생각해라.'

· 탈출이 불가능하게 될 때까지는 아직 여유가 있다. 그렇다면 곧바로 손 놓고 포기하기보다는 한 번이라도 답을 더 궁리해 보는 것이 옳았다.

"대협!"

운검위가 외쳤지만 형운은 요지부동이었다. 그가 답답해하고 있는데 형운이 물었다.

"위사님, 급한 마음은 이해하지만 한 가지 확인해야만 할 게 있습니다. 대답해 주시겠습니까?"

"말씀해 보시오."

"지금 제가 쓰는 운룡기는 예령공주 마마께서 주신 것입니다."

운검위가 신음했다. 운룡검 모조품을 쓰는 그이기에 형운의 말에 내포된 의미를 알아차린 것이다.

"공주 마마께서 이 운룡기를 얻으신 과정은 앞서 전사한 운검위 한 분께서 남긴 운룡기가 매개가 되었기에 가능했다고 합니다."

"선배가 그런 안배를 하셨었군."

운검위가 한숨을 쉬었다. 사실 운검위가 혼자가 아니라는 것은 일반이에게는 극비 사항이지만 지금 이 상황에서 형운이 그 사실을 안다는 게 놀랍지는 않았다.

형운이 물었다.

"그렇다면 혹시 지금 이 운룡기를 이용해서 운룡족과 교신할 수 있겠습니까?"

"가능하긴 하오만 무의미하오."

"어째서입니까?"

"예령공주 마마는 직계 황손이시라 신수의 일족과 운명의 거리가 가까우신 분. 그렇기에 자신의 수명을 공물로 바침으로써 신의 힘이 지상에 관여할 인과를 마련할 수 있었던 것이오. 대협이 대단한 인물이기는 하지만 운명의 거리는 인간의 됨됨이나 능력과는 아무런 관련도 없어서 그와 같은 일을 할 수는 없소."

흑영신교는 인간의 운명을 지닌 자들로 하여금 정당한 대가를 치르고 신기를 불러낸 것이다. 예령공주도 마찬가지다. 그렇기에 이 일은 운룡족들이 개입해서 해결할 수가 없었다.

그것은 형운도 잘 아는 사실이었다.

"그건 압니다. 하지만 한 가지 시험해 보고 싶은 방법이 있습니다."

"음……."

운검위는 침음하며 생각에 잠겼다. 하지만 고민은 짧았다.

"알겠소. 대협 같은 분께서 시도하고자 하는 것이라면 위험을 감수할 가치가 있겠지. 내 손을 잡고 운룡기의 사용을 허락한다고 강하게 생각해 주시오."

형운이 그 말에 따르자 운검위가 운룡검을 들고 정신을 집중했다. 형운의 운룡기가 운룡검으로 빨려 들어가면서 주변 풍경이 급격히 변화해 갔다.

발밑을 딛고 있는 감각을 부유감이 대체하는 가운데, 형운은 자신의 의식이 무한히 펼쳐진 운해(雲海) 한복판에 와 있음을 깨달았다.

그리고 그곳에는 형운이 잘 아는 얼굴이 기다리고 있었다.

"먼저 예령을 구해준 것을 감사하마, 형운."

운희가 정중하게 예를 표했다.

그리고 형운의 주변에 있는 것은 그녀만이 아니었다. 일곱 명이나 되는 운룡족들이 운해 위에 떠서 형운을 둘러싸고 있었다.

그 대부분이 형운과 일면식이 있는 이들이었다. 운희의 숙부인 운조, 운룡족의 천견장 운월지, 천계 운룡군의 대장군 운가휘의 외손녀인 운여도 있었다.

"우리도 천견을 통해 사태의 심각성을 알고 있습니다. 그러니 상황에 대한 설명은 필요 없습니다."

천견장 운월지가 말했다. 운검위를 통해 연락을 취하자마자 이만한 수의 운룡족이 모인 것은 이미 사태를 주목하고 있었기 때문이리라.

"아시다시피 우리는 이 일에 직접 개입할 수 없습니다. 그런데도 우리와의 대화를 바란 이유가 무엇입니까?"

"보상이 필요합니다."

형운은 뜸들이지 않고 단도직입적으로 말했다. 그러자 운월지가 의아해하며 물었다.

"보상? 예령공주를 구한 것에 대한 보상을 바라는 겁니까?"

"예. 저는 운희 님의 부탁으로 그 일을 수행했습니다. 운룡족의 부탁을 받아 한 일이니 보상이 있겠지요."

"그렇지요. 하지만 그 일은 지금 논할 문제가 아니지 않습니까?"

"거기에 또 한 가지."

형운은 운월지의 말에 대답하는 대신 자신의 말을 이어갔다. 상대가 황족이었다면 크나큰 불경이었겠지만 운룡족이 그런 것에 신경 쓰지 않는다는 것을 알기에 할 수 있는 행동이었다.

"비록 사태가 아직 끝나지 않은 상황이기는 하지만 저는 하운국의 운명을 좌우할 수 있는 사건에 크게 공헌했습니다. 그렇지 않습니까?"

"당신이 무엇을 말하고 싶어 하는지 잘 모르겠군요. 저로서는 신기한 일입니다만, 지금은 그런 기분을 즐길 때가 아니겠지요."

"억지로 들릴 수 있다는 걸 압니다. 모든 것이 정리된 후에 받아야 할 상을 요구하는 것이니까요. 하지만 제가 그 보상으로 여러분께서 결계를 봉합해 줄 것을 바란다면 어떻습니까?"

그 말에 운룡족들이 놀란 표정을 지었다. 비로소 형운이 무슨 생각을 했는지 이해한 것이다.

형운이 급박함을 드러내며 말했다.

"시간이 지난 후에… 정상적으로 논공행상이 이루어질 때쯤에는 의미가 없습니다. 지금 이 순간에 봉합하지 않으면 결계는 파괴될 것이고, 그러면 더 이상 돌이킬 수 없겠지요."

하지만 아직 결계에 작은 구멍이 난 지금 운룡족이 그것을 봉합해 준다면 피해를 최소화할 수 있다.

운월지는 눈을 감고 생각에 잠기더니 말했다.

"편법이긴 하지만… 불가능하지는 않습니다. 제가 이 자리에 있는 것이 다행이군요. 다른 이들은 당장 이 일을 승인할 수 있는 권한이 없으니."

그녀가 말했다.

"하지만 괜찮겠습니까? 당신이 스스로 말한 대로 당신은 큰 공을 세웠습니다. 당신에게 내려질 보상은 결코 적지 않았을 겁니다."

"그렇게 말씀하시니 아까운 마음이 들긴 하는군요. 하지만 경중을 따질 문제가 아니라고 생각합니다."

그 말에 운월지는 잠시 동안 말없이 형운을 바라보았다. 그러다가 정중하게 예를 표했다.

"고맙습니다, 형운. 그리고 미안합니다. 천계의 법도가 족쇄가 되기에 우리는 당신에게 감사의 말과 존경밖에는 줄 수 있는 것이 없겠군요."

"부탁드립니다."

형운이 마주 예를 표했다.

그리고 형운의 의식이 다시 현실로 돌아오자 운검위가 놀란 목소리로 말했다.

"그런 방법이 가능할 줄은 상상도 못 했소."

"통해서 다행입니다. 운룡족이 이곳을 주목하고 있지 않았더라면 안 될 뻔했군요."

천견장인 운월지처럼 지위가 높은 운룡족이 없었더라면 실패로 돌아갔을 임기응변이었다.

운검위가 양손을 모으고 고개를 숙여 정중하게 예를 표했다.

"경의를 표하오, 대협. 당신은 정말 존경스러운 분이오."

형운은 어색하게 웃고는 말했다.

"그럼 뒷일은 운룡족 여러분께 맡기고 탈출하지요. 동료들이 있는 곳으로 합류합시다."

"그럽시다. 내 손을 잡으시오."

곧 두 사람이 공간을 뛰어넘어 그곳에서 사라지고 나자 하늘에 균열이 발생, 일곱 명의 운룡족이 강림하여 천두산 결계 수복 작업을 시작했다.

『성운을 먹는 자』 28권에 계속…

초대형 24시 만화방

신간 100%, 샤워실, 흡연실, 수면실(침대석), 커플석, 세탁기 완비

▪ 시흥 정왕25시점 ▪

경기 시흥시 정왕동 1742-13 미스터피자 건물 5층
031) 319-5629

▪ 강북 노원역점 ▪

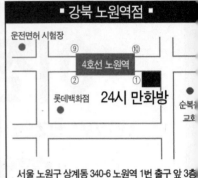

서울 노원구 상계동 340-6 노원역 1번 출구 앞 3층
02) 951-8324 (화용빌딩 3층)

▪ 일산 정발산역점 ▪

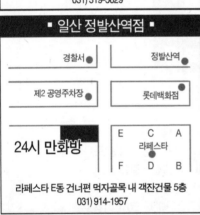

라페스타 E동 건너편 먹자골목 내 객잔건물 5층
031) 914-1957

▪ 일산 화정역점 ▪

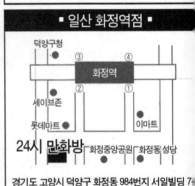

경기도 고양시 덕양구 화정동 984번지 서일빌딩 7층
031) 979-4874 (서일사우나 건물 7층)

▪ 부천 역곡역점 ▪

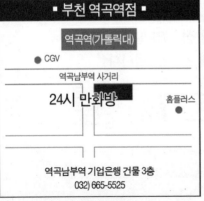

역곡남부역 기업은행 건물 3층
032) 665-5525

▪ 부평역점 ▪

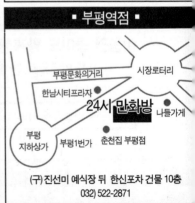

(구) 진선미 예식장 뒤 한신포차 건물 10층
032) 522-2871

이계진입 리로디드

임경배 퓨전 판타지 소설

FUSION FANTASTIC STORY

『권왕전생』 임경배의 2015년 신작!

『이계진입 리로디드』

왕의 심장이 불타 사라질 때,
현세의 운명을 초월한 존재가 이 땅에 강림하리라!

폭군으로부터 이세계를 구원한 지구인 소년 성시한.
부와 명예, 아름다운 연인…
해피엔딩으로 이야기는 끝인 줄 알았건만
그 대가는 지구로의 무참한 추방이었다.
그리고 10년 후…….

"내가 돌아왔다! 이 개자식들아!"

한 번 세상을 구한 영웅의 이계 '재' 진입 이야기!

Book Publishing CHUNGEORAM

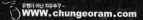
유행이 아닌 자유추구 -
WWW.chungeoram.com

아우스

마도 시대의 시작

FUSION FANTASTIC STORY

강준현 장편소설

여덟 번의 죽음을 겪었고, 아홉 번의 삶을 살았다.
그리고 열 번째,
난 노예 소년 아우스로 환생했다.

푸줏간집 아들, 고아, 불량배, 서커스단원, 남작의 시동 등…
아홉 번의 삶을 산 나는 참으로 운이 없었다.

나는 더 이상 과거의 내가 아니다!
내가 꿈꾸던 새로운 삶을 살 것이다!

Book Publishing CHUNGEORAM

유행이 아닌 자유추구 -
WWW.chungeoram.com

전생부터 다시

FUSION FANTASTIC STORY

홍성은 장편소설

죽음으로 모든 걸 끝내고 싶지 않아
인간으로 환생하게 된 대마법사, 로렌 하트.

그러나 알 수 없는 괴물의 등장으로 인해 인류가 멸망해 버리고
홀로 살아남은 그는
고독과 외로움에 다시 한 번 더 환생을 결심하는데……

하지만 현생을 반복하는 것만으로는 의미가 없다.
시간을 되돌려 대마법사가 되기 전의 시절로 되돌아갈 것이다!

대마법사 로렌 하트, 전생부터 다시 시작한다!

Book Publishing CHUNGEORAM

유행이 아닌 자유추구 -
WWW.chungeoram.com

임영기 장편소설

FUSION FANTASTIC STORY

갓 오브 솔저

'종의 영역'과 '신의 질서'가 파괴되고
지구에는 무영역과 무질서의 시대가 도래했다!

8년 동안 무림에 '절대신군(絶代神君)'으로 군림한 이강도.
어느 날, 자신이 살던 현 세계로 다시 되돌아오게 되고
'졸구십팔(卒9,18)'이라는 이름을 부여받게 되는데……

신이 죽은 세계를 장악하려는 마계(魔界)와 요계(妖界).
그리고 이를 저지하려는 정계(正界)의 치열한 사투!

과연 이 전쟁은 끝이 날 수 있을 것인가.